求医也要求己

[美] 王 哲 著

XIEGEI ERTONG DE 写给儿童的 JIANKANGSHU 健康书

山东美术出版社

图书在版编目（CIP）数据

求医也要求己——写给儿童的健康书/［美］王哲著. -济南：山东美术出版社，2008.11
ISBN 978-7-5330-2601-1

Ⅰ.求… Ⅱ.王… Ⅲ.儿童-保健-基本知识 Ⅳ.R179

中国版本图书馆CIP数据核字（2008）第132801号

求医也要求己——写给儿童的健康书

责任编辑：徐 嫣 吴 晋
策 划：鲁美视线
装帧设计：灵动视线

出版发行：山东美术出版社
济南市胜利大街39号（邮编：250001）
http：//www.sdmspub.com
E-mail：sdmscbs@163.com
电话：（0531）82098268 传真：（0531）82066185
山东美术出版社发行部
济南市顺河商业街1号楼（邮编：250001）
电话：（0531）86193019 86193028
制版印刷：山东新华印刷厂临沂厂
开 本：787×1092毫米 16开 13.75印张
版 次：2008年11月第1版 2008年11月第1次印刷
定 价：26.00元

写在前面

无论是读报，还是上网浏览新闻，我都非常喜欢读有关健康和保健方面的最新报道。大约两年前，在海滨度假时，无聊地拿起报纸，很自然地翻到有关健康的版面，那一期恰巧有一篇很长的文章，是谈有关人类未来的。

专家们在这篇报道中作出了这样的预测：由于出生后到两岁这段时间内获得了充足的营养，以及进行疫苗接种等原因，现在的中青年到了老年时，会活得更久，而且比现在的老年人少受慢性病的困扰。

几个月后，看到另外一篇新的科研报告，谈的是儿童肥胖的问题。根据统计结果，儿童时曾经肥胖的孩子，不管后来是否瘦了下来，长大后成为胖人的几率都很高。既然知道肥胖是当今健康领域数一数二的大敌，那么就赶紧从电脑旁站起来，把家里的冰箱和食品储存室认真打扫一遍，把和垃圾食物相关的东西一律处理掉吧。

为人父母不是一件轻松的事。克林顿担任美国总统时，曾打电话祝贺七胞胎诞生，对他们的母亲说：如果能应付得了的话，肯定能轻松地胜任美国总统的工作。美国人尤其是政治家的话向来十分夸张，但是克林顿的这番话很有道理。十年育树，百年育人，是对教育工作者的赞誉，其实为人父母比为人师表的责任重大得多，因为为人师表主要在才与德方面，为人父母除了这两个方面，还有更为重要的健康方面，这才是真正的育人。

育人并不仅仅是十月怀胎，把他们生下来，然后抚养成人就完成任务了，还要付出自己的心血去关心和教育他们。说到这里，我的同学，有多年在美国的临床经验的儿科医师非常有感触。比较来看病的中国人家长和外国人家长，她最深刻的体会是中国家长们对孩子过于关心了，生怕孩子们吃不饱穿不暖。可惜这种关心不仅关心得不是地方，而且造成很多健康上的不良后果。

如何保持和增进自己的健康是一门需要长期学习和实践的学问，如何指导别人保持和增进健康则可以被当做职业了。但是无论是滥竽充数者甚多的所谓的健康专家这个群体，还是像我这种对健康有所心得的健康爱好者，都不能保证能够在健康方面扮演好父母的角色，因为一个好的父母，除了保持和增进自己的健康外，还要日复一日年复一年地教育、监督和以身作则地使自己的子女遵守健康守则并养成健康的饮食、生活和心理习惯。

为人父母还有另外一个很头痛的事情，就是在养育孩子方面到底听谁的。这个世界上好像每个人都是养育孩子的专家，于是面对铺天盖地的育儿知识，父母们很难从中分辨出适合自己家孩子的科学的办法。这也是这本书的初衷之一，健康知识虽然很多很广泛，但多数情况下，只需要改进很少的几条，就会有很大的收获，并且进入可以自我完善的境界。这一点，已经被最近完成的几项国际大型健康追踪项目所反复证明了。

这本书叫《写给儿童的健康书》，可是无论是少年还是儿童，都不是这本书的主要读者。这本书是写给他们的父母和祖父母看的，是为了让它的作者和读者共同努力成为合格的父母或祖父母。

少年儿童是这个世界的未来和希望，少年儿童的健康成长是解决困扰我们的严重的健康问题的最有效的办法，这种希望和未来实际上是系于我们这些做父母或祖父母者的身上，是我们的义务，也是我们的责任。如果说写这本书就是出于这种义务和责任的话，读这本书也应该出于同一种义务和责任。

目录

第一章 吃得对

关于肥胖

如果请儿科医生们发表意见，当今少年儿童最严重的健康问题是什么？儿科医生们肯定会众口一词地回答：肥胖。肥胖正是中国少年儿童健康上居首位的问题。

让我们先看看怎样算肥胖。用肉眼看当然是一种办法，而且用肉眼能看得出来肥胖的人基本上十拿九稳是肥胖了，但是还有肉眼看不出来的。这是因为我们看东西是要有参照物的，比如在北方中等身材的人到了南方很可能显得很高大魁梧，在体重上也同样。如果到了非洲遭受战乱地区的难民营里，我们就会觉得自己太胖了。但是如果来到美国底特律、孟菲斯或者圣安东尼奥等城市，很可能就显得非常苗条，因为这几个城市的居民中起码三分之一以上按国际标准属于肥胖的范畴。其实不仅这几个城市，全美人口的肥胖比例为32%，另外还有超过三分之一的人属于超重，也就是说在美国，体重正常或者较轻的人占少数，每三个人里面只有一个。在这种胖人占多数的环境里，用肉眼是会漏掉不少肥胖者，超重者更是很难用肉眼来分辨。

胖人常常会感到受歧视。在美国，招工的时候广告上一般都写一句机会平等，但实际上性别歧视是隐性存在着的，体重歧视也很严重，即便是机会均等，也同工不同酬。有关统计资料表明，肥胖者要比体重正常者每年平均少挣五千美元。因此在美国社会，除了一技之长外，还有一个养家糊口的诀窍，就是控制自己的体重。因为这个国家胖子的比例太高了，用不着瘦身到好莱坞明星那种皮包骨的水平，只要适当地少吃几顿晚饭，就能在一众竞争者中脱颖而出。不过这种歧视变得越来越少了，因为来面试的人里面看起来消瘦的已经非常稀有了。

不要说看别人，就是看自己，也和环境有关。我所在的公司里，美国同事绝大

多数都比我胖多了，因此每次和他们一起吃饭，都很坦然地多吃一点。可是有一位印度同事非常瘦，每次饭桌上有他时，我都会很自然地放下碗筷，同时在心里下定决心，从现在开始减肥，尽管我知道这位同事之所以这么瘦是因为他对很多食物过敏、不敢多吃的缘故。对于美国的孩子来说，在郊区的学校里，特别是西语裔学生少的地方，孩子们的体重都控制得比较好，因为稍稍不注意，就容易被别人称为胖子。但是如果在城区的学校中，尤其是有很多西语裔学生的地方，孩子的体重控制起来就难了。因为无论再怎么吃，也很难达到西语裔学生的平均体重水平。

国际上通用的体重指标叫做身体质量系数Body Mass Index（BMI），是通过体重和身高来计算出来的，成人的BMI=体重（公斤）/身高（米）的平方，其具体数值表格在这个系列的《健康10+1——男人篇》和《写给女人的健康书》中都有。成人如果BMI在25到29之间属于超重，超过30就是肥胖了。但是少儿的BMI不能这么简单地一刀切，虽然少儿和成人的BMI的计算公式是一样的，但他们的胖瘦程度是根据年龄和其体重所占的百分比来决定的。此外由于男孩和女孩身体内的脂肪含量不同，他们也要分开计算。为了方便大家，权威机构专门做好了表格。体检的时候，医生将测量好的身高和体重与表格对照一下，很有可能会说：您的孩子超

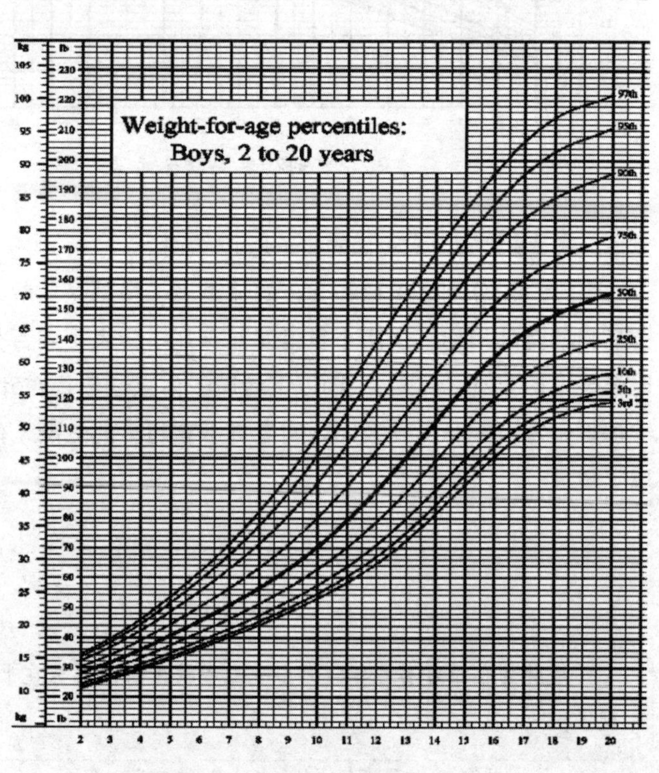

表1. 2岁到20岁男孩体重表

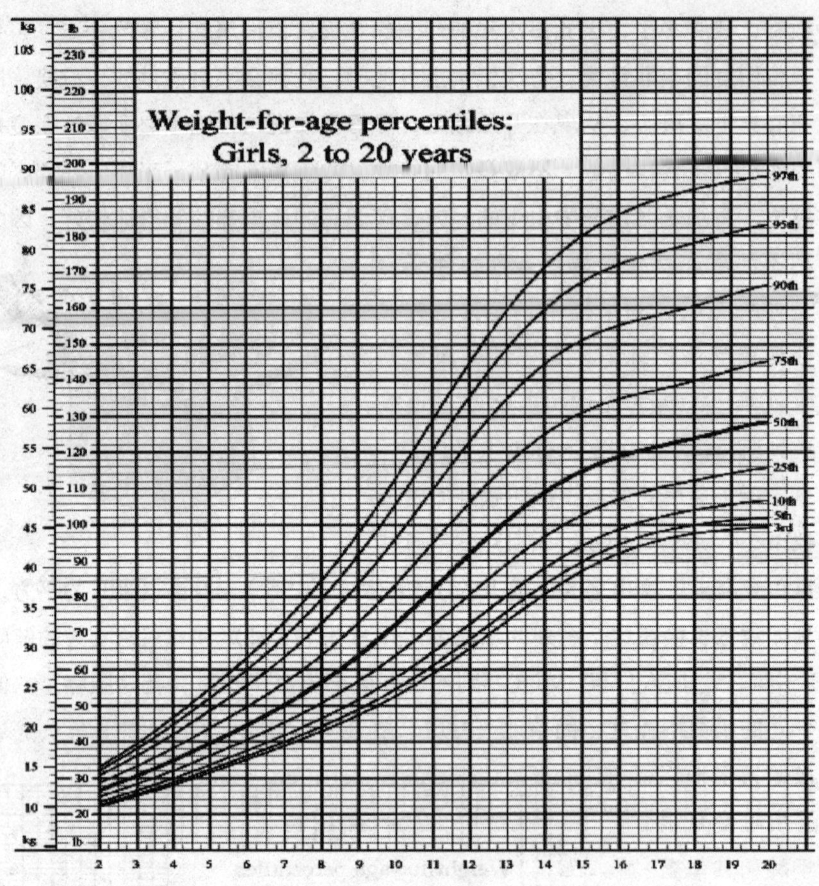

表2．2岁到20岁女孩体重表

重了。或者更严肃一点：您的孩子是肥胖症！

表1和表2分别是男孩和女孩的体重表，横轴是年龄，纵轴为体重，有公斤和磅两种指标。这两个表里面都有几条代表不同百分比的线，参考的时候要根据年龄，体重在5th以下者属于体重过轻，在5th到85th之间者属于体重正常，在85th到95th之间者属于有超重的危险，体重在95th以上者属于超重。

小贴士

肥胖的孩子容易在年轻时出现二型糖尿病，甚至在十几岁的时候就出现了。

是否危言耸听

那么肥胖的问题究竟有多大？

对这个问题如果用一句话来概括回答的话，可以这样说：由于儿童肥胖症的大流行，现在的青少年有很大的可能成为自从工业革命开始后第一代寿命短于他们父母的人。

人类的平均寿命在上万年的时间内一直处于缓慢的增长之中，只有当工业革命开始后，特别是到了近代，得益于科学技术的进步，人类的平均寿命才真正地大幅度上升。其良好的趋势令很多科学家开始讨论人的生理寿命究竟有多长，比较被认同的是完全可以活到120岁，那么现在平均70到80岁的寿命还有很大的上升空间，让人们对未来充满了希望。然而肥胖症的流行，特别是儿童肥胖症的普遍化，让这种希望有可能变成噩梦。

少年儿童是我们这个世界的未来，现在由于少儿肥胖的比例越来越大，以至我们的未来变得阴暗起来，变得非常的不可预测。

这么说是不是危言耸听？

世界卫生组织（WHO）在2005年估计，全球15岁以上的人中有16亿人超重，其中起码4亿人肥胖。WHO估计到2015年，全球15岁以上的人中有23亿人超重，其中7亿人肥胖。

新的千年到来之前，出现了各种对人类未来的危言耸听的预测，但是人类平平安安地进入了21世纪，并没有发生毁灭性的灾难。但是预言家们没有预测到的是，2000年确实是一个转折点，因为在这一年，全球的体重超重的人数和体重过轻的人数相等了，标志着人类进入了肥胖的世纪。

人类的平均体重高一点，胖人的比例大一点，说明人类的生活水平提高了，大多数人不仅能够吃饱饭，而且还能多吃，

这明摆着是文明进步的表示，为什么全世界的科学家一提到肥胖问题就一副头痛欲裂的表情？肥胖的人自古就有，中国古代的唐朝就是以胖为美，起码有权有势的人家，肥胖症的比例绝对不会比现在低。当今世界上还有一些民族也是崇尚肥胖的。这是因为人类诞生之后的十万年来始终处于营养不良的状态，人类从传统上是追求肥胖的。

但是，当我们实现了祖祖辈辈的吃饱长胖的梦想后，才发现它非常苦涩的后果。在短短的时间内，肥胖的不良后果就显示出来，而且将会越来越严重。现有的资料表明，肥胖已经成为仅次于吸烟的人类健康的第二号杀手。20岁到30岁的人如果严重肥胖的话，预期寿命将会减少13年。患有同样疾病时，超重的人的死亡率也高于体重正常的人。美国每年因肥胖而死的达到11万人，相关医疗费用接近一千亿美元。

肥胖对健康的危害首先是糖尿病，美国和中国的糖尿病人总数都超过3000万，其中占绝对优势的二型糖尿病和体重超重有直接的关系。其次是心脏病，肥胖是心脏病的一大致病因子。肥胖还和许多肿瘤的发生有关，而且这份肿瘤名单越来越长。其他和肥胖有关的疾病包括中风、高血压、骨质疏松、心理疾病和肺病等等，经过人群调查，体重超重者比体重正常人寿命短，而且早死的机会高得多。

肥胖已经成为目前最严重的健康问题，而且少年儿童的肥胖是肥胖中最最严重的问题，因为肥胖儿童成年后早死和残疾的比例很高。目前全球5岁以下的儿童有2000万以上超重或肥胖。美洲地区儿童的超重比例为三分之一，到2010年将达到二分之一。届时，欧盟国家儿童的超重比例也将从现在的25%增加到38%。在埃及、智利、秘鲁和墨西哥等国，4到10岁儿童肥胖症的比例已经超过了25%。在非洲国家，营养不良的孩子比例为0.7%，而超重的孩子的比例为3%，也已经开始进入了肥胖的年代。

国际专家估计，到2010年，中国的儿童超重比例可达20%。这个估计过于保守了，因为根据2006年北京市的调查数据，北京市少儿超重比例达40%以上，其中肥胖率超过12%。教育部的数据表明，中国10到12岁城市儿童中，23%体重超重，其中8%属于肥胖。2000年国内六大城市7到9岁和9到12岁男性儿童超重与肥胖率分别为25.4%和25.5%，同年龄段女性儿童分别为17.0%和14.3%，这些数字已经接近发达国家的水平。与发达国家相反，中国的超重和肥胖儿童多出自高收入、高教育层次和三代同堂的家庭，也就是说健康知识的教育特别是儿童健康知识的教育非常落后，特别是在老年人中，这方面的知识极度缺乏。中国糖尿病患者中5%是儿童，而且以每年10%的比例增长。特别是二型糖尿病，正是由于儿童肥胖和体重超重，导致胰岛功能逐渐衰竭。

根据最新的研究资料，少儿时体重超重的人，不管是否瘦了下来，其成年后体重超重的可能非常高，而且这段时间的超重已经对心血管系统造成永久性伤害。美国从越战开始对阵亡军人和车祸死亡者进行尸体解剖，大量的结果表明，20岁左右的年轻人中已经有很大比例出现动脉硬化的迹象。

现在的成年人是在过去十几二十年间逐渐发胖的，因此让他们减轻体重，是有可能缓解或者解决肥胖所造成的诸多健康问题的。但是少儿超重或者肥胖的日益增多则有可能造成几代人类似于天生的超重或肥胖，很有可能成为人类社会的固有现象，和传染病一样成为人类的一个软肋。

关于恐龙的灭绝，科学家最近有新的发现。他们发现地球的气候变化只是恐龙灭绝的次要原因，主要原因是恐龙由于遭受昆虫的叮咬而体质下降，因此才无法适应地球环境的变化而灭绝。外界环境的变化是恐龙灭绝的外因，体质下降才是恐龙灭绝的内因。现在，超重和肥胖就有可能成为将来灭绝人类的这种内因，这就是为什么说少儿肥胖问题关乎人类的未来，是绝对不能等闲视之的。

对于大多数不这么杞人忧天的普通人来说，只要有孩子，同样不能等闲视之。当了父母的人都会有这样的感受，孩子是自己生活中非常重要的组成部分，孩子的健康和快乐甚至超过了自己的健康和快乐，我们有责任给孩子一个健康的未来。

小贴士

同样是肿瘤病人，肥胖者比体重正常者死亡率高。很多疾病都是这样，从寿命上来说，肥胖者在各方面都短于体重正常者。

究竟错在哪里

对于这种严峻的现象，起码不是所有的人都等闲视之。不仅是成人，少儿们对此早就意识到了，超重和肥胖从来不属于美的范畴。如果问那些来儿科诊所的胖孩子们：胖有什么不好？他们会回答：显得不酷（Cool）。还有不少孩子在学校受了有关健康知识的教育，知道肥胖的害处。在美国，社会上对少儿肥胖的危害是有清醒认识的，各方面包括少儿们自己也在努力纠正中，可是肥胖的趋势并未得到扭转。1964年，美国少儿肥胖率为5%。1994年为13%，今天达到20%，显示其增长速度越来越快。社会和学校的健康教育收效甚微。

对此，很多人用传统的思路来解释，也就是孩子们动得太少了。看电视、用电脑加上玩游戏，孩子们每天干这些事要花五到六个小时，活动量减少了很多，人也就发胖了。但是，这种传统的解释有其不通之处。如果只是活动量不够的话，这种体重增加的趋势是一种渐进的趋势，而不会像现在这样快速增长。

不十分满意这种解释的人们去找其他原因，他们发现电视上充斥着快餐业铺天盖地的广告。不要小看在电视画面上隔一段时间出现一回的快餐食品和其他高脂肪、高糖食物的广告，美国对二到六岁儿童的调查表明，经常看电视的孩子最有可能选择的食物正是他们从电视广告中看到的。美国有关人员最近对两家西班牙语电视台进行了统计，发现每小时快餐食品的广告出现频率达两到三次，研究人员认为这和西语裔孩子普遍肥胖有很显著的相关性。

不管是从运动量的角度，还是从不受广告影响的角度，儿童健康专家呼吁家长们把孩子们每天看电视和用电脑的时间限制在一到两个小时以内，鼓励孩子们多在室外活动并多参加体育运动，认为这样就可以把体重降下来。

然而这样做并没有缓解儿童体重上升的趋势。于是专家们开始认真思考究竟是什么原因造成这个现象。他们发现，少运动确实是一个原因，但并不是主要原因，主要原因在吃上面。无论孩子们怎样不停地运动，如果他们不改变饮食习惯和吃的内容的话，体重还是会上升的。因为快餐已经成为孩子们饮食的一大部分，而这些东西正确的名称应该叫做垃圾食品。

快餐食品的出发点是为了让人们从耗时费事的日复一日的做饭中解脱出来，让人们可以在很短的时间内吃上饭。其经营形式很像过去食堂的大锅饭，大量的食物预先做好，客人买的时候加热一下就是了。但是，这种良好的初衷被快餐业唯利是图的本质所取代，不健康、大量广告和低成本的快餐食品造成了全球范围的肥胖危机。

快餐食品以高脂肪和高糖为主，一方面口感很好，另一方面成本低廉，可是却是最不健康的食物。无论是动物试验还是人群调查，都千真万确地证明了，这种食品才是人类肥胖流行的罪魁祸首。快餐业为了竞争，一方面加大分量，另一方面大做广告。打开电视，里面的广告多数是快餐食品的，在这种环境下成长的孩子们对快餐食品有一种自然的亲近感，他们认为这是自然的饮食方式。加上快餐食品无处不在，孩子们便养成了喜欢吃快餐食物、离不开快餐食物的饮食习惯。

鉴于这种现状，美国很多专家强调加强教育，让孩子们意识到垃圾食品的害处，自觉地抵制快餐食品，并努力将快餐食品赶出学校，希望以此来扭转儿童肥胖症流行加速的现状。但是，这些努力同样收效甚微。

专家们从失败中意识到，靠孩子们自制是行不通的。主动远离垃圾食品，不仅孩子们做不到，连成人也做不到。用成人都做不到的标准去要求孩子，是非常不实际的。接触快餐食品从根本上不是自制力的问题，而是快餐食品已经遍及社会生活的各个角度，使得健康食品沦为少数。所以有些专家呼吁立法，采取像禁止香烟广告那样在电视上禁止快餐广告，大幅度降低水果蔬菜的价格，并对快餐业征收“脂肪税”等有力措施，以期赢得与垃圾食品的战争。

但是快餐业已经庞大到无法想象的地步，上述这些措施在美国目前是无法施行的。也许经过多年的努力，也许当肥胖症真的成为这个社会的晚期肿瘤时，才能够像对付香烟那样对付垃圾食品。

快餐业在中国正处于黄金时代，在一部分中国公众特别是少年儿童的头脑中，那些洋快餐不仅不是垃圾，而且是世上最值得吃、最好吃的东西。麦当劳、肯德基在海外尤其是中国的利润已经超过了在美国的利润，还有可口可乐和百事可乐等各类饮料。

虽然错在快餐食品，但是不能寄希望于全社会性地扭转这种局面。如果这样空等的话，我们的孩子们将以胖得不能弯腰、走路都喘、年纪轻轻一身病的方式成长，他们的孩子同样不能例外。到那个时候，我们的孩子们和我们的孩子们的孩子们并不会指责快餐业，而是指责我们这些做父母的，因为是我们在他们年幼无知的时候没有让他们吃得正确。

孩子们是对的。儿童肥胖症的责任，起码很大一部分是我们这些给他们做父母的人的责任，而避免和扭转儿童肥胖症的义务则主要的是我们这些做父母的义务。如果我们没有关于怎么健康地吃的知识和行动，如果我们自己对垃圾食品热衷的话，如果我们家里和外面一样到处都堆满了垃圾食品的话，又怎么能寄希望于我们的孩子能自觉地远离垃圾食品，去吃健康的食品？

错固然在快餐业，也在我们做父母的身上。教育孩子怎么吃，首先要教育父母怎么吃。这才是解决儿童肥胖问题的关键。

小贴士

家里不要储存快餐食品。如果非要储存备用和应急的食物的话，水果特别是香蕉和苹果是最好的选择。

教育父母

俗话说，活到老学到老。这句话不仅在过去适用，在现在更加适用。科学技术日新月异地发展，做父母的人们如果不经常学习的话，不仅跟不上社会前进的步伐，也很可能和孩子没有共同语言。然而除了对新鲜事物的学习外，在知识上的更新也很重要，尤其是健康知识。

无论在什么场合，每当遇到家长们这个群体时，我都会发现一个现象，就是他们的健康知识太陈旧了。和他们谈到常识性的健康知识时，都会出现很多惊讶，好像恍然大悟的样子。而同美国家长聊起相同的内容时，他们就很习以为常，相关的知识多多少少了解一些。这一点，是在美国的中国人和美国人的一个明显区别。中国人对于孩子的教育心得很多，可是在和孩子健康有关的知识上，不是停留在几十年前的陈旧知识上，就是很贫乏，或者有不同程度的偏差。

有一位家长，孩子受同学的影响，开始吃素了，结果父母不知所措，只能把原来合在一起炒的肉和蔬菜分开，先把蔬菜炒好，给孩子留出一部分之后，再把肉加进去。孩子长期只吃蔬菜，营养当然不良了。这位家长缺乏的是饮食营养的基本知识，特别是有关植物性脂肪和蛋白的知识，原因在于他和很多中国人一样，还处于无肉不欢的传统观念之中。

在美国的小学课程中，加入了有关饮食健康的知识，小学生一般来说具备了基本常识，可是他们的饮食习惯并没有养成老师在课堂上所引导的样子。进入中学后，课程里没有这方面的内容了，孩子们原来掌握的饮食健康常识便处于被渐渐遗忘的状态，使得通过小学教育系统推动的健康教育收获甚微。其根本原因不在于学校教多久、如何教，而在于学生从学校学到的知识和家里的饮食结构和饮食习惯相互抵触，也和家长们的饮食概念相抵触，最终让位于家里的不符合饮食健康的生活习惯。在中国的教育体系中，并未加入这方面内容，因此孩子们的饮食习惯受父母影响的比例更大。上面所说的，受电视和社会的影响，孩子们对垃圾食品的偏爱，虽然不一定和父母的饮食习惯相同，但父母可以通过引导、规劝、以身作则甚至强制性地纠正加以改正，因此其主要责任还是在父母身上。

很难想象，如果家里的大人成天吃垃圾食物，他们的孩子会对垃圾食物敬而远之？出生于顿顿吃肉的家庭的孩子，十有八九很不喜欢吃水果蔬菜。如果家里到处是垃圾食品的话，孩子们在肚子饿、想吃东西的时候是不会耐心地从成堆的垃圾食品中挑出健康食品或者相对健康的食品来吃的，而往往是顺手拿起来其中一种放到嘴里。这些都是父母的责任，教育孩子首先要教育我们自己，首先要从自己做起，言传必须加上身教。如果做父母的没有健康的饮食习惯，他们的孩子就很难具备健康的饮食习惯。

健康的饮食习惯要从对健康食品的正确认识和如何吃东西这两方面来谈。

1.什么是健康食品

快餐食品受孩子们欢迎是因为其高脂肪和高糖所造成的良好的口感，其受到父母们欢迎的原因则是因为方便。现在大家都很忙，每天的时间安排相对紧张，双职工家庭很难保证每天起火做饭。大人能挨饿，小孩往往等不及，在这种情况下快餐是最好的选择，无论是自己在家吃方便面，还是在外面买来的快餐，都属于垃圾食品。

那么什么样的食品不属于垃圾食品？

如果只吃几口的话，任何食品都有可能不属于垃圾食品。但如果吃到快要撑死了，任何食品也都有可能属于垃圾食品。垃圾食品的概念是针对一顿饭来说的，比如你到麦当劳买一个巨无霸，自己吃下去，这个巨无霸就是十足的垃圾食品。如果你一周这样吃两次，其余各顿饭也我行我素的话，一两年下来体重超重甚至肥胖的几率绝对超过50%。但是如果你把这个大汉堡包切开，分给全家人吃，与此同时再吃一些水果蔬菜的话，这个大汉堡包就不算垃圾食品。是不是垃圾食品首先不是看吃什么，而是要看你这一顿吃进去的卡路里量以及脂肪、糖等的含量。

看一个人吃多还是吃少，不能根据饭量计算。尽管饭量也可以当做一个指标，但吃肉和吃饭是不能按量计算的，吃冰激凌、巧克力也不能和吃正常食物在量上比高低。计算食物的摄入量的单位是卡路里，严格地讲应该叫千卡或大卡，以区别于物理学的小卡，不过约定俗成，人们通常说的卡路里就是大卡。

食物中所含的卡路里量并不是信口开河随便标出来的，而是有严格的科学的测量标准的，虽然不少食物包装上的卡路里量并不严格。如果您家的孩子爱好科学的话，家长可以为他们制造测量卡路里的仪器，就是一个双层的瓶子。测量的时候要在海拔高度为零的地方，要是图省事的话就去海边。把要测的食物放进瓶子的内层，外层放上定量的水，测好温度，然后把食物点着了，等它燃烧完全后，再测一下外层水的温度。一个卡路里等于使一公斤水升高一摄氏度所需的食物量，这就是为什么管卡路里也叫热量的原因。当然绝大多数食物都很不容易燃烧，要通过特殊的办法来达到使之燃烧到一点不剩。这恐怕是这种仪器不能普及到家庭的根本原因，我们无法像测体温那样测食物所含的卡路里量，只能相信厂家在食品标签上说的数字。

用热量来形容食物是很恰当的说法，因为我们吃食物的主要原因是为了维持身体的正常运转。人是温血动物，食物起的就是供热保暖的作用，其效果就体现在卡路里上。

小贴士

卡路里就是卡路里，没有好坏之分。换句话说，垃圾食品和健康食品的主要区别就在于卡路里的含量上。

说到这里，我对什么是健康食品的第一个回答是：低卡路里的食品。

为什么要提倡低卡路里食物？

如果用一句话回答，就是：因为太胖了。今日之世界，从成人到儿童各个年龄段不分男女无一例外地超重和肥胖，其根本原因就是每天吃进肚子里的卡路里太多了，超过了身体所需要的。这些多余的卡路里便按9卡=1克的公式变成我们身体里的肥肉储存了下来。如果我们只是偶尔多吃一顿两顿的，这些肥肉在我们吃得少的时候也就是摄入的能量不足时，会按1克=9卡的公式变成能量来补充身体对能量需求的缺口。但是如果我们经常性地过多摄入卡路里的话，我们身体就会持续地储存越来越多的脂肪。这些脂肪并不是像放在衣橱里不穿只占地方的衣服那样，而是被我们带着到处走动的。我们的心脏、我们的骨骼、我们身体的各个器官和功能都要承受这些脂肪的压力，而且这种压力不是像背米那样是一时性的可以放下来，而是永远存在的，时间一长就会渐渐地损伤我们身体的器官和功能。少儿超重和肥胖的可怕之处在于，在人处于发育阶段，用俗话说长身体的时候，却背负着过重的分量，这样的成长是非常不正常，也是非常不健康的。

提倡吃低热量的食物是因为在今天，食物是充足的，城镇居民一般情况下不存在吃不饱的情况。可是我们的胃的设计容量是有限的。对于胃来说，它容纳的是绝对的体积，与卡路里无关。低卡路里食物就是单位体积所含热量少的食物，同样吃一公斤下肚，无论吃的是高热量食物还是低热量食物，都会感到吃饱了撑着了，不会再吃了，结果吸收的卡路里就会有很大的区别，这种区别长期下来便反应在体重上。健康专家向大众大力推荐的各种超级食品中的一大共同

点就是这些食品能够起到把胃里的空间都占满，让人不可能再吃其他食品的作用。减肥手术则是从另外一个角度出发，把胃的空间变小，让人一次吃不下多少东西，在这种情况下，任何食品都可以被视为健康食品了。

吃得过多是和我们动得过少相关的，因此我们这里介绍的健康守则并不适用于所有的人。例如吃低热量食物的原则就不适合姚明，对他来说，为了适应NBA的剧烈对抗，必须吃高热量的食物，做到单位体积食物的卡路里量越高越好，因为他的胃比我们可能大一些，但也是有限的，为了大运动量的需要，就要保证占住胃部空间的食物里的卡路里量达到最大值。

大人动得的确少，可是小孩子成天蹦蹦跳跳，屁股上就像长了刺儿一样坐不住，活动量不少呀。确实，如果我们成年人每天按少年儿童的活动量去运动的话，体重会控制得很好的。我本人就经常激励自己，在活动量上不能比儿子少，成为我控制自己体重的一个重要手段。但是少年儿童的活动量不能用成年人做对照，尤其是不能用现在的、非常懒惰的成年人做对照，因为我们这一代成年人即使活动量增加一倍，也很难保证不超重。

要想知道自己的孩子活动量是否太少，可以用我们小时候的情况做对照。我在我儿子同样年纪的时候，食欲要比他强烈得多，也非常能吃，可是卡路里的摄入量要比他少很多，因为当年没有那么多食物，特别是没有高热量食物。此外我也很少看电视，因为大院里统共就没有几台。电脑、游戏机还没有出现，连能看的书都很少，学校的作业也不多。因此我的空闲时间要比我儿子多多了，多到百无聊赖。小孩是闲不住的，没事干不会睡大觉，而要自己找事干，成天东跑西颠，活动量就是这样达到的。现在不可能让孩子们再过这样的生活，唯一现实的办法就是让他们少吃卡路里。

仅仅卡路里低是不是就算健康食品？不是，那样的东西叫减肥食品。减肥食品和健康食品并不是同一类东西，需要减肥的人可以吃减肥食品，但希望维持健康体重的人不能靠吃减肥食品，因为那样的话就有可能出现营养缺乏的情况。

说到这里，我对什么是健康食品的第二个回答是：营养均衡的食品。

我常常听到家长们讲：小孩在长身体的阶段，不能不让他吃东西。这个说法也不无道理，但是吃什么就有讲究了。吃，要吃得有营养。

但是，在很多人的脑子里，营养=热量，他们认为大油大肉就是有营养，这是流行了上千年的、建立在营养不足基础上的陈旧的营养观念。大油大肉属于有营养的食物，可是这种食物的营养是不均衡的。同样的道理，被一些减肥和健康专家推崇的高蛋白饮食也是很有营养的食物，但同时也是营养不均衡的食物。它们一个脂肪过多，一个蛋白过多，都不利于少年儿童的健康成长。

老辈人教育孩子的一个信条是不偏食，这个传统的经验是不是就是营养均衡的意思？

只吃很少几种食物是很不好的饮食习惯，也很可能无法获得足够的营养，但是什么都吃也并不代表健康的饮食习惯。老人所说的不偏食，常常是要求孩子们把家里餐桌上摆着的各种饭菜每样都多少吃一点，这就完全取决于父母了。如果父母准备的饭菜营养均衡，孩子吃得就营养均衡。如果父母准备的饭菜本身就不均衡，孩子们再不偏食也是没有用的。比方说餐桌上每一盘都是各种肉类，孩子每样都吃了，还等于偏食。从这一点上再次说明，父母在孩子饮食习惯上的重要责任。要让孩子做到营养均衡，首先要让自己做到营养均衡。

吃营养均衡的饮食并不是追求皇帝那种排场，摆上百种饭菜，每样吃一口，而是要注重两个原则，一是比例，二是不缺。哪怕是一道菜，只要营养均衡的话，就足够了。

前面提到过的那个常见的说法，孩子处于长身体的时候，所以不能少吃。这个说法在某种意义上是正确的。还有一个流行的说法，要多吃副食少吃主食。这个说法在某种意义上是错误的。这个某种意义就是碳水化合物。碳水化合物分两种，一种是单纯碳水化合物，也就是糖，另外一种是复杂碳水化合物，也就是淀粉。几十年前，中国人的饮食结构里碳水化合物所占的比例很高，其中主要是淀粉。这种饮食结构很让西方人羡慕，等他们总结出所谓的“中国饮食结构”并号召公众效仿时，突然发现中国人已经抛弃了这种很健康的饮食结构，去效仿他们那种已经被证明是处于现代的社会环境中很不健康的饮食结构了。原因是改革开放后，中国的食品供应大大改善之后，人们开始发胖。针对这种现象，有关专家错误地怪罪到主食吃得过多上，建议多吃副食少吃主食，以至于现代中国人的饮食结构中碳水化合物的比例过低，从一个极端走到另外一个极端。而且在中国人印象中，肉是菜，因此是副食，这样多吃副食的话就更加不健康了。

按照国际上的健康标准，从碳水化合物中吸收的能量要占总能量的60%，脂肪占25%到30%，蛋白质占10%到15%。这里说的60%不是指重量，而是指卡路里量。1克脂肪等于9个卡路里，1克碳水化合物和1克蛋白质都等于4个卡路里，如果每天吃300克的碳水化合物、125克脂肪和75克蛋白质，虽然在重量上是符合国际健康标准了，可是在卡路里上则是碳水化合物占

45.7%，脂肪占42.9%，蛋白质占11.4%，碳水化合物吃得过少，脂肪吃得过多。而且对于很多少年儿童来说，每天饮食按重量计算，碳水化合物是达不到60%的，而脂肪往往超过30%。

除了碳水化合物不足之外，碳水化合物的比例也很不合理，现代人吃的碳水化合物中20%是糖。糖又叫空白卡路里，这是因为它除了提供能量外没有其他的营养，淀粉里面则含有纤维、维生素和矿物质。近几十年来，全球人均的糖消耗量持续增长，除了肉眼可见的糖以外，还有很多隐性的糖，比如在点心里和饮料中的糖。特别是饮料，人们的饮料消耗量越来越大，从中吸收的糖就越来越多。因此均衡饮食的首要问题就是要在保证淀粉的摄入量的同时，减少糖的摄入量。在淀粉的选择上，要以吃粗粮全麦类为好，以保证纤维、维生素和矿物质的吸收。

另外两类主要的食物成分，脂肪和蛋白质则应该尽量少吃。脂肪为什么少吃，很多人都知道。但蛋白质要少吃，则出乎多数人的意料。不少人生怕孩子蛋白质的量不够，还要专门给孩子吃蛋白粉。蛋白质要少吃的主要原因并不是蛋白质吃多了会和脂肪吃多了一样对健康造成不良影响，而是因为只要是正常进餐的人，蛋白质的吸收只多不少，10%到15%的比例很容易就超过了。蛋白质过量会造成肠道内有害物质增多，影响免疫系统功能，会导致未老先衰，缩短人的寿命。这也和蛋白质的来源有关，目前人们的蛋白质主要是动物性的来源，就是从肉里面吸收的，这样的蛋白质远远不如从豆类吸收的植物蛋白好。因此要以吃豆类，比如豆腐豆制品作为吸收蛋白质的主要途径。常常有人强调，因为长肌肉，所以要多吃蛋白质。对这个问题的回答很简单：肌肉是练出来的，不是吃出来的。

对于水果蔬菜则一定要多吃，从而保证纤维、维生素和矿物质的吸收，这是这几种营养的主要吸收途径，也是国际上反复强调的。无论是中国还是美国，大部分人每天水果和蔬菜的吸收都达不到国际上每天五份的标准。再加上由于催熟、运输保存和烹调处理等环节的原因，造成我们从水果蔬菜里面吸收的营养成分不足，以至于普遍性地维生素和矿物质缺乏，需要额外补充维生素和矿物质。

饮食要均衡，对小孩来说要比对大人重要，因为处于生长阶段的孩子对营养平衡的依赖性比大人要高多了。举个例子，我为女人们提供的一个既健康又能减肥的办法，就是每天有一顿饭只

吃苹果，要求是吃三个，可是大多数女人只能吃进去两个。这个方法就不适合少年儿童。还比如吃香蕉，一根香蕉大约含105卡路里，吃几根香蕉是可以当一顿饭的，香蕉里面有的成分对健康很有好处。但是只吃苹果或者只吃香蕉就不算均衡的饮食，偶一为之可以，不能让孩子们长期这样吃。

那么亚洲人很喜欢吃的方便面是不是均衡？这种食品确实非常方便，几分钟之内就可以吃了，而且吃完了就不饿了，非常适合上班族和双职工家庭的情况。方便面在亚洲地区的各国国家的销售量都很大，成为最常见的食品之一。方便面里面还有一小袋干的蔬菜，加上是油炸过的，看起来均衡了。

然而方便面正是垃圾性快餐食品的主要一种，一碗方便面含将近400卡路里。体积不大的方便面为什么热量这么高？或者说为什么让人们这么爱吃？是因为它满足了垃圾性快餐食品的特性：高热量、高脂肪、高糖这三高。方便面里面的热量是因为高脂肪造成的，其口感好也是高脂肪造成的，于是其结果就是我们越来越胖。

小贴士

少年儿童除非是巨型肥胖，是不可吃减肥食品的。不管多胖，一定要吃营养均衡的食物。

说到这里，我对什么是健康食品的第三个回答是：低脂的食品。

从经济学的角度，脂肪是最经济的吸收能量的途径，因此在和肥胖斗争的今天，就要尽可能地避免这一能量吸收的途径。除了少吃肉类和油外，要注意隐藏的脂肪，比如油炸的食物。在买奶制品时要优先考虑低脂或者脱脂的品种。和其他食物成分一样，吸收脂肪也要有所选择，就是少吃饱和脂肪酸，多吃不饱和脂肪酸。前者被称为不好的脂肪，后者被称为好的脂肪，但无论哪一种，都是不能多吃的。具体到家里用的油上，要选用橄榄油、玉米油和芥花籽油。对用人工方法做成的反转脂肪酸，则尽量避免，因为有引起心脏病的危险。美国的食物包装上都有反转脂肪酸的含量，消费者可以挑选不含反转脂肪酸的食物。

少吃脂肪并不等于少吃肉，可以吃脂肪含量少的肉类，比如鸡肉。吃鸡的时候要去皮，因为鸡的脂肪的四分之三在皮上，这样一来，吃同样量的肉，吃鸡肉就比吃牛肉猪肉少吃很多脂肪。理论归理论，可是因为多数人吃鸡是吃炸鸡，因此吸收的脂肪并没有少到哪里去。

最后总结一下，**健康食物就是低卡路里的、低脂肪的、营养均衡的食物。**

2.怎样吃

恐怕在多数人的意识里，内容绝对是胜于形式的。这个概念用在饮食健康上，就是要多吃健康的食物，少吃不健康的食物。看看现代的健康文章和书籍，里面有不少篇幅列出多少种被作者称为超级食物的东西来，下面的建议是多多益善，能吃多少吃多少。

我这里有一份美国医学专家推荐的15种超级食物名单，它们依次是蓝莓、花椰菜、亚麻籽、豆类、低脂酸奶、干果、燕麦、鱼、橄榄油、橘子、辣椒、藜麦、红葡萄、菠菜和西红柿。这15种食物每一种都对健康有益，从中选择爱吃的几种经常吃一吃，对身体很有好处。有条件的家庭经常搭配吃这些食物的话，是一个很好的饮食习惯。可是如果像专家所建议的想吃多少吃多少的话，遇上很能吃的人，就很有可能出现很不健康的后果。比如橄榄油，因为不饱和脂肪酸的含量高，所以受专家的青睐。但是无论不饱和脂肪酸有多高，还是脂肪。橄榄油和其他油的卡路里含量没有多少区别，没有节制地吃，毫无疑问会肥胖的。这个名单中的其他食物都存在这个问题。

那么是不是吃得适量就是健康的饮食习惯？

干什么事情有所节制都不是坏事，但是从饮食的角度，怎么吃要比吃什么重要。这是经过人群流行病学调查得出的结论。在很多情况下，吃的方式和形式对健康的影响是在吃什么食物之上的。

我们对怎么吃的问题并不是靠学习而来的，而完全是约定俗成地一日三餐为主，是否吃零食则看各人的不同情况。一日三餐是多数人的饮食习惯，但不是所有人的饮食习惯。有的科学家为一日三餐找出了科学的根据，认为是因为体力消耗和人体功能的需要，每隔一段时间就要补充能量。但还有不少的证据表明一日三餐不是最佳的饮食习惯，起码和少量多餐比较起来要差得多，因为后者补充能量的效率更高。此外，三餐应该怎样分配？按多数人的习惯，早上一忙起来就不吃，中午经常凑合，晚上大吃一顿，这种习惯相信包括他们本人都知道是不健康的。那么口诀里面念叨的“早上要吃好，中午要吃饱，晚上要吃少”是不是就是金玉良言？

对这个问题的答复不是靠闭门造车，也不是凭权威，而是靠人群调查的证据。在欧洲和非洲进行的多项试验反复证明了一点，就是吃早餐是非常重要的，但早餐要吃好和健康的好坏之间的联系还没有试验和人群的数据来支持。无论成年人还是少年儿童，一日三餐中最不能缺少的一餐就是早餐。经过一夜，身体已经有十几个小时没有得到能量的补充了，此时身体处于最需要营养的状态，所以醒来后一定要吃东西，吃下去的任何东西都会被很好地吸收，所产生的代谢废物也会被很好地排除出去。由于身体急需能量，只要不是吃得太多，都不会储存起来。一日之计在于晨，这个计就是要吃食物。可惜的是，我们大多数人都没有做好这个一日之计。早上起来大人孩子都在赶时间，经常因为时间太仓促了，就把早餐省略了，或者胡乱对付几口。吃早餐不仅提供身体所需的能量，而且让身体处于正常代谢的状态，一天都不会感到过于饥饿，因此摄入的总的卡路里也少。

少吃多餐要好于一日三餐，因为这样可以很好地控制胰岛素和其他激素的分泌水平，让人总体上吃得比较少，对于少年儿童更为重要，因为他们对营养的需求更为敏感。在美国的小学里，上午会安排学生们吃点零食，从食品健康的角度，学生们吃的多是垃圾食品，对健康没有好处。可是从身体的角度，这样可以稳定学生的血糖和胰岛素水平，对他们的学习和身体都有好处。

定点吃饭有一个很不利之处，就是我们往往出于心理上的原因而不是生理上的原因而吃东西，很多时候并不饿，或者早饿过劲了。并不是我们想吃东西，而是时间安排的结果，到点了，感觉应该吃东西了。孩子们喊饿，可是没有到吃饭的时间，不是让他们忍一会，就是随便拿些零食让他们先垫一垫。吃饭的时候孩子们并不饿，可是大人们半强迫地让他们吃，或者因为大家都吃，他们也就吃了。诸如此类的现象所造成的后果，就是吃得不对，我们和我们的孩子都不再是自然的食者了。因此从健康角度出发，首先要把孩子培养成自然的食者。

小贴士

在早餐中添加水果对孩子的健康很有好处。孩子们从一开始会很不习惯的，但时间长了，他们就能够吃进去。

培养自然的食者

我们刚刚出生的时候都具备一种动物本能，就是根据身体的需要吃东西。婴儿不时啼哭不是为了吸引大人的注意，而是因为身体本能的对能量的需要，要求补充能量。婴儿喝奶喝到身体的本能需求消失以后，就不会再喝了。会带孩子的大人要想办法让孩子多喝一点，否则过几个小时他又哭了，影响大人休息，结果从小就造成孩子吃得过多。孩子的这种表现就是自然的食者，这种本能在野生动物身上存在着，它们吃食物完全是本能所驱使的。

这种本能在我们身上为什么消失了？我们可以从被人类饲养的动物身上得到答案。我过去做科研的时候，经常接触实验动物，比如小白鼠和兔子。这些实验动物从生下来就待在笼子里，吃喝都由人定时供应，而且非常充足，这些动物每天面对着食物的表现相对无精打采，没有什么欲望。后来因为做艾滋病研究，曾经养过一种叫树鼩的亚热带动物，是介于饲养和野生之间的动物。这种动物和平常所见的实验动物大不相同，喂食的时候它会表现出很强的欲望，但是吃了一些后就不再吃了，虽然食物就在笼子里，但它们会要隔几个小时再碰食物，而不是像小鼠和兔子那样时不常就吃几口。树鼩所体现的就是凭着需要吃东西，而不是靠感官或者被食物所诱惑而吃东西。

人类的祖先从游牧到定居之后，就不再属于野生动物了。进入现代社会后，特别是近几十年，由于食品生产和加工的工业化和现代化，食物的供应越来越充足，于是人类越来越接近饲养动物，其饮食习惯也和饲养动物一样，是为了快速长肉的。现代化饲养的动物比如鸡的生长周期短而且长肉非常快，除了使用生长激素外，就是要它们使劲吃东西、少运动。北京烤鸭的妙处在于鸭子身体里要有大量的脂肪，所以北京鸭要越胖越好，人们因此发明了填鸭的技术，把食物硬从鸭嘴里往里塞。我们现在吃东西，已经和这种填鸭方法很接近了，多数人吃东西并不是因为身体确实需要。

我小时候很馋，那种馋是出于身体的需要的渴望，是因为身体的需要很难满足而造成从生理到心理上对食物的憧憬。有的时候因为没得吃，都出现幻觉了。这种感受今天的孩子们是不会体会到的，因为没有一个家长会忍心把孩子的食物供应控制到我小时候那种程度。我小时候那种食物缺乏是不值得效仿的，但那种对食物的本能的追求是我们要培养的。

养孩子养孩子，这一养就把吃东西的本能养没了。孩子生下来之后，用哭来表示要补充食物，吃够了奶就不再吃了，多喂的话就会吐。可是夜里每隔三四个小时哭一次，大人没法好好休息，所以就要想办法。喂奶的时候中间拍一拍，让胃里的空气出来，这样可以多存些奶。更为高明的还有偏方，比如给孩子吃猪油，可以一夜不醒。断奶之后，更是生怕孩子饿着，总是在他没有喊饿的时候就喂他食物，这样养大的孩子慢慢地就没有了对食物的本能的渴望了，而只是一种心理上的需求了。

一位有多年临床经验的儿科专家在和我谈到孩子吃东西的时候，特别强调了一点，就是中国的家长和美国的家长的区别：中国人家长在潜意识里永远怕孩子饿着，似乎认为孩子们自己不知道饿似的，不让他们吃东西的话很可能饿出病来。而许多美国人家长在孩子吃东西上是采取放任自流的态度，孩子要吃就让他们吃，不吃也不强迫。这种养孩子的态度在中国人眼中成了老外对小孩不上心的一个表现。可是这位儿科专家指出，这才是正确的养孩子的方法，换而言之，华裔少年儿童的体重问题和华裔家长喂孩子的方法有直接的关系。

超重或者肥胖确实和家长喂孩子的方式有关。比如西语裔家庭，父母和孩子都超重，他们家里在吃上面完全放任自流，做家长的在孩子吃东西上面很像中国的老观念，能吃就是健康，大胖小子胖丫头有福气。对儿科医生的控制饮食和吃健康食物的建议，这些西语裔家长从来就是当做耳旁风，因此中美和南美的少年儿童的肥胖比例冠于全球，在美国少年儿童中西语裔少年儿童的肥胖比例也是最高的。

孩子体重超重的华裔家长由于教育程度比较高，一般会接受医生的建议，主动地控制孩子的饮食，但是控制得很不够。在他们的潜意识里，依然存在孩子不能饿坏的固有概念，还是给孩子吃过多的卡路里，还是由他们而不是由孩子决定吃东西。他们的孩子旺盛的食欲并不是来源于身体的需要，而是被家长培养成的精神上的对食物的依赖。

值得反复强调的是，除非患了肥胖症的孩子，少年儿童控制体重不能靠减肥的方法，而是要靠培养健康的饮食习惯，最重要的是要培养成自然的食者。只有真正需要的时候才吃东西，否则不管怎样努力让他们吃健康食物，怎样调整他们的食物结构，他们将来还是不能很好地控制和保持体重。这实际上是我们这一代人的教训，是下一代人一定要认真吸取的。但是等他们成人后再吸取这个教训难免有些太晚了，养成的生活和饮食习惯改起来就难了，对身体的损害也已经形成了。因此我们要在他们还处于培养的阶段，让他们建立健康的饮食和生活习惯。具体来说，就是要达到下面的几个要和不要。

1.不要强迫孩子吃东西，尤其是在孩子不饿的时候

儿科医生接待的很多家长都在抱怨孩子不吃东西，然而测量体重的结果，他们的孩子体重很正常甚至超重，难道是基因上的原因，像俗话说的喝凉水都长肉?

遗传性的肥胖只占肥胖症中的三分之一，而且其中大多数是因为学习了父母不健康的饮食习惯造成，而并非纯生理的原因。即便属于这种情况，也绝对不是不吃东西，而是很能吃东西。家里有体重不轻而似乎不怎么吃饭的孩子的家长，应该检查一下家里的冰箱和储存室，看看除了正餐之外孩子还吃了什么。这样一检查，往往会发现在正餐之外，孩子乱七八糟地吃了很多零食，还喝了很多饮料，这些东西早就把孩子的胃占满了，到正餐时，孩子当然对你精心准备的饭菜没有胃口了。

这种情况下怎么办？硬逼着他们吃？或者死说活说劝他们诱导他们吃？听话的孩子于是就吃了，结果他们的体重就越来越重。家长应该做到的不是让孩子吃正餐或者说是固体食物，而是要让孩子少吃零食和饮料。

如果遇上不怎么听话的孩子就会出现很多家长犯愁的现象：孩子不吃东西。这种情况下就更不能强迫了，哪怕他们不是因为吃零食喝饮料造成的。

孩子胖家长发愁，孩子瘦家长也发愁。别人的孩子都长得很健壮，只有自己家的孩子像豆芽菜似的，好处就是用不着经常为他们添置新的衣服和鞋了。孩子体重过轻，发育就很不好，根据目前的科研数据，造成人类死亡的各种慢性病在很大程度上和儿童时期的营养不足有关，因此一定要让孩子吸收足够的营养。

可是小孩子就是不吃东西，这种情况在美国比较常见。家长们一说起来头就有几个大，无论怎么努力，无论做什么，孩子就是吃很少一点就不吃了。有些十几岁的女孩子这样做是为了苗条，甚至出现厌食症。但是，大多数不

吃饭的原因并不是为了使自己苗条。

究竟因为什么原因?

儿科专家说：是家长的原因，是因为家长强迫孩子们吃东西所造成的逆反心理。

儿童心理对儿童的健康非常重要，这往往是为父母们所忽视的。孩子们从本性上是因为饿才吃东西，并不存在着成人那种因为感官的享受、社交的需要和口腹之享而吃饭的乐趣。多数的孩子吃饱了或者不饿的时候，是不愿意坐在餐桌边上的，对他们来说是一种折磨。在这种情况下，如果家长总是没完没了地让他们吃东西的话，不管是强迫还是想方设法地诱导，都可能会让他们下意识地产生抵触心理，从此不再主动地吃东西，甚至对食物开始反感起来。

家长们不要担心孩子们饿着，孩子们和动物一样，饿了就会吃东西，除非没有东西吃。同样，如果孩子说吃饱了，那就是饱了。是否吃饱不应该由家长决定，而应该由孩子们自己来决定。家长是不可能完全控制孩子们吃什么的，那样做的话会适得其反。

在聚会上，总见到有的家长追着孩子喂饭，反复劝孩子吃。这时候我都会建议这些家长，不要管他们，食物就在那里，过一会儿他们肯定会主动吃的。每一次的结果，都证明我说对了。

现代的成年人由于机械地定时吃东西，而且吃得过多，已经很少有人凭饥饿感吃东西了，甚至已经忘记了饥饿感。让孩子们在饥饿的时候吃东西，孩子们就不会丧失对饥饿的感觉。

强迫孩子吃东西，或者违反孩子的愿望让孩子吃东西，是做家长的在培养孩子健康饮食习惯方面最常见的问题，因此是父母们首先要解决的问题。在吃饭的事情上要学会放手，不要越俎代庖，把食物准备好，让孩子们自己决定吃不吃、吃多少。坚持下去的话，不管是胖孩子还是瘦孩子，他们的体重都会正常的。

小贴士

创造轻松的就餐环境，不要急着让孩子们吃东西或者在就餐时争吵。轻松的环境可以保证孩子专注在吃上面，充分地享受食物。

2.要让孩子坐下来专心致志地吃东西，而且要细嚼慢咽

孩子们吃东西的时候自己通常不会老老实实地坐在餐桌边上吃，而是拿着食物就走，常常是边干别的边吃东西。刚到美国时，看到洋人家里一家人一本正经地围着餐桌坐好了再吃东西，总要感叹人家教育的就是好。

这一点不仅仅是修养和教育的问题，也是健康的饮食习惯之一。从成年人到少年儿童普遍的肥胖趋势也和这个习惯的丢弃有关。

让我们再回顾一下从前，三四十年前的从前，那时候我们这些小孩子吃食物的时候是很专心致志的，因为食物不多，要珍惜，吃饭是一天之中很重要和隆重的事情。此外也没有其他事情可以干扰，大人也许看看报，小孩只有专心吃饭。每当我们回忆起那段时光的时候，总会感叹那时候胃口真好，吃什么都香。现在则是吃什么样的佳肴都没多大胃口，吃什么样的美味也不觉得香。导致这个现象的原因有饮食中能量过剩的原因，也有我们自身的原因。

自从电视普及以后，人们在电视机前的时间越来越长，加起来的话，每周达到30小时，也就是起码六分之一的时间花在电视机前了。近年来电脑普及了，看电视的时间少了，用电脑的时间多了，两者加起来要远远多于六分之一。每天的时间是固定的，看电视和用电脑的时间不是凭空多出来的，而是挤出来的，挤了活动和锻炼的时间，挤睡觉的时间，也挤吃饭的时间。可以少睡一会，可以不锻炼，但不能不吃饭，于是吃东西和看电视、用电脑便结合起来，一边吃一边看电视，一边吃一边用电脑。很多家庭正是一到吃饭的时候就打开电视机，小孩也经常边看电视边吃饭，看电视的时候吃零食的现象也非常普遍。对于少睡觉和不锻炼，大家都知道是不健康的行为，可是对于不再专心吃东西则没有多少人觉得不妥，因为食物反正是吃进肚子了。

在大家的印象中，吃饭是一个很简单的、用不着专注的事情，这个印象恰恰是十分不正确的，人吃多吃少是和注意力是否集中有关的，而且是越专注就吃得越少。

人的食欲和吃多少是没有关系的，吃多少是和吃饱的感觉相关的。一旦感到吃饱了，就不再吃东西了。大家都知道，人的思维是由大脑控制的，是否继续吃下去也是由大脑决定的。大脑做出不吃的决定是要等到胃部传送过来一个饱了的信号之后，胃部并不等到被食物完全撑满了再发送信号，而是在食物装到将近一半的时候就传信号了。这个信号从胃部到脑部通常要花20分钟时间，在这20分钟里，人还在继续吃东西，当然也继续发送饱了的信号。如果注意力没有集中在吃东西上，而是边吃边干其他事，大脑很可能会错过这个信号，等到大脑捕捉到另外一个同样的信号时，就会吃得比身体所需的量多了。

吃东西的时候，如果能够细嚼慢咽，这样不仅有助于消化和吸收，而且在这20分钟的传送期内也会少吃东西。孩子们吃东西都习惯狼吞虎咽，所以要让他们养成细嚼慢咽地吃东西的习惯。

专心吃东西，还可以增加人和食物的交流，使人从感官到内部更容易为食物所满足，而不是把自己填饱，这样也会少吃很多东西。另外一方面，不坐在餐桌前，而是坐在电视机前的沙发上吃东西，不仅吃得多，而且吃的大多是垃圾式的零食，造成美国人形容的土豆体型。

家庭里必须要定下的一个规矩，就是吃东西一定要坐在餐桌边。

3.不要因为不吃某种食物而惩罚孩子，或者用食物作为奖励或惩罚

应该鼓励孩子吃各种食物，但是通常的情况是，你辛辛苦苦地做出来，孩子尝了一下，或者连尝都没尝就表示不喜欢吃。针对这种情况，做家长的当然会很不高兴，很生气，因为对于你来说，这些食物都是非常好的食物，没有道理不吃。不高兴很生气的结果就是因此而惩罚孩子，非要他们吃下去，如果不吃的话就采取相应的惩罚措施。

孩子不吃某种食物的原因很多也很复杂。小孩和成年人不一样，成年人侧重于食物的味道，而小孩在选择食物时是相当感性的，口感在其次，很多时候是因为颜色、式样等方面的原因，不喜欢的原因也许是联想起以前有过的什么不愉快的经历，并不是因为嘴刁或者难伺候。少年儿童的思维和成年人是不一样的，做父母的要理解他们，在这方面要容忍。

还有一种可能，孩子不吃某种食物是因为上次吃完以后感觉有些轻微的不适，特别是含有牛奶、鸡蛋和花生酱的食物。这种不适在孩子的心理上留下记忆，很自然地拒绝再吃了。有些时候，这种不适是因为过敏造成的。食物过敏是很常见的现象，特别是小孩，因为身体的消化功能还没有完全发育好，也可能因为对异物接触的次数少，没有形成适应能力，过敏的可能比成年人要高。因此在孩子不吃某种食物时，也要考虑这种可能。在我周围就有这样的例子，这家的孩子就是不爱吃面食，因此孩子很瘦，家长便千方百计地让孩子多吃面食。没想到孩子不吃的原因是因为肠道对面粉里面的某种成分过敏，有一次在家长的强迫下，孩子多吃了一些面食，结果发生严重的过敏症状，送到医院抢救，可是已经太晚了。孩子去世后，医院找到了食物过敏的死因，家长悔之莫及。

这种极端的例子虽然很罕见，但足以提醒我们，不要光从主观上对待小孩不吃某种食物的现象，更不要因此而惩罚孩子。否则会在孩子的心理上造成比较严重的阴影，使他们在进食和对食物的认识上产生一定的抵触情绪。一旦出现这种心理，消除起来就很费劲。

人不吃某种食物是很普遍的事，几乎没有一个人在吃食物上没有禁忌的。我小时候不知道什么原因不吃西红柿，在幼儿园老师的眼中是很大逆不道的事，采取各种各样的惩罚手段，发誓要把这个毛病扳过来。结果不仅没有扳过来，到现在除了番茄酱以外，我还是不能接受其他有西红柿成分的食物。有了这段终生难忘的经历，对儿子吃东西便很放松，吃什么不吃什么便由他去。到了现在，他也有两样东西不吃，一个是巧克力，勉勉强强能吃一点点，对这个不吃，我是非常高兴的，因为巧克力的热量太高了。其次是韭菜，是一点也不能沾的。对此劝说了几次无效也就算了，不过是在包饺子的时候单独给他包其他馅的饺子而已。即便是孩子不爱吃很健康的某种食物，也可以用其他食物替代。现在食品供应很丰富，可供选择的食物很多，每一类食物中也有不少能够选择的，完全可以从中找出孩子能吃的。

用食物作为奖励或者惩罚的手段就更不利于培养健康的饮食习惯了。吃东西是应该让孩子自己决定做或者不做的事情，就如同睡觉和上卫生间一样，不是由父母决定的。把食物作为奖励和惩罚的手段就改变了这种关系，变成由成年人所决定了。孩子们吃东西也不是因为饥饿，而是因为表现的好坏。这样在他们心中，食物就不是一种很自然的东西，变成和玩具或金钱一样的东西，他们对待食物的态度就会改变，慢慢地丧失了自然的感觉了。

把吃食物的主动权交到孩子手里，让食物真正成为生命的必需品，而不是附属品或者奢侈品。

小贴士

有规律吃饭的大人和孩子的体重要比吃饭无规律的人正常。紧张的生活节奏造成吃饭有规律比较困难，家长要花时间事先准备，让全家吃平衡食物。

4.对孩子要有耐心，要持之以恒地坚持下去

西方有句谚语：罗马不是在一天之内建成的。孩子的健康饮食习惯也不是一两天就能树立，特别是由于父母的疏忽、忽视或误导而已经形成不健康饮食习惯的孩子，改正过来就更非一朝一夕之事。在这件事情上，光有认识和行动是不够的，要有耐心，要持之以恒地坚持下去。

孩子虽然年幼，可是也有自己的思维和判断，对事物的接受能力也不一定符合我们的想象。即便他们全盘接受了健康的饮食观念，也很难在行动中雷厉风行地做到。连我们成年人做事都经常懒惰和拖拉，又怎么能用这种高标准去要求自制力远不如我们的孩子们？他们的不经心、缓慢和反复都是正常的。饮食习惯的培养是一生中的大事，不要指望能够很快地实现。在孩子们的成长过程中，还会发生因为受到外界的影响而改变自己的饮食习惯的情况，我们也要不断地纠正他们。比如我儿子前几年受电视里快餐食品广告的影响，常常要求买那些食品。每一次出现这种情况，我都耐心地和他交流，温习一下他在学校里面学到的食品健康知识，再分析一下他选中的食品究竟属于食品金字塔的哪一层，这类食品的坏处在什么地方，让他自觉地放弃对这种食品的要求。这个过程是经常发生的，是一件很考验我们的耐心的事。

孩子们的迟缓和反复也表示他们

希望在这件事情上有自己的发言权，得到重视，并不是有意唱反调。做家长的有些时候会感到很沮丧、很生气，因为辛辛苦苦做出来的饭菜，孩子一口都不吃。换着样做、想尽办法，可是孩子们还是那么顽固。这时候不能灰心，更不能生气。孩子不喜欢的是饭菜而不是他们的父母，让孩子们多理解父母的苦心，不如我们这些做父母的多从孩子的角度想一想，就会没有那么多的挫折感和压力，就能够坚持下去。

我儿子小时候是不吃豆腐的，对此我太太很理解，因为她小时候也不吃豆腐，从中总结出小孩子都不爱吃豆腐这个可笑的结论。好在我有足够的耐心，每次吃豆腐的时候都鼓励儿子尝一下，尝了就鼓励，不尝也无所谓。终于有一天，儿子开始吃豆腐了，而且非常喜欢吃。如果没有不懈的努力，他也许永远不会吃的。

做到持之以恒，除了有耐心有恒心之外，还要有一个一致合作的家庭和朋友的环境。首先夫妻要一致，这种事情上不能一个唱红脸一个唱白脸。其次亲戚朋友也要支持，不能因为爷爷奶奶一句话就让父母长期的努力付诸东流了。这也是中国人在少儿教育上的弊病，对自己的晚辈，对别人家的孩子过于草率，说话不考虑后果。在孩子眼里，成年人的话都值得相信，不管是自己的父母，还是其他人，孩子们都会听到心里去的，别的大人的话往往会被孩子用来抵制自己父母的要求。在孩子面前，尤其是涉及他们自身的健康方面，外人是不应该开玩笑的，应该当成很严肃的问题。我是从来不放过任何机会，一旦有机会，就把我所掌握的健康知识告诉亲友的孩子们。

改变自己的习惯对每个人来说都不是容易的事，何况他们还是分辨能力不强的孩子。有耐心要体现在做得多说得少上，不要像祥林嫂那样喋喋不休，那样就会造成孩子们的反感。要持之以恒地坚持下去，相信时间会改变一切的。

小贴士

儿童健康专家曾经统计过，让孩子们能够适应一种新的食物尤其是健康食物，一般来说要向他们推荐15次左右，也就是说，会经过十余次的拒绝。如果没有耐心的话，你的孩子也许永远不会吃这种食物。

怎样让孩子吃得健康

孩子按照上面所说的，成为自然的食者，只是饮食健康的开始。如果不能坚持吃健康的食物，还是达不到健康成长发育的目标，因为顿顿吃垃圾食品的自然的食者，也会很不健康，不仅成人后会出现很多疾病，就是在少年儿童期间也有可能出现各种文明病的。

健康食物的标准是随着时代变化的，我们这个时代的健康食物是低卡路里、低脂肪、低糖、富含纤维、维生素和矿物质的食物。我们的饮食结构应该是半素食结构，多吃全麦糙米类碳水化合物，多吃水果蔬菜而且以生食为主，少吃肉类而且以鸡肉和鱼为主。这个健康食物的结构和大多数人所习惯所喜爱的饮食结构是相反的，因此存在着怎么样让孩子吃进去的问题。

健康食物并不是人们印象中难吃的食物，如果吃习惯了以后会觉得很可口，但是毕竟不如高脂肪、高糖食物那样容易满足口感。如果随便选择的话，大多数人还是会选高脂肪高糖类垃圾食物的。家长们对如何让孩子们吃健康食物很头疼，想尽办法可是孩子还是爱吃垃圾食物。对小孩子不能要求得太过于理性，不能指望他们吃东西的时候认真考虑是否健康，特别是在他们饿的时候，往往按自己的喜好吃东西。让他们吃健康食物，还是要做到下面几个要与不要。

1.要为孩子做榜样

儿科医生所遇见的患有肥胖症的孩子之中，有超过三分之二的孩子，他们的父母之一也是肥胖症，而且往往是父母双方都肥胖。这不是基因在起作用，而是饮食习惯在发挥效果。尽管孩子们可能和父母不是吃同样的食物，但他们在饮食结构和习惯上往往和父母是一致的。他们的饮食习惯主要是从父母那里学来的，他们吃什么食物很大程度

取决于父母为他们做什么饭、买哪种食品。孩子们在很多情况下是别无选择地在饮食习惯上随了父母，因此想让孩子吃健康食物，必须自己先吃健康食物。

生活在一个家庭里，如果每顿饭父母都是大油大肉，却让孩子们吃水果蔬菜，不算是虐待，但是很难做到。即便听话的孩子当面吃下去，在背后在潜意识中他们也要吃大油大肉，而且当他们没人管、有自主权之后，肯定会学着父母的样子大油大肉吃起来。这就如同抽烟的父亲天天教育儿子不许抽烟一样，儿子长大后多数情况也会像模像样吞云吐雾的。父母是孩子人生的榜样，俗话说有其父必有其子，家庭的影响是无比巨大的，特别是饮食习惯上。为人父母者不能在这方面抱有不切实际的幻想，固执地认为自己的孩子能够分辨是非。在孩子们的思维中，大人是有欺骗他们的可能的，自己吃这样的食物，偏偏让他们吃另外一种食物，即便是知道为他们好，在潜意识也有抵触情绪和叛逆心理，非要逆着父母的意愿。如果父母同样吃健康食物，哪怕孩子爱吃垃圾食物，天长日久，孩子们也会不知不觉地向父母靠拢的。

律人容易律己难，在饮食习惯上，要首先从自己做起。如果连自己都不能吃健康食物的话，又凭什么让孩子吃健康的食物？我们宠爱孩子、心疼孩子、在孩子身上花费全部心血，不仅仅是体现在他们的生活学习上，而且要体现在他们的身体健康上。如果他们将来由于没有培养成健康的饮食习惯而生病或短命的话，责任在我们身上。父母吃健康食物对孩子是良好的示范作用，对我们自己更是健康长寿的方法，这种一举两得的事情为什么不去做？

人都有惰性和惯性，都不愿意改变自己，在饮食习惯上尤其顽固，只有当外界推动时，或者出现严重后果后，才亡羊补牢地开始改正。为了我们自己的健康，更为了孩子们的健康，都要从现在开始吃健康食物。因为我们的饮食习惯会如同传家宝一样传给我们的孩子，我们的孩子也会把它传给他们的孩子。如果不能把健康的饮食习惯和健康的理念传下去的话，我们的后人就会一代一代地品尝着苦果。

从我们自己做起，从今天做起，为孩子们做个健康的榜样吧！

2.不要在家里储备垃圾食物

对于成年人来说，坚持吃健康食物有一定的困难，因为外界的诱惑太大。晚上在外面应酬、中午在外就餐，很多时候很难保证吃健康的食物。但是对于孩子来说，这方面就容易多了，因为外界对他们的诱惑不多，他们所吃的食物大多数是家里有的，父母给他们做的，或者他们在家里找到的。

那些总追着孩子喂饭、总担心孩子饿着的父母可以把心放回肚子里去了，孩子们是饿不着的，除非家里一点吃的都没有。孩子们饿了的时候，不会坐在那里直到出现胃溃疡，也不会等着天上掉馅饼，而是像猎人一样非常主动地去寻找食物，寻找的范围就是在家里。家里有什么，他们就会吃什么。如果在家里发现的食物品种很多，他们选择的往往是好吃的垃圾食物。如果在家里找不到他们喜欢吃的垃圾食物，孩子们不会忍饥挨饿直到父母回来做好饭的，而是吃找到的食物。如果家里只有健康食物的话，孩子们也只能吃这些健康食物。长此以往，他们就会习惯和喜欢吃健康食物了。

我们的家里储存了比我们需要多得多的食物，且不说食物过期、腐烂会造成我们生病，如果整理一下的话，会发现这些食物大多是垃圾食物，因为我们购买这些食物的目的就是让我们自己和孩子们能够尽快地吃进去，就是为了好吃，就是为了尽快地消除饥饿感。商店里的各种食物中，属快餐食物最符合上述标准，于是我们就理所当然地在家里经常性地储存垃圾食物，成为我们自己和孩子们饮食的一大来源。在很多有一定健康知识的人们的印象中，只要正餐不吃垃圾食物就万事大吉了，却忽略了零食和饮料这个潜在的垃圾食物来源。

垃圾食物的另外一个被忽视的问题是所含的防腐剂，已经有很多证据表明因为垃圾食物比其他食物含有更多的防腐剂，会造成不同程度的症状，甚至可能造成严重的损害。垃圾食物之所以要加很多的防腐剂，是因为它们含有很高的脂肪和糖，这类食物很难长期保存，很容易变质，也很容易招虫子。厂家为了延长食物的寿命，不得不加大防腐剂的用量。吃得多，中毒就严重。

家里需要储存一些零食类的食物，特别是为了孩子，让他们在饥饿的时候能够有东西吃。但是这类东西要尽可能地避免高脂肪和高糖，而是以水果、低脂酸奶等健康食物为主。家里有点心饼干，孩子往往不会吃水果和酸奶。可是如果家里只有水果和酸奶的话，你应该担心的就是会不会消耗得太快。

×

√

有一个健康食物的生活环境对孩子的饮食习惯的培养是非常重要的，不要让他们置身在垃圾食物的环境中。把家里的垃圾性快餐食物都清理掉，换上健康食物。孩子们一开始会抱怨的，但他们会很快习惯的，而且他们也很快会获益的，将来他们也会为此而从内心深处感激的。

小贴士

对孩子吃垃圾食物的请求不要心软，这往往是受电视广告和其他人的影响。遇到这种情况要以教育为主，只要不带他们去，不给他们买，他们自然就吃不上。

3.要让孩子参与

家庭中采购和准备食物似乎完全是父母的责任，孩子们饿的时候来吃就是了，他们在食物选择上没有太多的自由。健康食物也是由家长采购回来、制作好了之后让孩子去吃，在很多时候孩子会产生抵触情绪，就是不吃。

几年前我发现一个现象，如果带儿子一起采购食物的话，对他自己建议买出来的食物，他都会吃的。于是就开始施行这样一个做法：一家人找时间坐在一起，把一周的食谱制定一下。不用十分详细，只是讨论一下这一周吃些什么。这中间自然免不了一下争论，儿子从感情上还是想吃高脂肪的食物，因此这个讨论也是加深和更新他的健康饮食知识的一个非常好的机会。儿子感到自己受到重视，说的话家长听了，不管是否被采纳，他心理上就通情达理多了。讨论完了，便带着儿子去采购。原先没有之前讨论的时候，一进超市，他就嚷着要买这个要买那个，抱怨这个东西多久没吃了，那样东西别人老吃等等。有了之前的讨论后，再进超市，父子就非常地和谐，在很多选择上都能够达成一致意见，是一种让人感觉非常轻松和舒心的经历。采购回来的各种健康食品，他基本上都能吃下去。

在一起采购食物时还发现，孩子对食物是有主见的。比如水果，放在家里的水果，他只不过表现出吃与不吃，或者是否喜欢吃。但是到了商店里，他就会说出自己对食物的看法。同样是橘子，他会指着一种橘子说我吃这种橘子，因为好剥。也会指着那种桃子讲我要吃这种桃子，因为在动画片里面孙悟空吃这种桃。对我们家长来说，吃哪种水果都无所谓，只要吃就成。如果没有这种参与的话，就很有可能买回来他不喜欢吃、不愿意吃的东西。孩子对食物的喜好受感觉的影响很大，食物的颜色、形状、大小等等都会影响他们对食物的看法。今天的食物供应很充分，同样的健康食物有选择的余地。很多比如低脂酸奶，我们买回来的酸奶，儿子吃起来不积极。让他到商店里自己挑他愿意吃的那种，结果每天下学回来都会吃一罐，也就不会嚷着吃饼干之类的东西了。

采购的时候，也是让孩子们有接触不同食物的机会。商店里摆放着各种食物，通过解释和诱导，孩子们会乐意尝一尝的。对于食物，做熟了的话孩子们很可能不吃，因为他们没有直观的印象，不知道这是什么东西。如果让他们知道这种食物的自然颜色和形状后，他们就不再有顾虑，能够尝一下的。让孩子吃健康食物，要先争取的是让孩子尝健康食物。想让孩子尝，就要先让他们的头脑中出现食物的自然形状的联想，没有这种联想，孩子们很可能不作尝试。

多数孩子对做饭都很感兴趣，这并不表明他们将来有可能成为厨师，而是因为他们好奇。他们觉得从生的东西变成让他们吃下去的饭菜是个非常有意思的过程，渴望自己尝试一下。对于孩子们的这种愿望，不光不要打击，而且要鼓励。要让孩子们参与食物的准备和制作，根据年龄，让他们做一些力所能及的事情。比如洗米、打鸡蛋、用微波炉热饭、择菜等等，有他们参与而做成的饭菜，他们保证会吃的。同时，也是一个非常好的教育的机会，也是培养孩子生活能力的途径之一。

4.不要一下子改得过多

老子说：治大国如烹小鲜。还有一句老话叫欲速则不达，对于饮食习惯的培养和修正来说，慢慢地改变是非常重要的。

如果列举一下，你会发现家里的大人、孩子身上，不健康的饮食习惯非常多。即刻痛下决心，统统改变的话，其后果往往是什么都没改。吃健康食物的最终目的，是让孩子树立起毕生受用的正确的饮食概念和健康的饮食习惯，并不在于每天每周每月吃了多少健康食物。对待不健康的饮食习惯，要像对待计算机程序中的虫子（Bug）一样，要抓最严重的那个，逐次改正，改正好了，再找下一个最严重的。每次只改一个，而不能好大喜功，全面出击，结果一事无成。

大人的坏毛病改起来难，孩子也一样。成为习惯的东西纠正起来都要花时间的，同时纠正几个不良饮食习惯所需的努力是乘法而不是加法，而且由于触动了太多的固有习惯，孩子们的抵触情绪会很大，很难得到孩子们的配合。如果没有孩子们的配合，不良的饮食习惯是很难被纠正的。

对于孩子身上不良的饮食习惯，不要着急，要循序渐进。让孩子吃健康食物也是一样的道理，不要指望不吃健康食物的孩子一下子吃的全是健康食物，要一点一点地替换。比如先用水果代替甜点，成为习惯之后再让孩子少吃肉多吃菜。零食中的垃圾食物也要一部分一部分地替换，要给孩子们逐渐

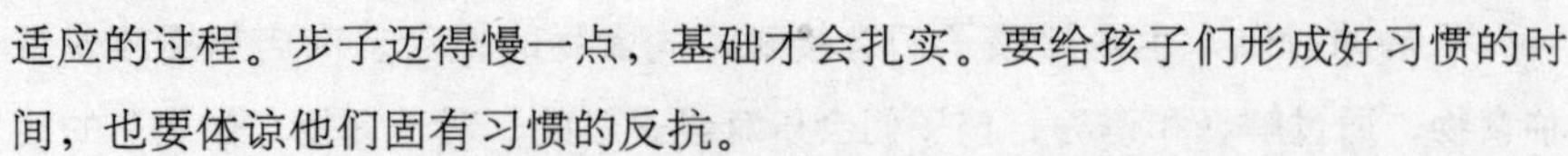

适应的过程。步子迈得慢一点，基础才会扎实。要给孩子们形成好习惯的时间，也要体谅他们固有习惯的反抗。

5.要让孩子们掌握食物健康知识

在饮食健康上不要颐指气使、耳提面命般地督促孩子。应该多让孩子掌握食物健康知识，让他们主动地吃健康食物，这是一个非常有效的办法。在饮食健康上，孩子们对新知识的接受能力要比我们成年人大得多，也快得多。一旦他们具备了应有的知识，不仅能够自己吃健康食物，而且会反过来督促家长吃健康食物。比如我儿子在了解了反转脂肪酸的危害后，买东西的时候都会看一看食物包装上的营养成分标签，即便是再爱吃的东西，如果有反转脂肪酸的话，他都很坚决地要求不买，买了也不会吃。通过这件事，让我体会到孩子们掌握健康知识的效果，这种效果要比我们苦口婆心地说有效得多。

孩子们渴望学习新的知识，他们的自制力虽然比成年人弱，但他们不如成年人固执，他们容易被改变，容易接受改变，也容易主动改变。

请相信孩子们，他们是不会让我们失望的。

小贴士

千万不要打击孩子们对食物制作的兴趣，要给他们多提供接触食物的机会。无论是自然的食物，还是食物的加工和制作过程，都是他们非常感兴趣而且能从中获益的东西。

必须遵守的饮食习惯

最后强调几条必须严格遵守的饮食习惯，这些习惯应该从现在起，一丝不苟地落实在孩子身上。

1.一定吃早餐

朋友问我：饮食健康的注意事项是什么？

我的回答首先是：一定要吃早餐。

赛车比赛中，选手们在比赛开始前要把油箱加满。出于同样的原因，早上出门前，肚子是不能空的。在一天的几顿饭中，早餐的重要性比其他几顿的重要性的总和还重要，吃还是不吃，已经成为影响健康的一项重要指标。对于孩子来说，吃早餐的重要性更是要高于成人。根据科研结果，患肥胖症的少年儿童中有很大比例是因为不吃早餐造成的。此外，由于孩子们要读书学习，吃不吃早餐直接影响着上午的学习质量。

人的能量来自碳水化合物分解的糖，占血液的0.1%，这就是常说的血糖。早上醒来时，身体已经有12小时没有得到食物了。人在睡眠的时候虽然代谢率很低，但是一样要消耗能量，因此血糖被消耗得差不多了，血糖的水平下降到很低的水平。血糖下降到一定水平时，身体便要求肌肉和肝释放储存的糖原。等到所有储存的糖原都消耗光了，人体开始分解脂肪以提供能量，脂肪酸不能转换成糖，因此肌肉中的蛋白分解、转换成糖。这就是减肥的原理，由于很多维生素和矿物质不储存在体内，因此减肥的人要注意补充维生素。

美国大约有15%的少年儿童和三分之一的成年人不吃早餐，这就等于赛车比赛开始时油箱只装了一半油，开到中途必须加油，结果让其他车超了过去。不吃早餐，身体不仅直到中午都处于营养缺乏的状态，而且在学习和工作中注意力不能集中。

美国的一项调查结果表明，和吃早餐的少年儿童相比，不吃早餐的少年儿童的铁、锌、纤维、钙和维生素B_2等水平低，而且靠午饭和晚饭是很难弥补这一段营养缺乏对身体所造成的损害的。还有一点就是造成全天的新陈代谢率低下，不吃早饭的人午饭会吃得过多，长此以往会造成肥胖。

大家早上都很忙，有很多事情要做。但是无论事情多么重要，也重要不过给孩子准备早餐。把早上的时间重新安排一下，一定要让孩子吃早餐，而且给他们准备营养丰富的健康早餐。

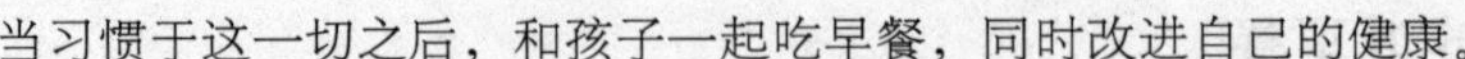

当习惯于这一切之后，和孩子一起吃早餐，同时改进自己的健康。

2.减少在外就餐的次数，尤其是在快餐店就餐的次数

大人在外面吃饭的机会很多，可是孩子们在外面吃饭的机会是由大人决定的。在外就餐的最大害处是接触不健康的或者垃圾食物的机会多多了——餐馆里的食物在用料和做法上不是从健康的角度考虑，而是从让顾客觉得好吃的角度考虑。在前面已经谈过了，食物在嘴里让人感到好吃的主要原因是其中脂肪的含量高，因此肉类食物和油炸的食物让人很爱吃。还有比较甜的食物，比如糕点和冰激凌也深受人们喜爱。出于这个原因，餐馆里的饭菜脂肪和糖的含量非常高。有的时候是让你意想不到的，比如美国人常吃的健康食物沙拉，沙拉里的生的蔬菜很健康，可是吃沙拉要吃沙拉酱。沙拉酱里面的脂肪含量极高，一小勺就含上百卡路里。很甜的糕点自然糖的含量很高，但是不甜的糕点里面糖的含量一样很高。查一下配方就会发现，几乎所有的糕点的含糖量都大大超过人体所需。如果有可能的话，尝一下给糖尿病病人吃的饮食，就会发现我们的口味是多么的偏甜了。

家长带孩子出去就餐的次数多，孩子接触垃圾食物的次数就多，如果家长常去快餐店的话，孩子们的饮食结构就无法健康，他们的饮食习惯也不会健康。为了孩子的健康，也为了我们自己的健康，必须减少全家在外就餐的次数，美国的健康专家甚至建议每个月在外就餐的次数不要超过两次，或者90%的时间在家吃饭。

在此还要注意一点，很多人在家做饭是努力参照外面馆子里的食物。孩子爱吃外面馆子的某种食物，父母就努力学会了，让他们在家也能经常吃到。这样的话，还不如让他们偶尔去外面吃一顿。在家吃饭的真正意义在于要做健康食物，要吃健康食物，而不是把厨子请回家。

3.杜绝喝可乐类软饮料

造成全社会肥胖的一大原因就是可乐类软饮料。为了好喝，软饮料里面加了大量的糖。美国人每年所喝的软饮料，如果换算成体重的话，平均每人11.25公斤。当然这些热量是不会全部变成体重的，即便是不到一半，也有五公斤。也就是说，如果让美国人把软饮料换成水的话，就等于全民减轻体重五公斤，可以马上改善因为超重和肥胖造成的全社会的健康问题。但是，这个看起来最简单的办法却是一个不可能完成的任务。

美国各州的学校正在相继把可乐类软饮料从学校请出去，在学校的自动售货机和食堂大多不出售软饮料，就是因为意识到软饮料对少年儿童健康的巨大危害。但是这件由医学界推动的行动在全美推行得并不顺利，饮料公司除了继续进行铺天盖地的广告轰炸外，还进行大规模的游说，阻挠各州通过相关法律。少年儿童虽然有了一定的认识，但是身处到处都是软饮料的环境中，是无法凭自己的自制力来杜绝软饮料的。在中国，并没有这方面的教育，少年儿童也不具备这样的健康知识，在他们的印象中，可乐是非常好的东西。对于我们做父母的人来说，要让孩子们充分认识到可乐类软饮料的危害。这类东西给予人太多的空白卡路里，影响了人对健康营养的吸收，使人吸收了过多的能量而超重或肥胖，这类饮料的一些成分长期服用对人体还有一定的副作用。

针对软饮料人人喊打的现状，饮料公司想出新的办法，就是所谓的减肥可乐。这种减肥类的软饮料的销售成绩非常好，成了饮料公司新的摇钱树。减肥可乐这个概念是饮料公司的偷梁换柱的说法，因为喝减肥可乐之类的减肥饮料本身是不能减肥的，它们起的是替代的作用。这类饮料不含卡路里，用它们来替代软饮料后，的确能够少吸收很多能量。可是这种效果只发生在每天喝大量可乐的人身上，对于像我这样不喝软饮料只喝水的人，是一点效果都没有。既然不想在喝饮料的时候吸收能量，干脆喝水就是了，为什么花钱买这种和水效果一样的东西？最近饮料公司开始把这类饮料改名叫零可乐，意思是不含卡路里，其目的是为了吸引不打算减肥的人。

既然和水一样，人们为什么还爱喝这类饮料？是因为甜，在这类饮料中加了糖精，达到既没有卡路里又甜的效果，实际上各类饮料中糖精的用量都不少，因为成本比糖便宜。对于糖精，近十年来反对的声浪很大，因为长期服用很有可能出现严重的副作用。意大利的一项为期七年的研究表明，饮料中的糖精可以导致一些很严重的疾病，包括癌症。这项研究的结果还有待证实，但已经足以引起我们的重视。

小贴士

在家里绝对不要储存可乐类软饮料。孩子不习惯的话，可以用果汁代替，最终还是要用水来代替，因为果汁中添加的糖和糖精的量也非常大。要尽快让孩子养成渴了只喝水的习惯，无论在家里还是在外面，都只喝水，这是大人和孩子必须遵守的一项饮食习惯。

4.晚餐要早吃

不仅早餐必须吃，而且一天的营养的大部分应该在中午之前吸收进去，要给身体留下吸收消化的时间，这样吃进去的营养才会被充分吸收和消化，提供给身体使用。但是，由于时间安排的原因，大多数人家都把晚饭当成一天中最丰盛的一餐，结果大量的食物堆积在消化系统中，晚饭后的活动量很少，孩子们要早睡早起，把食物消化和吸收的时间推迟到了夜里，一方面造成孩子的睡眠不好，另一方面造成能量堆积，形成超重和肥胖。消化道里的食物，特别是下消化道中，有很多是代谢的废物，长期待在肠道中会刺激消化道，这是消化道肿瘤发生的一个原因。老人讲的不积食、不存隔夜之食，就体现了这个科学原理。

对于成年人来说，最好能够少吃或者不吃晚饭，但对于少年儿童则不十分妥当，因为他们生长的需要，晚饭前后还要做作业，要有一定的能量支持。因此，比较可行的办法是尽可能早做、早吃晚饭，不要等到七八点才吃完，最好在五六点就结束了，这样孩子起码还有四个小时的时间消化食物。此外，孩子们放学回家会饿的，如果家里的晚饭习惯吃得比较晚，孩子们就得吃一些零食，结果影响了正餐，也有可能多吃垃圾食物。早些吃晚饭，就会免去这部分的食物吸收，对孩子的健康很有好处。

上班族回到家里已经天黑了，再做饭，完成后是不可能很早的。这就需要有计划，或者提前一天把一切都准备好，晚上下班后简单处理一下就可以吃了，或者晚上吃一些容易做的食物。但是要牢记的是，不能图简单、省事和快，让一家人吃快餐食物。很多健康食物处理起来也不复杂，也可以很快就吃上的，只要有所计划，有所准备。

5.餐具换小

人吃东西的欲望来自于食欲，如果培养得好，食欲是由饥饿感控制的。然而人吃多少，什么时候不吃，理论上是由饱了的感觉决定的，但是由于要等胃部的信号传送到脑部以后人才停止吃东西，信号能否被捕捉到取决于注意力是否集中，非常容易受到干扰。人的胃口的伸缩性很大，可以继续装很多东西，直到从生理上装不进去了。大多数情况下，人们都是处于心理的停止吃到生理上的停止吃之间，也就是说，都吃多了。

孩子们在吃多少食物上相对来说容易控制。他们一般会适可而止，当吃得差不多的时候就不会硬塞了，也不会像成年人那样由于饭桌上的气氛而不停地吃下去。只要大人多创造一些条件，孩子们就会少吃很多食物，他们的体重会得到很好的控制。

这样的条件之一就是把家里的餐具换成小号的，特别是给小孩用的饭碗，最好是个小碗，每次盛饭的时候也不要盛满。过一段时间，就会发现孩子的饭量减少了。当然这里是针对能吃的孩子来说的。每次添饭的间隔长一点，可以借机鼓励孩子吃些菜。这种少量多次添饭的办法，使孩子吃饭的速度慢了，等收到饱了的信号时，并没有多吃多少。面前的饭少一些，还可以训练孩子细嚼慢咽，有利于对食物的吸收。

最重要的，是用这种办法培养出胃口小的孩子。吃少量而营养丰富的食物，是长寿的秘诀。这个习惯不能等老了吃不动时再培养，而是越早养成越好。

6.尊重孩子的意见

在上面多次提到了孩子的心理。让孩子吃得对，养成健康的饮食习惯，得到孩子的配合非常重要。少年儿童一天天成长，他们的心智也一天天健全。他们在思考，并不是盲目地听从父母的指示。即便是非常乖地做了，在潜意识里他们也会思考和问为什么。

在吃食物上，只要不是原则性的问题，应该尊重孩子的意见。比如孩子喝大量的软饮料、吃大量的甜食等习惯是没有商量的余地的，要让他们尽快改正。但是如果孩子不吃某种水果和蔬菜，则没必要强迫他们，也没必要为此争论，只要他吃他喜欢吃的水果和蔬菜就是了。我们提倡的多吃水果和蔬菜，是一个整体的概念，而不是说所有的水果和蔬菜都要吃。只吃几样水果蔬菜同样是健康的。

我们要孩子们做到的，是吃健康食物，但并不是吃我们认可的、我们接受的、我们吃的健康食物。即便是吃同样的食物，也不一定按大人认为好吃的做法和吃法。我们可以把健康食物的概念灌输给孩子，但没有必要把健康食物的烹调方法灌输给孩子。我们爱吃的，完全没有必要让孩子也爱吃。

少年儿童对食物会有自己的感觉、看法和选择的。我们应该尊重他们的选择，起码听取他们的意见，在饮食方面多交流，而不是粗暴地干涉和命令。就拿吃蔬菜来说，营养学家发现，孩子们比较喜欢吃软的蔬菜，也许对大人来说，烂软的蔬菜不好吃。可是如果你希望孩子能够多吃一点，就要适当照顾一下孩子的口味。

举个例子，在普通人眼里，新鲜的蔬菜和冷冻的蔬菜是不同的，而且做熟了之后味道也不一样。但是在营养专家眼中，这两者是一样的，都含有同样的营养成分。我们在和孩子们在饮食上不一致时，应该从营养专家的角度看问题，只要营养成分吃进去了，吃什么、怎么吃并不重要，可以让孩子自己选择。

孩子是我们的孩子，但早晚有一天他们会长大成人的。吃什么食物、怎么吃食物不会再由我们决定，也不会再听我们的指挥了，他们早晚要做出自己的选择。我们所能够做的，也是为了将来他们自己做选择时，能够根据健康的饮食知识做出选择。我们家里吃得食物品种再多，和世界上的食物品种相比，还是沧海一粟。将来孩子长大后，会遇到很多没有吃过的食物和不同的做法，难道每到这种时候他们都要回家问问父母?

我曾经遇见过很多这样的美国年轻人，他们吃东西的范围很窄，对没有吃过的东西很畏惧，不愿意尝试，这就是因为他们的父母没有让他们养成在食物上的独立性。在孩子的成长过程中，要慢慢地培养他们在食物上的独立性，要鼓励他们有自己的口味和喜好，只要这种独立性和口味符合饮食健康的标准。

在吃东西上，男孩和女孩有一定的区别，女孩子厌食的可能性更多一些，这也是家长应该加以注意的。女孩子发育比男孩子早，对营养的要求要高一些，尤其是维生素的补充上。以近视眼为例，女孩子近视的比例要高于男孩，有的眼科专家认为是因为女孩发育快导致相关维生素缺乏所造成的。因此女孩饮食的营养充足和平衡相对来说更为重要。

孩子们的可塑性很大，已经形成的饮食习惯很容易改变，当他们掌握了饮食健康的知识后，也会自觉地改变自己不好的饮食习惯，特别是在他们觉得自己能够做主的情况下。对孩子们的要求和选择，如果不对，要耐心地说服他们，只要表示出虚心和尊重，孩子们是能够明白事理的，甚至能够很好地控制自己的。

小贴士

孩子多吃或者少吃有可能是心理上的压力和焦虑造成的，如果解除了压力和焦虑，他们在饮食上就会恢复正常。心理对饮食的影响也是家长们要考虑的因素之一。

这一章所强调的是让孩子们吃得正确，在这方面并不是只有一座独木桥，而是条条大路通罗马。也用不着列出几个健康食谱，只要有了健康的原则，有无数种办法可以达到目的。

吃饭是人生的大事，所以也是孩子们成长的大事，是儿童教育的大事，必须要花一定的时间和精力。和每天为了孩子的教育奔忙的父母交流时，我总是不厌其烦地提醒他们：抽出些时间，关心一下你们孩子的饮食的健康和教育吧！在某种意义上这要比让孩子参加课外辅导班、学不同的东西更重要。因为我可以非常有把握地说：他们的孩子中的大多数吃得不对，不仅现在吃得不符合健康要求，而且孩子的饮食习惯也很可能不健康，因此将来也会吃得不对。

因此，从现在开始，我们要把精力用在让孩子吃得对，而且一生都吃得正确上。

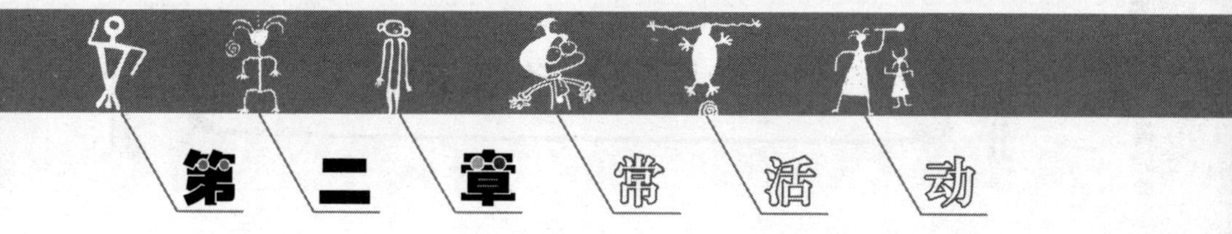

第二章 常活动

就是因为动得不够

儿童肥胖是因为吃得不正确、营养过剩所造成的，同时也和活动量太少有密切关系。由于科学技术的进步，取代了千百年来需要人力的很多劳动和活动，人们在日常生活中也经常用工具代步，走得少多了。在工作中很多时间甚至大部分时间是坐着和不活动的，家务活也有很多事借助于机器，成人的活动量比我们的父辈和祖辈要少多了。这种很享乐的生活方式对我们的祖先来说是梦寐以求的，而对于我们来说，则是很多不适和疾病的根源。因为我们人类的身体结构和功能是为了长期劳作而设计的，很多功能长期不用或者使用效率很低，就会退化，或者像年久失修的仪器一样，因为闲置而慢慢报废。比如我们的骨骼和肌肉，因为活动的减少而不能够得到加强，于是随着年龄的增长，它们无法再支持人体，出现了慢性疼痛和其他疾病。体重的增加又使得本来就不很结实的人体结构和不很健全的人体功能雪上加霜，因此各种慢性病成了人类死亡的主要原因。

相对于成年人来说，儿童的活动量多多了。可是相对于过去的少年儿童来说，现在的少年儿童的活动量少了很多很多。按国际上的能量标准，少年儿童每天所需的能量起码要高于成年妇女。如果是男孩的话，应该相当于活动量较低的成年男子。如果是十几岁的男孩的话，就要吸收和活动量较大的成年男性一样的能量。这个标准就是基于少年儿童的活动量大，因此需要更多的能量而制定的，而不仅仅基于少年儿童身体发育的需要。少年儿童的身体发育是否健康，除了保证充足的营养外，还要保证能量的吸收和消耗达到平衡。活动不仅仅是为了消耗吸收的能量，还有助于营养的充分吸收和转化，更有利于身体的健康发育。少年儿童的生长发育，并非吃饱了以后坐在那里，让肚子里的食物去发挥作用，而是要在活动中使得骨骼和肌肉借助吸收的营养而发育起来，使身体的各项功能逐渐成熟。

少年儿童经常运动，可促进骨骼生长，使骨骼变长、变粗，骨密度增大；还能使肌纤维变粗，提高肌肉的力量、速度和耐受力。此外多活动还可以消耗多余的脂肪和能量，达到预防超重和肥胖的目的。户外活动对少年儿童的生长还有一个重要影响，就是钙的吸收。钙吸收得好，孩子们才能长得壮，而且为一生的骨骼质量打下基础，将来患骨质疏松的可能性低，时间也会晚很多。钙的吸收有赖于维生素D，维生素D可以自身合成，就是通过阳光照射，使皮下脂肪组织合成维生素D。由于这种维生素D是人体自己合成的，因此最为身体所喜爱，远比吃进的维生素D有效。活动少的少年儿童，受阳光的照射就少，因此骨骼的质量就差。由于人类寿命不断延长，对骨密度的要求越来越高。成年之后，人体会渐渐流失钙，造成骨密度越来越低，骨质疏松成为中老年人比较常见的疾病。对此，更应该在生长期多吸收和储存钙，户外活动的重要性也就越来越明显。

除了生理上以外，活动对孩子的心理成长和健康也很重要，心理疾病和心理发育不正常也会反过来影响生理发育和健康。儿童自闭症或者叫儿童孤独症是儿童很常见的心理疾病，是一种婴幼儿发育障碍，发病率超过2%。近年来，外国专家发现，随着电视电脑的普及，儿童孤独症患者有所增加。经过跟踪调查，专家发现，患“电视孤独症”或“电脑孤独症”的儿童，即使经过良好的教育，将来仍会有相当一部分人不能很好地适应社会，不能像正常人那样很好地生活。多数不能很好自立和融入社会的成年人，其原因都和儿童时期的自闭有关。

电视和电脑的普及带来了许多副作用，其中最严重的是让少年儿童活动量减少，户外活动的时间也同样减少，对他们的生理和心理发育都十分不利，所引起的后果会越来越多，越来越普遍。

现在高楼林立，孩子们一天多数时间是待在家中的，户外活动的时间非常少。在家里不管怎么跑动，活动量都小。孩子们整天坐在那里玩游戏，虽然家长也给他们买了很多的所谓“益智玩具”，但这并不能帮助孩子们摆脱孤独感，时间一长，孩子们就有可能患“高楼孤独症”。

孩子的饮食习惯也和活动有关，爱活动的孩子胃口好，这是显而易见的常识。而厌食的孩子中有一部分就是因为活动量少，造成新陈代谢水平不高，食物的消化和吸收不良。

少年儿童就是活动的年纪，坐得住的孩子并不代表就是好孩子。只要不是多动症，最健康的孩子应该是好动的孩子。

小贴士

让孩子活动，父母首先要活动。从上下楼不坐电梯走楼梯开始，孩子也会一起爬楼的。

鼓励孩子活动

孩子们从本质上来说都和孙悟空一样，非常爱动，这并不是由于他们爱激动和好奇，而是因为他们还保存着人类的动物本能。动物的本能就是爱动，动物这个名词就是这么来的。渐渐地在我们的教育下，孩子们变得规规矩矩起来，不爱动了。在从前并不是大问题，因为孩子和成人一样，在生活中不得不动。我小时候每天上学和下学加上中午吃饭，所走的路比现在的少年儿童一天走的路都长好几倍，而且在学校还经常打扫卫生，加上学校组织的学工、学农、学军，这种活动量对现在的少年儿童来说是天方夜谭。正因为现在的少年儿童在学校的活动量都远远不够，因此在家中，家长们就更要有意识地鼓励孩子们多多活动。

中国和美国的情况不一样。在美国的社区里，孩子下午放学后，家长可以放心地让他们在户外玩一会。在中国的城市里，一则没有那么多的户外空间，二来是沉重的课外作业，不容许孩子们有这样的户外活动机会，以至中国的少年儿童比美国的少年儿童活动少，加上中国重视孩子的学习，美国重视孩子的身体和体育运动，造成中国的孩子和欧美国家的孩子相比在体质上的差距。这种差距以往是以营养不良的方式体现的，今天则是以运动不足的形式存在。也许表面上看不出明显的区别，但是我们的孩子有可能生病的机会多、生病之后恢复的时间长、将来患慢性病的比例

将会比较高。

美国的一位儿童肥胖症的专家在谈到少年儿童肥胖的原因时，认为现在的孩子有过多的娱乐。这句话说得很有道理。在娱乐上，幸福的童年是要用一生来付出代价的。作为疼爱孩子的父母，应该尽力让孩子们放弃一些娱乐，从电视机和电脑边站起来、活动起来，家长要创造各种条件来鼓励孩子们处于经常活动的状态。

1.保证户外活动的时间

要争取让孩子们每天都有十五分钟到半个小时的户外活动时间，如果不放心孩子独自待在室外，可以陪孩子一起出去。这样不仅孩子活动了，大人也一道活动。例如很多家庭的大人有饭后散步的习惯，这时候孩子往往待在家里，如果能带着孩子一道散步，孩子的活动量就得到了保证，同时也可以把这段时间作为和孩子交流的时间。

采购特别是购买生活必需品时，也可以带着孩子一道去。孩子们不愿意逛店，但对于购买生活必需品通常很有乐趣。到超市总会有一定的距离，走去走回的路程就是一种很好的活动。前面提到过，和孩子一起在超市采购也是饮食健康教育的好时机，同时让孩子有机会目睹和接触各种不同的自然的食物，会引起他们尝试的兴趣。

周末是不能错过的时间，一定要安排较长的户外活动时间。无论是去远的地方还是就近，以让孩子多接触自然为目的。如果能够和需要一定体力的活动相结合，效果就更好。有的家长带着孩子去参加集体组织的登山活动，这就是一项对孩子身心都非常有益的活动。但是登山回来找个餐馆大吃一顿的日程能免就免，否则一天的成绩很可能被这顿饭注销了。在美国的华人也有同样的习惯，出游的最后一项活动通常是找个餐馆饱餐一顿，吃进去的大多是不健康的食物。出游一天之后，身体的消耗比较大，需要补充营养。如果晚上能够吃水果蔬菜等健康的食物，会被身体很快地吸收了。何况累了一天之后还要吃几个小时的饭，大人认为是享受，在孩子们眼里是受罪，他们希望尽快回家休息或者自由自在。很多孩子不愿意经常出游，这顿晚饭是主要的因素之一。听听孩子们的议论，他们往往对大人一吃起来就没完没了而牢骚满腹。

传统的观念认为女孩子要文静，但是在活动上，女孩子和男孩子并没有区别，不存在性别差异。对男孩锻炼的要求也就是每天起码一小时的活动时间，对女孩一样适用。

让孩子去户外，也等于让自己去户外，孩子在电视电脑前的时间减少了，家长在电视电脑前的时间同样减少，于是孩子和大人的健康都得到了改善。

2.鼓励孩子做家务

现在家家都是独生子女，都和宝贝一样，舍不得碰不得的，家里的家务更不可能让孩子动手了。孩子在家里和家外几乎不干任何体力活，活动量非常小，小胖子到处可见。这样的孩子不仅没有生活自理能力，而且体质和健康状况很不好。如果真心希望他们健康长寿，就应该让他们在力所能及的情况下学习和协助做家务。

家务活看起来都是些鸡零狗碎的东西，费不了多大的劲。但是主妇们都清楚，家里看起来巴掌大点的地方，收拾起来没完没了，累得半死还见不到什么效果。家务事看起来轻松，实际上活动量非常大。虽然都是些小动作和细活，但是加起来会相当繁重。不少人认为天天干家务正是妇女长寿的一个原因，因为她们通过干家务，使自己处于经常活动的状况，而男人们正因为不干家务，身体经常处于静止的状态，两者的区别就在寿命上体现出来。

家里的活不能光让女主人一个人干，男女双方要分担，虽然干家务对寿命的影响还很难下定论，而且很可能是不能被科学证明的推论，但是干家务对健康的益处是毫无疑问的。很久以来，健康专家们一直推荐和要求人们每天抽出半个小时的时间进行锻炼，也的确发现坚持锻炼的成效，但这种效果是和几乎不锻炼的人进行比较的。当把比较的对象换成每天不锻炼但处于活动状态，包括在家里经常做家务的人后，研究人员发现，每天有规则的锻炼，而且锻炼达到一小时的人，其体重控制效果不如那些不锻炼但经常活动的人。对此，研究人员进行了实验研究，发现了其中的奥秘。

人体消耗脂肪的功能有一种类似开关的作用，当身体需要能量时，这个功能会处于开的状态，以便身体调用储存的脂肪。但身体处于不活动的状态时，这个功能便处于关的状态，身体就不会释放储存的脂肪。每天锻炼的人，如果除了锻炼时间外不怎么活动的话，哪怕是每天锻炼一小时，他们的脂肪消耗功能也只有在这个时间段里处于开的状态，在其余时间始终处于关的状态。而每天不锻炼但经常活动的人，他们的脂肪消耗功能在白天的大部分时间内都处于开的状态，可以达到不运动也能减少脂肪的效果。因为多余的脂肪是健康的大敌，家务活对健康的作用就这样体现出来。

孩子的活动量不多，可是功课又比较重，很难再抽出很多时间让他们加强活动量，而且条件也不一定容许。孩子太小时，不能去健身房。年龄大一点可以去健身房时，功课的压力也大了，每天不可能有整块的时间去锻炼。家里的地方有限，多数家庭不可能置办健身器械，能够让孩子的活动量得到很快提高的最好办法就是让孩子做家务。

家务活用不着什么技术，一教就会，而且永远干不完。仅仅让孩子保持自己房间的整洁，就足够让他们忙的了。让孩子养成整洁的生活习惯，对他们的心理发育也有极大的好处。修佛有打扫灵台之说，处于一个整洁的环境中、乐于保持整洁的环境的人，他们的心灵世界是宁静的，他们的性格是平和的，待人接物上彬彬有礼，没有暴力的倾向。

让孩子做家务，并不是那种强迫式的，而是让他们自愿地帮忙。孩子们从主观上愿意动手，愿意模仿，更高兴能看到自己的成绩。这是中美儿童教育的一个差别，美国的儿童教育强调培养孩子的动手能力，无论在学校还是在家里，都鼓励孩子自己动手，这种通过实践来培养知识的办法比从书本上学的效果要好得多。家务活虽然简单但处处包含着科学常识，孩子们会从中学到很多知识。美国的成年人的动手能力非常强，许许多多的事情都自己动手，和他们小时候的教育和培养有关。对于成年人来说，在业余时间动手做事，是消除压力的一个好办法。如果从小培养孩子具备自己动手的能力和兴趣，将来成人后就具备了缓解精神压力的有力武器。

吃完饭特别是晚饭后，让孩子帮着收拾一下，既促进了孩子的消化，又教育了孩子，让孩子真正成为家庭中的一员。传统的观念，是培养女孩子干家务，不训练男孩子干家务。很多男孩子是愿意动手干家务的，也有不少女孩子不愿意干家务。不管是男是女，都应该培养出做家务的习惯，不仅因为对他们的健康有好处，而且将来他们独立生活时都用得着。

做家务对于孩子来说虽然重要，但要在孩子自愿的基础上。孩子有的时候处于一种懒惰的精神状态，不愿意干事，这种时候千万不要强迫他们。干家务要让孩子感到是在帮助父母，有助人为乐的感觉。帮助别人的时候自己在心理上是能够获得非常大的满足的，这种满足感对于健康来说是类似仙丹的东西，可以让人忘掉烦恼和压力。少年儿童虽然天真无邪，但也是有思想的，并不是无忧无虑，他们的心理减负也同样重要。

在美国，家长培养孩子动手能力的一个办法是采取金钱鼓励，干家务有奖励。这不仅是鼓励孩子做家务，而且也是在培养孩子的金钱概念，

这个办法也很值得效仿。

孩子们从小都是爱劳动的，这是与生俱来的本能。家长们不要让这个本能渐渐地退化，让孩子们保持这个本能，一辈子好动。

小贴士

培养孩子爱活动要越早越好，起码在学龄前，就要有意识地让他们爱动不爱静。

3.限制看电视、用电脑和玩游戏的时间

孩子们是待不住的，不会像有些成年人那样舒服不如躺着、做白日梦，孩子们只要不睡觉，总要找事去做。现代社会的一个特点就是让孩子有事做，在繁重的功课、课外辅导之外，用电视、电脑和游戏机把孩子的业余时间都占得满满的，甚至侵占了孩子们睡觉的时间。

这些现代化的娱乐对孩子成长的副作用已经受到严重关注，比如在前面介绍的电视中快餐食品的广告对孩子饮食习惯的影响，看电视时间过长导致孩子零食吃得多，长时间看电视、上网和玩游戏会导致孩子患孤独症等等。除此之外，每天几个小时坐在电视和电脑前，孩子的活动量很低，造成体重超重或肥胖、体质虚弱、免疫力水平很低，这些都属于儿童的文明综合征。

国外专家总结出看电视对儿童造成以下七项危害：

- **肥胖**：因为看电视的孩子运动量减少，而且零食吃得多，加上受电视广告的影响而偏爱垃圾食物。
- **激素分泌受干扰**：电视发出的光线使褪黑激素的产生减少，可能增加细胞DNA变异的机会，容易引发癌症。
- **免疫功能降低**：易受感染，抵抗疾病能力下降。这和活动量少，晒太阳少有关。
- **早熟**：也与褪黑激素减少有关。
- **睡眠失调**：感觉器官受到过度刺激，容易导致失眠。电视的形象和声音对人是一种比较强烈的刺激，时间久了对神经的影响比较严重。
- **易患自闭症**：因为社交时间减少，和其他人交流少。
- **身体脂肪增加**：某些激素的分泌受影响，导致胃口大开，脂肪增加。

国外的研究人员对1971年到1973年间出生在新西兰达尼丁的1000多名

儿童进行了追踪研究，一直随访到26岁。其追踪结果显示：儿童和青少年每天看电视超过两小时，与成年后超重和肥胖、胆固醇升高、吸烟者增多、心血管健康状况差等健康问题显著相关。这些26岁的在少儿时期每天看电视超过两小时的年轻人中，有17%的人吸烟，17%的人身体超重，15%的人胆固醇指标高，15%的人健康状况差。根据这些研究结果，专家们建议少儿每天看电视不超过两个小时。由于网络和游戏机的普及还是近年的事，目前还没有相关的长期研究，但其对健康的影响是毫无疑问的。根据美国的统计，孩子们每天花在电视机前的时间为三个小时，各种娱乐时间加起来为五个半小时。几乎占据一天的四分之一的时间，如果加上起码三分之一的睡眠时间，和起码三分之一的学习时间外，基本上没有时间干别的了。

我接触了个别的犹太人家庭，他们家中没有电视，让孩子过从前那种简单的生活，多余的时间用在学习和参加各项活动上。这样教育出来的孩子在学习和身体上确实比较出色，能够做到的家庭也可以模仿，但是我们家却无法做到，也不愿意做到。在和儿子交流时，他时常讲，希望有一个幸福的童年。每次谈到这里，都会引起我的深思。从我们家长的角度，希望孩子能够吸取我们的经验和教训。但是从孩子的角度，他们希望自己的童年幸福，少一些压力和负担，有些事情的乐趣只有童年和少年时才能享受到，比如打游戏，虽然不少成年人也沉迷于游戏上，但其中的很多乐趣只有少年儿童才能体会到。电视、电脑和游戏机，和我们小时候的那些游戏一样，是孩子们的生活乐趣，如果剥夺了的话，他们也许会成为很优秀的学生，具有很健康的身体，但是他们早晚会发现他们的童年失去了一些无法挽回的乐趣。该享受的文明成果应该让孩子们享受，我们可以做的是在量上，限制他们看电视、上网和打游戏的时间，让他们在保持这种乐趣的同时，把时间用在活动上。

孩子们看电视、上网和玩游戏的时间受到限制后，他们肯定会找别的事情干，这时候就可以鼓励他们干一些需要消耗体力的事，或者到户外活动。

近年来，对于儿童过早地接触资讯，专业人士有了新的看法。美国小儿科医学会发出警告，建议两岁以下的儿童最好完全不看电视。一方面是看不懂，另一方面他们应该与父母或年龄较长的儿童互动才能刺激脑部的关联与神经发育，电视这种单向式的输入对他们一点好处也没有，反而让父母以为儿童在接受资讯。对于大一些的少年儿童，专家们也建议严格限制，两个小时的标准只适用于16岁以上的孩子，年纪小的要递减。电视中的广告对孩子的影响前面已经说过了，电视中还有很多不正确的资讯，而且图像式的资讯会使孩子的推理力与想象力下降。

更重要的是，电视中暴力的镜头太多，电子游戏更甚。美国的几项调查结果表明，少年儿童正是因为看电视和玩电子游戏而出现暴力倾向，轻则具有攻击性，重则犯罪。因为专家和公众一直在呼吁传媒界和游戏商减少暴力内容，这件事任重道远。

上网对少年儿童的危害则更加严重，因为网上的内容更难控制，在我周围就能看到很多少年儿童因为在网上玩游戏，不仅耽误了学习，而且暴力倾向极为严重。长时间上网对少年儿童的健康的影响极大，严重地影响着儿童的正常发育，甚至有可能造成畸形。此外还有遍及网络的色情问题。目前少年儿童对网络的依赖越来越严重，是值得每一个父母关注的问题。

孩子们一玩游戏就上瘾，在美国有些家长从一开始不让孩子玩游戏，但是不能坚持下来，因为孩子在和小朋友交流中会出现问题，缺少共同语言。看电视、上网和打游戏是现在孩子们普遍干的事，是他们的共同爱好，如果不许他们干，就很可能出现和其他孩子的交流问题，受到排斥，造成自闭。电子游戏近年来发展很快，出现了那种健身游戏。乍看起来似乎可以边做游戏边健身，其实孩子们热情过去后，还是坐在那里一动不动。我家里各种游戏机也很齐全了，让儿子玩，但定下限制并严格执行，不能影响学习、睡眠和锻炼。

我的邻居里面就有不止一家存在着家长和孩子天天一起打游戏机的情况，还有把地下室修成娱乐中心那样，尤其是堆满了垃圾食物，一家人在地下室里又吃又玩，让我儿子非常羡慕，经常用这样的例子来要求我。每到这个时候，我都会非常严肃地告诉他：打消这个念头吧，这是不可能的，因为我要对你一生的健康负责。

小贴士

要减少孩子看电视、上网和玩游戏的时间，还是要从大人减少看电视、上网和玩游戏开始，因为孩子在模仿，也会用大人在做同样的事为借口。

让活动成为习惯

少年儿童和成年人一样，每天起码要有一个小时的活动时间，学龄前的儿童要加倍，而且活动的时间最好分成三到四次，让孩子经常处于活动的状态。少年儿童的活动和成人不同，成人多以每天一次集中式的锻炼为主，而少年儿童则应该以分散的积少成多的形式完成，重要的是让孩子们养成经常活动的习惯。

成年人要定期锻炼，重要的是必须马上行动，通过定期的锻炼改善自己的健康状况。少年儿童要经常活动，重要的是要养成习惯，其近期的效果还在其次。习惯成自然，即便孩子的体重不能很快减下去，只要孩子有了活动的习惯，迟早他们的体重会达到正常的水平，而且会维持住的。从体重的角度，少年儿童是不能按成年人那样减肥的，除非他们过于肥胖，因为少年儿童正处于发育阶段，对营养和能量的要求都比较高，减轻和控制他们的体重，应该靠养成良好的饮食和生活习惯来实现。这种习惯会伴随孩子们的一生，让他们将来能够在繁忙的日程中保持锻炼，而且把锻炼当成乐趣。

孩子们的习惯无论是好的习惯和不好的习惯的培养比我们想象的容易，好的习惯不为人注意，但我们会注意到孩子们不知不觉地染上了不良的习惯，说明孩子们接受新事物的能力很强，也说明孩子们是很容易被改变的。孩子们良好的习惯特别是运动的习惯不能培养出来的责任主要在父母，并不是因为孩子们懒惰，而是因为父母懒惰。

前几年开始让儿子在晚饭后进行半个小时左右的系统锻炼。一开始比较困难，因为不希望给他太大的压力，基本上不强迫他，而是希望他自觉锻炼，因此要费很多口舌去说服他，往往还说不过他，以失败告终。但是几个星期后，不仅不用劝说，到了时间他都会主动下楼去锻炼，结果弄得我想偷一天懒都不成。从这段经历中深刻体会到家长在孩子健康习惯上的重要性，和家长自己毅力的重要性。

1.和孩子一起养成习惯

刚才讲的深刻体会，是体会到如果全家一起培养锻炼和活动的习惯的话，孩子就很容易养成锻炼和活动的习惯。如同前面讲到的，如果全家都吃健康食物的话，孩子吃不健康食物的机会和比例都会很小。如果父母在家不是坐着就是躺着，却要求孩子经常锻炼和活动，对孩子们来说是很难接受的，他们做起来是被动的、不情愿的，也不可能成为习惯。俗话说强扭的瓜不甜，强迫孩子锻炼和活动只能增加孩子在心理上的抵触情绪和反感，产生严重的逆反心理，他们长大以后肯定会反其道而行之的。希望孩子自觉，首先我们自己要自觉。希望孩子养成习惯，首先我们自己要养成习惯。

这两年和儿子一起坚持晚饭后锻炼的过程中，就出现了这样的情况。有一阵自己的事情太多，在家要加班。晚饭后儿子还有没完成的功课，练琴吹黑管，有时晚上还有活动，于是锻炼就变成三天打鱼两天晒网，几个星期过去后，儿子锻炼的次数开始越来越少。意识到问题后，赶紧把时间重新安排一下，保证了定期的锻炼，才把这个习惯巩固下来。孩子就是我们的镜子，从他们身上可以照出我们的不足，促进我们去改进，鼓励我们坚持下去。

有人说养孩子和教育孩子对于父母来说等于脱胎换骨，很多父母如果是为了自己，可能有些事就不做了，但是为了孩子，往往就能坚持下来。活动和锻炼就可以成为这样的事，只要度过万事开头难的阶段，就会有令人欣喜的成果，大人和孩子的健康都会得到改善。也许在平时看不出来，但到了感冒和流感季节时，看着别人家大人孩子连续病倒，自己家一家健康的时候，就会体会到过去的努力是多么的重要了。

2.有张有弛

少年儿童有自己的思维方式，考虑问题也有他们自己的特点。他们的情绪也有高潮和低潮，而且更容易受情绪的影响。在活动和锻炼的时间安排上，应该留有余地，给孩子放松的时间。我家的锻炼日程就不包括周末，因为一则周末孩子的活动量很大，周六和周日都给他安排了充足的在户外活动或者和小朋友一起活动的时间，并不需要再额外进行锻炼。二来周末对孩子来说，和大人一样也是放松的时间，让他在晚上放松一下，也是一种很好的调整。周末的晚饭一般都吃得比较早，当睡觉的时候晚饭吃进去的食物大多已经消化了。

现代生活的特点是周末比平时更紧张，孩子要上辅导班、参加比赛，还有家里的交际活动，在这种情况下依旧按平时的日程按部就班的话，孩子的精神过于紧张，会产生不利影响。很多孩子就是因为周末的时间安排太紧张，没有得到良好的调整，而长期处于一种情绪低迷的状态。周末就应该成为周末，在时间安排上要松弛一些，让孩子不仅从功课中解放出来，也能从其他事情中解放出来，多一些他们能自己支配的时间，反过来对平时的锻炼和活动还有促进的效果。

小贴士

如果孩子因为情绪的原因，不愿意动，就不要强迫他们，给他们一个放松和解脱的机会。锻炼不能成为精神上的负担和压力，要尽量不引起孩子们的强烈反感。

3.家规和日程

没有规矩则不成方圆，一个家庭要有一些健康方面的硬性标准和规则。虽然我们强调尊重孩子们的意见，不强迫孩子，要孩子自动配合，但这并不表明在家庭中实行彻底的民主和自由。孩子还不具备成熟的分辨能力，父母对孩子还负有法律责任和义务，因此父母有权有义务定下规矩，强迫孩子遵守。有关健康方面的家规，应该着眼于保证孩子的健康。孩子懂礼貌，外人看到后会夸奖有家教。孩子在外行为和饮食遵循健康的要求，就是在健康问题上有家教。达到这一点，家规是很重要的。孩子们都习惯遵守规矩，如果有规矩的话他们会遵守的，但如果没有规矩，总是靠家长心血来潮进行管理，孩子们的抵触心理会相当大。他们在学校上学，学校有教规，并不是每时每刻由老师临时决定的，这就是总结出来的教育方法，也是孩子们习惯遵循的生活方式。要把这种教育方法引入家庭，让孩子们在家里也有规矩可以遵守。

就拿我家为例，在饮食上，我家是绝对不储存可乐类软饮料和冰激凌的，尽管儿子反复抗议，也绝对不能更改。出去就餐也一律不叫可乐类饮料，在这个问题上是没有讨价还价的余地的。还有比如晚上7点钟以后不能再吃任何食物，只可以喝水，以保证良好的睡眠。不仅儿子要遵守，我们也一样严格遵守。还有到了时间就必须睡觉等等。儿子知道没有商量的余地，也只能遵守，时间久了，就成为生活习惯。

在锻炼和活动方面，除了前面介绍的做家务、少看电视、上网和打游戏、每天晚饭后锻炼等规矩之外，还有很多可以成为家规的地方。比如根据家里的情况和爱好，选择一项容易进行的、大人和孩子皆宜、能乐在其中的运动或活动项目。根据各家的不同情况，使孩子和大人能够保持着活动的状态。有了规矩，就要遵守，只要严格要求，孩子是能够守纪律的，长此以往，这些家规就会成为孩子们的习惯。

在平常的日程安排上，可以把活动加进去，让活动成为每天家庭日常生活的一部分。在某个特定的时间段进行某项活动，和吃饭做功课一样，让锻炼和活动融入家庭的日常生活，成为生活不可分割的部分。就像在下面要讨论的卫生习惯一样，通过规矩和时间安排，使锻炼和活动成为每天不可缺少的习惯性的程序。

4.利用各种条件和机会

每天的生活中有很多的机会，不用刻意去安排，就可以增加孩子们的运动量。这些机会大多被我们忽视，因为人们习惯于被动地做事，尤其涉及健康问题时，更是难得主动。因此，要利用各种条件和机会，达到增加孩子运动量的目的。

人一天要走很多路，但是人们走路越来越少。现在很多人用各种交通工具代步，每天走的距离短多了，以至于专家建议把走路作为最佳的锻炼方式，只要每天快走上半个小时，就能保持健康的状态。

走路人人都会，因此多走路的机会很多。出门的时候，尽可能少开车，能走过去的就走过去。停车的时候离目的地远一点，不要学很多美国人那样，宁可等十分钟也要停在离目的地最近的地方。上下楼时，除非是楼层过高，一律走楼梯。等候的时候也不要坐着，而是站起来来回走动。不可小看这些细节，仅走楼梯一项，坚持下来就有相对大的运动量。不要说回到家里，现在出门，需要上下楼的地方非常多，人们不是乘电梯就是站在自动电梯上，失去了一个非常好的锻炼机会。我们家开车出去的话，都会停在停车场离大门较远的地方，一来一去就走好几百米。在商店里一律走楼梯，为孩子创造活动和锻炼的机会。

在交通拥挤的城市里，坐公交车有时候还不如走着快。和孩子一起出行，不妨提前一两站下车，走到目的地，在时间上没有耽误，活动的目的也达到了。

在需要用手提东西的时候，特别是不很重的东西，应该让孩子也来拿一部分，这种负重的日常活动对肌肉的锻炼很有好处。不能让孩子手不能提，而是要让他们多提，经常锻炼手臂。家里搬家具或收拾东西时，都可以让孩子来参与。重新布置房间是孩子很乐意干的事，我家中遇到这种情况，不仅让儿子从头到尾参加，而且还让他参与意见，培养他的审美感和布置组合的能力，成为一项非常有趣的家庭活动。

活动也并非都是好的，有些孩子活动量很大，家长就要注意了。活动量大并不都是好事，孩子的大部分活动是健康的，但也有些活动是不健康的。如果孩子过于好动，则应该考虑是不是有儿童多动症的可能。少年儿童的活动应该是温和的，不能太激烈，更不能过于暴力。孩子的暴力倾向是一个值得严重关注的问题，成年人犯罪中很大的比例和这种少年儿童时养成的暴力倾向有关，一旦发现必须及早纠正。孩子受外界的影响，特别是电视、网络和游戏中暴力内容的熏陶，很有可能出现暴力倾向。这种暴力倾向会在活动中体现出来，家长们一定要格外注意，不能掉以轻心，尤其不能引以为乐。发现这种行为就要立即加以劝导和纠正，让孩子认清是非。孩子是一张白纸，在行为举止上要靠家长的引导，绝对不能放任自流，要利用各种机会来培养孩子平和的心态和温和的举止，好动但不能有攻击性，不能有野蛮的举止和暴虐的行为。

小贴士

每天花一些时间和孩子一起活动，哪怕是玩耍也好，都能增加孩子的活动量。要经常鼓励孩子而不是打击孩子，无论他们活动量多大，都要给他们信心，而不要给他们压力。同样，不管孩子体重多重，也都要从正面去鼓励孩子，不要让孩子产生负担。

参加体育活动

运动量最大莫过于体育活动。美国家长对孩子参加体育活动的重视程度是和对学习的重视程度是一样的，甚至还要高于文化知识的学习。美国的孩子们要参加很多体育项目的训练和比赛，不仅周末，而且平时都占用很多时间。学校在升学上对体育专长的照顾也非常多。

对于体育活动，美国人是把大众体育和竞技体育结合起来，大众体育的尖子就去参加各种级别的比赛，包括国际比赛和奥运会。而中国的大众体育和竞技体育的界限很分明，专业运动员都是从小集中培训出来的。美国人对体育很热衷，很多孩子的梦想是成为体育明星，在美国也有这样的体制。但是在中国，却很难做到体育和学业兼顾，而且没有由业余进入专业的良好体制。即便进入专业的话，淘汰率非常高。

美国的体育明星的寿命都不长，很多人只活到60多岁。其原因是因为长期的超负荷的运动量造成身体透支，加速了器官和功能的衰老，心肾等功能有严重的隐患。加上长期服用抗生素造成了对肝肾的损害，甚至有意无意地服用兴奋剂，使体育明星经常出现猝死的情况。作为专业运动员也非常艰苦。因此，希望自己孩子健康长寿的家长，除非孩子有过人的天赋，最好不要让孩子变成专业运动员。

让孩子选择的体育项目应该是比较普及的、在场地方面受限制少的，而且费用不高的。对大多数家长来说，让孩子参加体育活动并不是希望孩子成为体育明星，而是希望借此增强孩子的体质，让孩子具有多方面的才能，所以不要花过多的财力和精力。比如成为优秀的高尔夫球球手应该越早系统训练越好，但即便是刚会走路就练高尔夫球，也不可能成为伍兹。高尔夫球的系统训练即

便在美国也是一项中产阶级家庭会感到负担很重的体育运动，花了很多的钱肯定能教会孩子怎样用标准的姿势把球打进洞，但他们长大以后未必有经济能力经常打高尔夫，也就达不到有一项体育专长、能够经常锻炼的目的。

美国的孩子常进行的体育活动未必适合中国的孩子，比如我儿子和他的同学参加的网球、游泳、足球等项目就不一定适合中国城市的孩子。游泳这个项目比较普及，但长期的游泳训练对孩子的视力很有影响。这些都是值得家长们加以考虑的。

让孩子参加体育活动，还有一个好处，就是培养孩子的团队精神，因此要争取让孩子参加团体项目。

现在中国的孩子学习压力极大，家长们要靠自己的努力来增强孩子的体质。没有一个健壮的身体，学习再好也是徒劳的。十年育树，百年育人，养育出优秀的孩子的基础是有一个健康的、活泼的身体，孩子从外表到内心都处于朝气蓬勃的状态。这个看起来容易实现的要求，如果家长不立即行动并不懈努力的话，几乎是一件不可能完成的任务。

孩子们健康的未来系于我们做家长的能不能应付这个严峻的挑战。

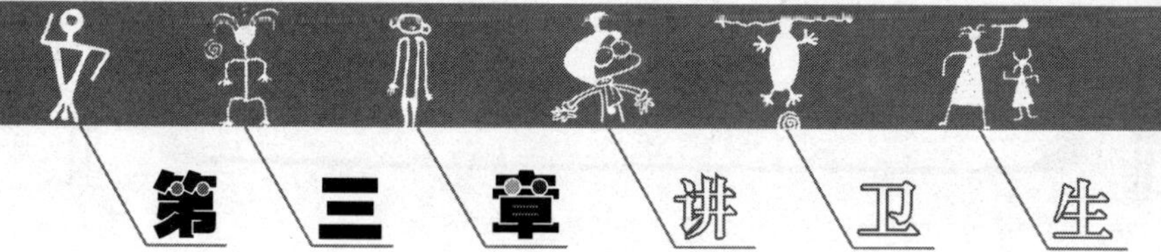

第三章 讲卫生

病从手来

今年冬天气候异常，忽冷忽热，于是孩子们又纷纷生病了。孩子病好了，紧跟着大人就生病，等大人病好了，孩子又病了。同事们经常请假，不是因为家里的孩子病了，就是因为自己病了。每当他们抱怨的时候，我会提醒他们：这是因为没有好好洗手。

洗手对预防感冒和流感真有这么大的作用？

少年儿童特别是学龄前儿童，最容易得的病是感冒和流感，这两种病都是由病毒引起的。由于到目前为止，对病毒病还没有有效的药物，因此对抗病毒病，还是以预防为主。预防流感，可以注射流感疫苗。可是因为流感病毒年年变异，流感疫苗要年年注射，而且并没有十分的把握。比如今年的流感病毒变异很大，流感疫苗的预测失准，只能起50%左右的预防效果。普通感冒是由鼻病毒引起的，鼻病毒有140多型，因此无法制备疫苗。普通感冒虽然没有流感严重，但却是影响儿童身体健康和体质的最主要的疾病。

天气变化，特别是气候反常时，大人和孩子都容易出现不适，头痛脑热，俗话说伤风了，这便是鼻病毒的作用。相对于大人来说，儿童更容易感冒，尤其是上幼儿园的孩子，常常是一个班的孩子陆续得病。有不少孩子由秋到春几乎每隔3到4周就感冒一场，一旦感冒总会发3天左右的烧，胃口不好，病好了以后人就瘦了一圈。过了几周好不容易恢复了，又感冒了。处于这种定期感冒的孩子的体质和免疫力都非常不好，其中不少孩子体重过轻。感冒还有可能变成肺炎，必须住院治疗。感冒加肺炎，是美国人的第八大死因。

对于感冒的原因，多数人认为是气候的变化造成人的抵抗力下降或者病毒活跃，以及幼儿园和学校这种孩子比较集中的地方容

易造成病毒的传播。在感冒和流感流行的季节里，美国的地方有关部门也呼吁生病的人们待在家里，等病好了再出门和上班。患病的孩子也要在家里待到完全好了，再去幼儿园或学校，希望借此减少呼吸道疾病在幼儿园、学校和办公室这种人群高密度地点的扩散。

但是，负责全美卫生防疫和疾病预防的疾病控制中心（CDC）却有自己的建议，CDC所提出预防感冒、流感甚至令人谈虎色变的禽流感的办法，竟然是要大家洗手。而且这个听起来有些匪夷所思的建议居然得到国际著名病毒学专家的认同。

洗手这件事是不是得感冒的关键可以从另外一个角度来看，也就是细菌病。腹泻尤其是儿童腹泻主要是因为吃了不干净的饮食造成的。不干不净吃了没病这种落后的卫生观念早就从有知识的人们的脑子里排除了。无论是厂家、商家还是公众，处理食物时在保质保洁上已经有了长足的进步，现在吃不干净或者变质食物的可能性比以前低得多多了。但是，即便在食品卫生处于世界最佳水平的美国，每年因为饮食不干净而致病的有7600多万人次，直接造成的死亡5000多例。每年因为吃了不干净的饮食而腹泻，以至于不得不到医院看病的儿童就有20万之多。这些儿童所吃进去的致病细菌绝大部分并不是来自食物本身，而是从手上带来的。

靠洗手能否预防呼吸道疾病？美国为此进行了一项大规模的试验。另外一个呼吸道疾病高发的地点是军营，也是因为人口密集，1918年的全球大流感就是从美军的军营中开始的。美国海军医学研究中心开始了一项由四万多名新兵参加的项目，试验的内容就是勤洗手，结果发现呼吸道疾病的发病率降低了45%。这不仅再一次证明了呼吸道疾病从手而入的重要途径，而且证明了洗手是最有效的预防疾病的办法，无论是消化道疾病，还是呼吸道疾病，这种比较古老的预防措施依旧是最有效的。

小贴士

美国政府估计，25%的疾病是因为没有好好洗手造成的。

洗 手

在人们的印象中，呼吸道疾病比如感冒和流感是通过空气传播的。比如患病的人咳嗽或者打喷嚏，把病毒传播到空气中，其他人呼吸到这种空气，就会生病。因此在发病的高峰期要少去人多的地方，减少和别人的接触。但是，感冒和流感都是很常见的事，不可能一出现感冒和流感后人们就闭门不出。此外就是戴口罩，可是由于感冒的多发，不可能长年戴口罩。病毒学专家一直在试图发现最有效的阻断病毒传播环节的办法，特别是近年来流感大流行的再度发生和禽流感的威胁越来越严重，在没有有效的药物和一劳永逸的疫苗的情况下，是不是人类真的没有办法？

英国著名的流感病毒学权威奥克斯福德和其他临床医生对各种预防感冒和流感的办法进行了评价，他们发现，用抗病毒鼻签这种看起来最直接的办法来预防感冒和流感是效果最差的一种，而预防感冒和流感效果最好的办法是经常洗手。在研究中发现，病毒可以在手上存活几个小时，因此很容易通过接触而传播。当人们用手揉鼻子或者眼睛等部位时，病毒便进入体内，引起感冒或流感。

洗手是一个比较古老的预防疾病的卫生习惯，人们在过去只是因为手上脏，要把泥土洗掉。微生物学建立后，人们意识到很多疾病是由于肉眼看不见的细菌和病毒引起的，因此公共卫生专家大力呼吁经常洗手，作为最主要的个人卫生保健办法之一，大大地降低了传染病的发病率和死亡率。直到我小时候，勤洗手还是一项天天讲月月讲的卫生办法，小孩不断地被提醒，要洗手、勤洗手。但是随着近代以来科学的发展，很多传染病得到控制和被消灭，人们在自我卫生特别是洗手上渐渐地从不那么注意到很不注意，以至于很多致病源通过手来传播，近年来流感的高发和感冒的多发和洗手的减少有显著的关系。

在我们生活的环境中，病毒和细菌是无处不在的，也是无法避免的。在预防疾病上，不少人强调提高免疫力。虽然免疫力的增强确实能减少呼吸道疾病的发生或者减弱其症状，但并不能从根本上保证不得病，接触的次数多了早晚会生病的。此外还有细菌通过手进入食物而把细菌吃到肚子里，引起消化系统的疾病的可能，这种食物性的感染是很难靠免疫力来预防和抗拒的。通过消毒的办法，尤其是经常对手部消毒，是最简单和有效的办法。因为人和外界接触除了呼吸空气之外，主要靠两只手。在疾病传染上，通过手部的直接接触要比通过空气的间接接触的几率高多了，因为空气中的细菌和病毒相对来说，比聚集在各种表面上的细菌和病毒要少得多，所以用手摸来的细菌和病毒远比从空气中吸收的细菌和病毒多。

从我们的手上取了样品，拿到显微镜下观察一下，会发现我们每个人的手都是非常肮脏的。在这种肮脏的情况下，才得这么几次病，我们身体的免疫系统已经干得非常出色了，也因此承担着繁重的抗病和预防压力。让免疫系统能够喘口气，同时减少染病的几率，就要经常洗手。洗不洗手和洗手是否洗得对，并不是一件小事。根据美国的统计，有很大比例的疾病的发生都是由于医务人员没有洗手或者没有好好洗手而引起的。

医务人员尚且如此，一般民众就更难以保证了。对公众洗手问题用不着进行大规模调查，随便走进一家餐馆，看看食客们用手拿食物前有多少洗过手的，或者在拿食物之间接触过多少次桌面、衣物、椅子等物的。我每次在外就餐时，不管是否可能用手拿食物，都会洗一下手。据我的观察，和我一样做的人非常之少。至于开始吃以后，摸了脏的地方再去洗手，则连我都不能做到。在办公室里，我的同事们没有一个吃东西以前洗手的，总是用手拿起来就放进嘴里，那手刚刚用过键盘鼠标，或者不知道摸过哪里。美国曾经有卫生防疫人员专门检验了办公桌，发现从微生物学的角度，这里是最肮脏的地方。一个原因就是人们天天在办公桌上吃东西，遗留的食物让细菌可以快速繁殖。我太太曾主持过一项消毒纸巾的杀菌效果的检测，她们的试验不是待在实验室里，把细菌和病毒培养出现后再看看纸巾的杀灭效果，而是到公共场所去，比如图书馆和健身房，进行试验、采样和对比，因为这些地方有很多的细菌和病毒，不仅数量巨大，而且种类非常齐全。

大人如此，小孩也如此，而且小孩在洗手的问题上更难以坚持，特别是吃东西的时候，他们处于一种很跃跃欲试的兴奋状态，因此不愿意多做洗手等和吃东西无关的事情。在幼儿园或者学校，生病的孩子的比例要比在成人中高，环境又相对封闭，利于病毒和细菌的繁殖，造成各种传染病在幼儿园和学校经常流行。孩子们经常得病，免疫系统处于不健全和微弱的状态，对孩子的成长、发育和学习都产生不利的影响。尤其是三岁以下的孩子，如果入托的话，是呼吸系统疾病和消化系统疾病最高危的人群。这种年龄的孩

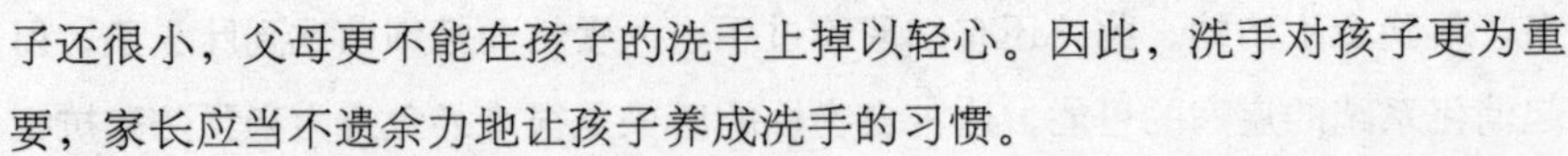

子还很小，父母更不能在孩子的洗手上掉以轻心。因此，洗手对孩子更为重要，家长应当不遗余力地让孩子养成洗手的习惯。

1.正确地洗手

洗手看起来简单，人人都会，实际上多数人洗手的方法都不正确，没有达到预防疾病的目的，孩子们洗手也大多敷衍了事，走走过场，和不洗没有太大的本质区别。大多数家长都不具备应该怎样正确洗手的概念，他们的孩子也许在学校幼儿园学过，但如果没有家长的督促，是不可能认真执行的。

洗手的目的不是为了把双手湿一遍，也不是为了把手上肉眼可见的脏东西洗到肉眼看不到的程度，而是从预防传染病的角度，要把手上的细菌和病毒洗掉。细菌和病毒是肉眼看不到的，因此洗干净的标准不能靠我们的眼睛，而是要靠卫生部门经过验证的标准。这些标准总结起来有以下几点：

• **用肥皂和流动的温水**。成年人可以用流动的热水，就是从热水管子流出来的，不是接在盆里的热水。洗手的时候使用普通肥皂就可以了。近年来杀菌肥皂和洗手液很流行，但根据试验的结果，这些带有杀菌功能的肥皂和洗手液并不比一般的肥皂和洗手液更有效，而且长期使用很有可能引起抗药性的细菌变异。用流水的目的是让细菌和病毒与皂液一起被冲走。

• **用酒精**。肥皂加热水不一定到处都有，替代的办法是用60%到90%的酒精擦手。酒精类的密封好的纸巾也能够达到杀菌灭毒的效果，而且比肥皂加热水的效果好。但这种办法只能让十岁以上的小孩用，年龄小的孩子则要有家长的协助，否则可能出现把酒精吃到肚子里的可能。出门或者旅行的时候要随身携带这种消毒纸巾，使用的时候要全面地把手擦一遍，让它自然干，不要再用水去冲。如果手上的脏东西肉眼可见，则应该用水和肥皂洗手。酒精只能起到杀菌灭毒的作用，并不能去掉脏物。孩子们在外面玩耍，手上的脏东西很多，只要条件容许，还是让他们用水和肥皂洗手。

• **洗的时间要够**。按美国CDC的洗手标准，洗手时要两只手在一起搓起码20秒钟，但很多专家认为20秒远远不够，尤其是在流感流行的季节，起码要1分钟以上。洗手的时间不够，细菌和病毒就有可能洗不干净。洗手要洗两遍，美国哥伦比亚大学的研究人员发现洗一遍后，手上还有很多细菌和病毒。

• **要洗全面**。洗手的时候不仅要洗手心，还要洗手背、手指中间和指甲下面。孩子的指甲会比较脏，要仔细洗。对于少年儿童特别是年纪比较小的孩子，指甲要经常剪，而且不要留得太长，因为指甲是最容易藏细菌的地方。除此之外，腕部也要洗，因为很多时候腕部也会接触到嘴部和食物的。

• **不直接用手去关水龙头**。洗完手以后，不要马上用手去关水龙头，这是因为水龙头非常脏。人们洗手之前用手打开水龙头，这时的手是脏的，每天那么多人开关水龙头而不清洗，因此水龙头上细菌和病毒的浓度非常高。和水龙头相似的还包括洗手间的门把手。因此美国CDC基于预防流感而对于在卫生间洗手的建议是这样的：洗完手以后，用一张干净的纸巾关上水龙头，然后再用另外一张干净的纸巾擦干双手，最后用另外一张干净的纸巾放在门把手上把门打开。这个建议非常浪费，但确实是最安全的办法。

小贴士

在美国的餐馆里，洗手间里常常会贴着一个标示，提醒工作人员上完厕所洗手。但据我观察，他们起码洗手的方式不对，很敷衍了事，这也是要少在外吃饭的一个原因。

2.什么时候洗手

饭前便后要洗手，这是我们小时候受的教育，直到今天，国际上还是这么要求。不过，仅仅吃饭以前和上完厕所之后洗手是远远不够的。尽管无法永远保持手上没有细菌和病毒，但可以保证在关键的时候手上的细菌和病毒很少，这种关键的时候就是在下面要说的。

• **经常洗手，特别是感冒和流感季节**。中世纪的欧洲人出于很奇怪的原因，就是不喜欢洗手洗澡，结果中世纪的欧洲成为人类历史上最肮脏的社会——黑死病一暴发，三年之内欧洲人口减少了三分之一以上。经常洗手的人肯定会少得或者不得感冒和流感，因此要培养孩子经常洗手。

• **上完厕所后，特别是使用公共卫生间之后**。除了由人的手上带来的，还包括人排泄出去的，因此在卫生间有很多的细菌和病毒，使用之后一定要马上洗手。

• **吃饭以前**。病从口入，吃饭的时候虽然使用筷子，但拿筷子的是手，手上的细菌和病毒会跑到筷子上，然后吃进嘴里。何况在吃饭和吃东西的时候，经常用手直接拿食物。饭前洗手的要点是饭前，也就是马上吃以前。不能是半个小时之前，因为没有人像医生进手术室之前那样，在这段时间里高举着手，什么也不碰。总会触摸一些东西，这些东西上面都会有细菌和病毒的。

• **接触动物之后**。现在养宠物的家庭多了，孩子们接触动物的机会也多多了。宠物中的狗身上的能传给人的疾病不多，其他宠物则比较多。宠物身上还会沾染上人类的细菌和病毒，动物的粪便中细菌很多。动物病传给人类是人类烈性传染病的主要来源，因此在接触动物或动物排泄物后必须马上洗手。如果从孩子健康的角度考虑，应该让孩子少接触动物。

• **和病人接触后**。和患病的人接触后必须马上洗手，通过这种直接接触而传染上各种呼吸道和消化道传染病的可能性极大。从预防的角度，应该让孩子尽量少接触病人，但很多时候不是我们能控制得了的。比如我儿子在感冒流行的季节就经常说，今天班里的谁感冒了，明天班里的谁因病不能上课了。卫生防疫专家一直在呼吁，为了别人的健康，如果患了感冒或者流感的话就在家卧床休息，直到痊愈后再上班或上学，可是没有多少人做到。我小时候经常因为带病上学而受到老师的表扬。在美国的学校里特别是幼儿园，一旦发现孩子发烧，马上请家长接回去，就是为了防止传染给其他孩子。但是感冒也有潜伏期，因此孩子在幼儿园和学校得病的几率很高。所以要教育孩子在学校多洗手，特别是班上有人打喷嚏、咳嗽的时候。

• **准备食物前后**。这一条主要是要求家长的。在做饭之前要好好洗手，免得把手上的细菌带到食物中去，造成食物中毒。做完饭也要洗手，免得把食物上的细菌和病毒扩散开，特别是处理完生的肉类、海鲜、鸡蛋等，一定要好好洗手。动物来源的食物里面通常都有病毒和细菌，一定要格外小心。

• **吃东西中间手脏了之后**。这是一个被人们长期忽视的地方。饭前洗手，吃完饭再洗手，可是在吃饭中间却很少有人洗手。如果在整个吃饭过程中都是规规矩矩坐在餐桌边，而且手一直放在桌面上的话，用不着再洗手。可是孩子通常没有那么老实，在吃饭的中间也许乱摸乱碰，也许起来干些别的事，如果发现他们接触了其他东西后，就应该让他们再洗一次手，尤其是吃的东西需要用手直接拿的。这个环节是预防病从口入的重要所在，大人和孩子都要注意。

• **咳嗽和喷嚏之后**。咳嗽和喷嚏时往往下意识地用手去捂鼻子和嘴，这样喷出的东西会在手上。咳嗽和喷嚏时，很可能人已经感冒了，喷出来的东西里会有很多病毒或细菌，洗手可以避免病毒和细菌的扩散。

- ***处理伤口前后***。如果有伤口要处理，无论是自己的还是别人的，处理伤口之前一定要认真洗手，因为细菌和病毒从伤口进入血液的话，会引起严重的感染。处理完伤口后，也要洗手，因为手上也许有接触伤口或者血液而来的病毒和细菌。

- ***戴隐形眼镜前***。孩子如果戴隐形眼镜的话，戴和摘下之前要洗手，因为病毒和细菌会从眼睛进入身体内部的。

- ***握手之后***。这个理由非常充分，握手可以把别人手上的病毒或细菌接力过来。孩子握手的机会虽然不如成人多，但还是很常见的。如果觉得握手之后马上去洗手不礼貌的话，就尽量在洗手前不要用手去接触其他东西特别是食物。

- ***去过人多的地方之后***。从外面回来，去过人多的地方之后，都要自觉地洗一下手，因为人多的地方，细菌和病毒就会多，手上有很多病毒和细菌的机会也就多。

3.言传身教

洗手光靠培养孩子的自觉性是远远不够的。我小时候无论在家里还是在幼儿园，家长和老师对洗手的要求都相当严格，但是长大以后，甚至学医之后，并没有养成良好的洗手习惯。直到从事微生物学研究后，了解了病毒和细菌的传播扩散途径后，才开始自觉地洗手。根据自己的亲身经历和体会，我感觉到，如果希望孩子们能养成认真洗手的习惯，除了家长的督促和监督外，更要做到言传身教。

对于孩子们来说，特别是年龄比较小的孩子，任何重复性的动作都会引起他们的反感。吃东西是因为饥饿，孩子们不会反感的，可是吃东西之前要洗手，则很可能会有阻力。在洗手的问题上，如果能做到早期教育的话，就能达到事半功倍的效果。在孩子还不太懂事的时候，每次吃饭前都让他们先洗手，使他们形成这是吃饭的一个必不可少的程序的印象。每次用完卫生间也让他们洗手，同样形成这是一个必不可少的程序的深刻印象，这样他们懂事后，让他们洗手就不会有很大的阻力了。特别是孩子年纪小的时候，用完卫生间后帮助他们自己洗手，他们会非常有兴趣的，次数多了就会

养成习惯。

家长在很多的时候是在迫使孩子洗手，甚至用不洗手就不许吃饭来威胁，孩子们在不情愿的情况下被动地洗手，对洗手这件事便处于一种能偷工减料就偷工减料，能偷懒就偷懒的心理状态，达不到我们希望的预防为主的长期目标。希望孩子们能够主动地洗手，主要靠教育，让孩子们明白为什么要洗手，和为什么一定要按这么费事的办法来洗手。

学校里会给孩子们讲一些有关细菌和病毒传播和扩散的基本知识，说到细菌和病毒，孩子也有基本的概念。但是，学校里教的有关知识过于简略了。这种微生物学的常识应该尽早且尽量详细地让孩子学习和掌握，因为它是和健康密切相关的生活常识，是人们要掌握的知识中的重点。对这类知识的忽视，是当代教育的一个弊病。

微生物学自1870年建立以来，已经成为一门很成熟的科学，它为人类做出了非常大的贡献，可以说是现代科学最伟大的成就之一。但是，即使有了微生物学这个有力武器，人类在和自然的斗争中只不过偶尔占了几次上风。按美国一位著名的病毒学家的话说，人类和过去几千年一样，依旧处于瘟疫时代。对细菌，靠着抗生素，人类能够加以控制。但是由于抗生素的滥用，出现了大量的耐药性变异，超级细菌的出现是对当代人类的一大威胁。对病毒，人类除了疫苗外，没有什么办法。近年出现的艾滋病毒，使疫苗的研究走进了死胡同。现有的绝大部分病毒，人类都没有什么办法，而且还有萨斯等新的病毒不断地由动物进入人类，造成新的瘟疫流行。至于流感，则成为每个人在一生中都要多次面临的疾病。一旦出现1918年那种大流行，全球会有上亿的人丧命。对这种迫在眉睫的威胁，科学界并没有良策。从目前来说，对付各种传染病，提高自己的免疫力，加强个人卫生，是最有效的办法。

正因为新传染病的不断出现和微生物学的不断发展，要求人们掌握的相关知识要不断更新，其中比较常用的和基本的知识，应该成为生活常识，和其他的生活常识一样，让孩子们尽早地掌握。学校教育达不到这个程度，就要靠家长的努力了。

在上面已经多次提到过家长对孩子的榜样作用，在洗手上也是一样的。如果家长没有经常洗手的习惯，孩子自然也就不会有这样的习惯了。即便家长能够督促孩子，孩子也会觉得家长口是心非，在主观上不能够形成正确的认识，而只是把洗手当成父母又一种强迫式的行为。

父母的言传身教，有下面几个要点：

- **让孩子们自己总结洗手的好处。**把相关的卫生知识给孩子讲解清楚，鼓励他们去看有关的科普书籍，结合课堂上讲授的知识，使孩子们具备了基本的卫生知识和概念，在此基础上，让孩子自己总结洗手的好处。对于年龄小的孩子，则要通过实例，当他们自己生病或者别人生病的时候，可以因势利导，让他们有讲卫生的概念。在他们成长的过程中，不断用知识来加强这个概念，使之从感性上升到理性。为什么洗手、怎么洗手、什么时候洗手等都要让孩子从主观上认同。卫生知识是少年儿童应该掌握的基本知识之一，也是早期教育的一项内容。

• **让孩子监督大人**。在洗手的事情上要让孩子主动参与，调动孩子的积极性。少年儿童希望在日常生活中显示自己的存在和成绩，在家庭生活中让他们多参与，是一种非常有效的教育方法。在洗手习惯的培养上，大人要给孩子做表率，但大人也会经常有忽视和懒惰的时候。在家中，订下洗手的原则，然后让孩子作为监督员，督促父母洗手，与此同时，孩子自己肯定会按质按量地把手洗干净。

• **放明显的标志**。美国的幼儿园和学校里，都会贴放一些明显的标志，提醒孩子们洗手。这种办法也可以应用在家庭中，在显眼的地方贴上注意洗手的字样，孩子们看到后就会想起来去洗手，比大人督促要有效得多，也容易接受得多。

• **多鼓励少命令**。让孩子做事，培养孩子的良好习惯，要以鼓励而不是命令的方式。孩子愿意接受表扬，不愿意总是被动地执行命令，甚至会产生逆反心理。常有些成年人对有些事情就是不愿意干，不是因为他们懒惰，而是因为他们在少年儿童时期产生的逆反心理。在洗手这件事情上，要经常鼓励和奖励孩子，让他们感觉到是在做正确的事情，长期下来他们就形成习惯了。

• **注意适可而止**。不要过分地唠叨。在教育和督促孩子洗手时，要有分寸，不要过度地强迫孩子。洗手很重要，但孩子没有洗手，并不是天塌下来的事，应该原谅孩子。过度地强迫和指责孩子，会让他们产生逆反心理。

小贴士

过度地讲究卫生，还有可能让孩子变成洁癖。洁癖是心理疾病，其中很大部分由于小时候家庭教育，父母对子女过于强迫，结果形成强迫人格，其中强迫孩子反复洗手就是很主要的原因。因此父母一定不要过于强迫孩子和要求孩子反复洗手。

刷　牙

对于少年儿童来说，刷牙是一件非常重要的日程，但是很多少年儿童和很多成年人一样，不按时刷牙，而且多数的孩子和成年人刷牙的方法是不正确的。

刷牙并不主要是为了有一口洁白的牙齿，而是要把残留在牙齿内的细菌清除掉。口腔是消化道和呼吸道的入口，存在着许多细菌。口腔内的温度非常适合细菌的繁殖，牙齿内残留的食物，更为细菌的繁殖创造了良好的营养。食物残屑在细菌作用下很快就会发酵产酸，牙齿会因此受到腐蚀，天长日久就可能引发龋齿。牙齿是人用于咀嚼食物的工具，牙齿过早脱落，人就只能靠假牙来咀嚼食物，失去了很多饮食的乐趣。牙疼不是病，疼起来要人命，除去疼痛外，牙病还有可能引起其他疾病，比如心脏病。牙病的主要起源是细菌感染，感染很可能从牙部进入体内和血液中，引起严重的感染。牙齿和牙龈对外表也有很重要的作用，所谓明眸皓齿，外表再漂亮再帅气，如果配上一嘴烂牙，至多是中人之姿了。此外，口臭也是因为口腔不卫生造成的。

中国人的牙齿状况普遍不是很好，各种牙病尤其是牙周炎的发病率很高。对于这种现象，牙科医生认为主要是由于从小没有进行正确的牙齿保健，没有养成认真刷牙的卫生习惯。

儿童先长出乳牙，然后脱落再长出大牙来。乳牙因为是临时性的，很不结实，因此儿童有龋齿的很多。龋齿俗称虫牙，很多人都以为是因为吃糖过多的缘故。龋齿和吃糖多确实有关系，因为糖是细菌最喜欢的食物，但龋齿主要是因为没有好好刷牙造成的。

根据试验，儿童每刷一次牙，口腔中的细菌便减少70%到80%，由此可见刷牙是清除口腔细菌的最主要的办法。刷牙还可及时清除牙垢，使细菌不能繁殖。良好的口腔健康对于全身健康是至关重要的。口腔健康是指全面的口腔清洁，除了拥有洁净的牙齿之外，还应该具有洁净的舌苔和口腔内壁，没有难闻的气味。做到这点，必须要持之以恒地养成良好的口腔卫生习惯。孩子口腔卫生习惯的养成，是父母不可推卸的责任。

1.什么时候刷牙

刷牙刷牙，要等有了牙才能刷。孩子小的时候这里一个那里一个没有几个牙，因此也犯不上刷。国内多数口腔专家的建议是等孩子三岁后，乳牙基本出齐了再开始刷牙。可是美国牙科协会却不这么认为，他们的建议是从孩子出生几天后就开始。没有牙，刷什么？这个建议真有些耸人听闻了。这里面有个概念的问题，美国牙科协会建议的刷，并不是指刷牙，而是指注意婴儿的口腔卫生。

口腔卫生要越早越好，因为无论母乳还是牛奶，都不是绝对清洁的。婴儿喝完奶后，用一个干净的湿毛巾擦一擦婴儿的牙龈。这样可以清除孩子牙龈上的牙垢，使孩子的口腔干干净净。也使孩子有让口腔干净的感觉和要求，等到他们长大后，就会很自然地刷牙。孩子习惯了父母为他们擦牙，日后当父母为他们刷牙时，他们也会很配合。

在孩子六个月的时候，通常开始陆续长出牙齿了。这时候就要经常用一根棉签来轻轻地去掉牙齿上的牙垢。

在孩子六岁之前，因为手腕部没有发育成熟，他们都不会正确地刷牙。这段时间帮助他们刷牙是父母的责任，并要每次检查是不是刷干净了，甚至亲手帮他们刷牙。孩子在父母为他们刷牙的时候通常很不乐意、不耐烦，这时候父母一定要坚持，直到把他们的牙刷干净。

大多数人都是早晚刷牙各一次，这也是从口腔专家的角度最基本的要求。但是早晚刷牙的人们刷牙的时间大多很不正确，特别是早上那次。多数人都是起床后马上刷牙，然后才吃早饭。其实正确的刷牙时间应该在吃完早饭之后，除了把一夜嘴里积累的细菌清理干净，还可以把早饭留在嘴里和牙齿上的残渣清理干净。如果刷完牙再吃早饭，早饭的残留会一直留在口腔里。无法在早饭后刷牙的主要原因是早饭都吃得太匆忙，几乎是边走边吃。因此关键是要充分安排时间，能从从容容地吃早饭，然后把牙刷干净。

从口腔卫生的角度，应该吃完东西以后马上刷牙，起码中饭之后要刷牙，可是这一点对于少年儿童很难做到，可以要求他们饭后用清水漱漱口。

晚上刷牙应该在临睡前。人在睡眠中，唾液分泌减少，而唾液可以冲走细菌并能抑制细菌繁殖。在睡前刷牙，把留在牙缝和牙面上的食物残屑刷洗干净，刷完后不再吃任何东西，就可以维护一夜的口腔卫生。

2.如何刷牙

刷牙要用牙刷和牙膏，大多数人认为刷牙刷得好是牙膏的作用，生产牙膏的厂家也使劲宣传牙膏的作用。其实，刷牙的清洁效果的90%是牙刷的功劳，牙膏的最重要的好处是所含的氟。氟对细菌的生长有抑制效果，因此加氟的牙膏可以防龋齿的形成。但是过量的氟是有害的，牙齿上会出现氟斑。年纪小的孩子如果使用过多的含氟的牙膏的话，由于他们不会漱干净，而且喜欢牙膏的味道，可能还吞进去不少，造成氟的吸收量过多。不管大人孩子，刷牙要侧重在刷上面，牙膏不要用得太多，特别是孩子，一定要少用牙膏。而且泡沫太多也不利于孩子认真刷牙。对于年纪小的孩子，可以不使用牙膏，或者使用不含氟的牙膏。

刷牙最重要的一点和洗手一样，在于时间。对付肉眼看不见的细菌，必须要刷够一定的时间，才能把牙齿上的细菌刷干净。这个时间，根据试验结果，起码要2分钟。绝大部分成人都没有达到这个标准，就不用说干什么都风风火火的少年儿童了。但是，如果刷牙的时间不够，细菌就不能够被清理干净，达不到保持口腔卫生的目的。多数有口腔疾病的人，并不是因为不按时刷牙，主要是因为刷牙的时间不够。他们刷了牙可依然得牙病，于是认为刷牙无效，从而更不认真刷牙。正确刷牙的方法，特别是刷牙的时间长度，应当从小就养成习惯。

刷牙两分钟，对于大人都很难坚持，对于孩子就更难保证了。第一次定时刷牙时，你就会感觉到刷到手都要麻木了，还不到两分钟。美国有一种专门为了达到这个目的而制作的牙刷，开始刷的时候放音乐，音乐一停就表示时间到了可以漱口了。类似的办法都可以尝试一下，比如用一个定时器或者沙漏，或者一个八音盒，用这种直观的东西来让孩子掌握刷牙的时间长度，而且在刷牙的时候能够集中在刷牙的动作上。如果能够形成这样的刷牙程序，对培养孩子良好的刷牙习惯很有好处。

刷牙的时候，要先刷上牙的外侧，然后是下牙的外侧。完成以后刷上牙的内侧，然后是下牙的内侧。完成后再刷牙的咬合层。

市面上有专门为孩子用的牙膏，但是并不表明这些牙膏是绝对安全的，很多标明儿童用牙膏的含氟量并不低，因此要以让孩子少用牙膏为主。多数牙膏中有一种味道，孩子比较敏感，是孩子不愿意刷牙的一个原因。针对这种潜在的心理，可以选几种牙膏，让孩子尝试一下，选出他们喜欢的那种。要教会孩子把牙膏都吐出来，把口漱干净，以减少吸收牙膏中的氟。

牙刷的重要性已经说过了，所以要特别注意牙刷本身。牙刷要经常换，至少每隔三个月换一个新的。孩子刷牙不容易刷干净，最好让他们使用电动牙刷。电动牙刷转动过程中，可以从各个角度把牙齿上和牙缝中的细菌都清理干净。

牙上面的细菌会跑到牙刷上，也会跑到刷牙的杯子上。大多数人不注意经常消毒牙刷和牙杯，于是牙刷和牙杯上细菌大量堆积和繁殖，在刷牙的时候反而跑到牙齿中去，达到适得其反的结果。因此要定期清理孩子用的牙刷和杯子，牙刷在刷牙前和刷牙后要用热水泡一下或冲一下。不仅是刷子，而且牙刷柄也要认真定期消毒。

小贴士

刷完牙后还要刷一下舌头。相关的研究表明，85%的口臭是由口腔中的细菌引起的，其中的50%来自舌苔上的残渣。由于刷牙已经成为很普及的口腔卫生保健措施，因此聚积在舌头表面的细菌成为导致口臭的主要原因，可是绝大多数人没有清洁舌头的意识。

舌头本身也有新陈代谢，由于舌头同样接触食物，其表面会有很多细菌。成人可以用漱口液来达到杀死口腔中细菌的效果，但是儿童不能用漱口液，因为有可能吞咽下去。可以给孩子买带清洁软刷的牙刷，刷完牙后用软刷清理一下舌头。

3.怎样让孩子刷牙

让孩子养成按时按质刷牙的习惯，最基本的一点就是要不厌其烦地反复解释和证明，让孩子明白，和通过洗手把脏东西洗掉一样，他们也要通过刷牙把牙齿上的脏东西刷掉。当孩子没有刷牙或没有刷干净时，让他们看看牙齿上面残留的牙垢。可以用棉签刮些下来，让孩子看一看。让孩子理解，和手上的脏东西不一样，牙垢也是白的，所以不容易看清楚。

学习刷牙的孩子年龄比较小，对细菌、传染病之类的道理无法明白，因此要用浅显的方式让他们理解。国外有一种药片和液体，刷完牙后吃一片或者滴一滴后，能够让牙齿上的牙垢中的有机物显色。家长通过这种方法，让孩子看到牙齿上没有刷干净的脏东西，促使孩子认真刷牙，直到把牙齿上的带颜色的东西都刷掉。

使用电动牙刷的另外一个好处，就是让刷牙有趣一些，使孩子们不感觉太枯燥。让孩子心甘情愿刷牙的最好的办法就是让孩子从中发现乐趣，让孩子感觉到刷牙是一件很有趣的事，而不是一件不得不一天做两次的麻烦事。这些有趣的行为包括：

• 当你为孩子刷牙时，也让孩子给你刷牙，然后让他们试着自己刷牙，在这个过程中还可以有做很多有趣的动作。孩子会当做一个游戏而很乐意地到了时间就要求刷牙。

• 让孩子给自己的玩具娃娃刷牙，在这时，教他们正确的刷牙方法，然后让他们给自己刷牙。

• 让孩子自己挑选牙刷，可以挑选好几个，每次换一个用，这样孩子有新鲜感，而且感觉有自主权。

• 让孩子读关于刷牙的书，这样他们就会理解为什么要刷牙。

• 让他们观察父母刷牙，然后让他们模仿。

内外有别

外面的环境是肮脏的，有各种各样的环境污染，也有无处不在的病毒和细菌。这是人类社会化和全球化的必然产物，其程度会越来越严重，是不可能靠我们个人甚至群体的努力而改变的。但是，我们自己所处的小环境，也就是我们的家，是可以被改变的。

大庭广众之下的公共场所是很肮脏的，因为人来人往，病毒和细菌到处都是，还有很多污染物。按理说家庭里面人少，应该很干净，其实不然。家里往往并不干净，因为病毒和细菌会随着空气进入家庭，更会被我们从外面带到家中。我们每天要离开家出去工作和上学，接触了外界的污染和病菌，并把它们带回家里。我们的家也不是个真空地带，特别是家里有人生病后，病菌会在家庭这个相对封闭的环境里大量繁殖。当家里有人感冒后，很快一家人都会感冒，就是在家这个小环境中传染而来的。

病毒细菌和污染会在我们的衣服和鞋子上，在我们的书包和电脑上，在我们从外面拿到家里的任何东西上，就这样进了家门。回家后，很多人会脱掉外衣，换下鞋子，但这并不能保证不把外面的污染和病毒细菌都挡住，实际上肯定会带到家中。

从事过细胞培养的人都知道，细菌和病毒的污染是多么的可怕，不管怎么小心翼翼，总会出现细胞被污染的情况。十分精细的分子生物学试验更是被各种的病毒基因污染得头疼。几年前美国著名的辛普森杀妻案，辩方律师就是利用分子生物学诊断技术有被污染的这种可能，并请来诺贝尔奖获得者和刑侦专家在法庭上作证，抓住警方法医实验室在采样和试验中的小漏洞，推翻了警方在现场采集到的血样和辛普森的基因序列相符合的铁证。

在有严格质量控制的实验室里都不能排除污染的可能，如果不采取一定的措施的话，我们的家和公共场所在有害有毒物质存在上的区别就会很小了。孩子们还在发育阶段，要尽可能地让他们少接触有毒有害物质。因此要采取必要的措施，使家成为避风的港湾。

• 回到家中，要换一身只在家里穿的衣服。孩子更要养成规矩，一定要换衣服，因为他们在外面有可能到处跑到处坐，身上会带有很多的病毒细菌和污染物。

• 从外面带入家中的物品，比如书包、电脑和学习用具等，也尽量不要到处乱放，应该固定地放在某个房间。鞋子要留在门口。这些东西也要定期消毒。市场上有这样的消毒用品，特别是电脑和孩子的书包及学习用品，起码每个礼拜要消毒一次。

• 买回来的食物，特别是有包装的食物，也不要乱放，吃以前放到干净的盘子里，把包装扔掉。美国的研究人员曾经到超市里面，专门检测了食物表面上和食品包装上的细菌，发现浓度很高。这些食物和食品的包装让很多人接触过，又是放在有益于细菌繁殖的环境中，因此往往和公共卫生间的细菌含量差不多。研究人员认为，很多人患病就是因为到超市去采购，或者吃包装食品时被传染上的。人们在意识中，认为包装食品是安全卫生的，而没有想到包装的外面往往是非常脏的。小孩吃东西前洗了手，可是如果直接拿包装吃的话，还是会接触很多细菌。

• 专门在家里穿的衣服不要穿出门，要做到只在家里穿。尤其要教育孩子，出门进门换衣服。

• 新买的生活用品要消毒后再使用，无论是厨房用品，还是衣服被子，都要先认真洗一下再用。一来不能排除是否有人用过，二来即便是新的，在生产、包装、运输、储存和销售过程中，也不可能避免有毒有害物质的存在。孩子的玩具更要注意，一定要好好清洗之后再给孩子使用。

小贴士

每天把垃圾从室内挪到室外，及时洗刷碗碟，定期清洁卫生间，还有其他空间。清洁的习惯要一个一个地养成，而且要坚持下来。

清　洁

爱干净不仅仅是有没有教养的问题，而且是关系本人健康的要事。无论男孩子还是女孩子，都应该爱干净，注意清洁。

说到清洁，举个反面的例子。在前面讨论过可乐类软饮料的危害，这种东西是现在许多健康问题特别是少年儿童的健康问题的一个主要的诱因。里面过多的热量、碳酸和糖精危害等等，反对喝软饮料的人说起来就义愤填膺。经过公共卫生专家的调查追踪，发现可乐类软饮料对人最大的危害并不是饮料本身，而是铝罐的盖上的脏东西。喝可乐之前很少有人把可乐罐洗一下或者擦一擦，而多数是打开就喝。喝可乐也几乎没有人让可乐从罐子里流到嘴里，而是用嘴直接接触可乐罐，可乐罐盖子上的细菌病毒和污染物便统统和可乐一起进入人体。可乐罐外面和其他食品的包装一样很不干净，于是就会造成人们生病、抵抗力下降或者慢性中毒等等后果，这些后果比起因为喝可乐而肥胖来，要严重得多。当然，喝可乐对人体的危害已经相当严重了，再加上包装上的污染途径，足以让我们下决心彻底杜绝可乐。这个问题在喝水时也存在。有些人自备一个水瓶子，喝完以后再灌满，这样可以随身携带。有人专门检测反复使用的水瓶子，发现里面的细菌含量相当高。如果使用同样的办法喝水的话，这种水瓶要定期消毒。饮水器也有同样的问题，水一桶一桶地换，可是饮水器本身从不消毒。

生活在社会上和人群中，个人的卫生是非常重要的，它是人是否健康以至是否能够长寿的一个关键。很久以来人类不知道卫生的重要性，直到现代微生物学建立后，人类才开始有了讲卫生的概念。但是，由于传统观念和习俗的影响，讲卫生爱清洁在社会上推动起来阻力非常大。中国在古代并不是最肮脏的社会，但也绝对不是最清洁的社会。进入20世纪后，欧美各国在现代医学的推动下，整个社会的卫生观念已经逐步建立，可是中国还是一如既往，在外人眼里是非常的不干净。1910年底，东北出现大鼠疫，其原因和传播途径被伍连德很快确认后，开始在全国范围内引起了卫生观念的革命性的转变。特别在东北和华北疫区，清朝中央政府和各地的地方政府把讲卫生爱清洁作为防疫的重要手段，采用强迫的办法推行，随地便溺、不打扫房屋的都要受罚，宰杀牲畜、剃头的也要认真消毒，垃圾也要及时清理，并把卫生知识传授给民众。中国的大众卫生运动从这时开始了。

十九二十世纪之交，中国全国范围的霍乱经常流行，就是因为卫生环境差的缘故。民众在一次一次生命的教训中知道个人卫生和清洁的重要性。新中国成立后，国家大力开展爱国卫生运动，传染病的发病率逐渐下降。爱国卫生运动还深入到少年儿童教育中，我小时候学校经常组织卫生活动，使我们从小具备了讲卫生爱清洁的概念。

因此父母更要从小培养孩子们讲卫生爱清洁的生活习惯，反复地演示和教育他们，让他们把这个概念深深地印在脑海里。

作为父母，为了保护孩子少接触有害有毒物质，在家内要经常清洁。清洁不是一般的除尘和擦擦家具之类，而是要进行消菌杀毒式的清洗，要做到把病毒和细菌杀死，以及把污染物质清理掉的目的。孩子处于成长和发育阶段，特别是年龄小的孩子，免疫系统等功能还不完善，应该保护他们，让他们少接触病毒细菌和有害物质，而不是让他们多受这些有害异物的刺激。目前儿童免疫方面的病症很多，包括哮喘、过敏等，都比以前有大幅度增多的趋势，其原因和全球气候

变化、环境污染加剧以及生活环境中的污染日益增多有关。针对这种趋势，父母更要让自己的家越干净越好，让孩子少接触外界的污染和病毒细菌，使他们的身体的各种功能能够健康地发育成熟。

家里家外很难彻底隔开，所以对家里的东西要定期地消毒，尤其是下面几项。

• **厨房**。厨房是处理食物的地方，因此有可能是家里最肮脏的地方，比卫生间还要脏。食物中尤其是肉类、海鲜、蛋和奶制品本身就有很多细菌，而且最爱被细菌光顾。现在食物中的化学污染相当厉害，这些污染随着食物进入家庭。如果不定期清理的话，厨房就是百病滋生之地。每次做完饭和处理完食物后，要马上清理，把垃圾立即扔到室外的垃圾箱去，不要让含有食物的垃圾在家里过夜。用过的餐具要用洗涤剂和热水消毒，有条件的话使用洗碗机。厨房的桌面、灶台要每天用有杀菌作用的清洁剂清理。冰箱要定期清理和消毒，起码每周一次。在冰箱里放置了五天以上的熟食要扔掉，冻格也要经常清理，储存过久的食物也要扔掉。放食物的柜子和储存室都要定期清理，柜门特别是把手要经常消毒。厨房的清理要越快越好，有的人把做饭的垃圾、碗筷都堆在那里，直到晚上或者第二天才清洗处理，这就大大增加了细菌滋生的机会，要能够边干边收拾，起码吃完饭后能马上收拾，不仅讲了卫生，也借此活动一下。加快肚子里的食物消化。吃完饭后人都会犯懒，因为为了消化食物，血液集中在肚子附近，这时候要迫使自己动起来。饭后收拾这个程序应该让孩子参与，不仅让他们也活动一下，而且养成他们饭后收拾的良好生活习惯。这是一个非常好的生活习惯，体现了人的教养，这个习惯主要是靠父母从小培养而成的。在这件事情上心疼孩子，不让他们动手，就等于将来害他们。

• **卫生间**。卫生间要经常清理，这是大家都知道的常识。但是怎么清理，却不是多数人已经认可的那种把表面上的脏物擦没了就成的那样。如果有机会的话，可以去比较高级的场所，看看那里的卫生间是怎样清理的，或者看看饭店清理房间时打扫卫生间的程序。清理卫生间主要是要认真消毒，由于排泄的缘故，卫生间的细菌很多，除了清理马桶外，浴室、洗手池台都要经常清洗，定期消毒，尤其是各个开关。擦手的毛巾和浴巾起码每隔三天换一次。打扫卫生间也应该让孩子参与，如果家里有孩子专用的卫生间的话，要让孩子负责清洁，父母经常监督。

• **餐桌**。家里的桌面以餐桌最脏，每天在那上面吃饭，很多人家还在上面干其他的事，比如孩子写作业。如果有可能的话，餐桌做到专用，免得其他东西把污染带到桌面上。吃饭之前要把餐桌消毒一下，如果可能的话铺一块餐桌布，这块餐桌布定期消毒清洗。吃完饭要把餐桌认真擦一下，不要有食物的残留，以避免细菌的繁殖。就餐的椅子也要定期清洗，餐桌周围的地面要定期打扫。我家里这事是交给儿子负责的，借此让他加强讲卫生的概念。

● **衣物**。衣服特别是出门穿的衣服上有无数的病毒和细菌，擦手用的毛巾也一样，乙型肝炎传播的主要途径之一就是通过共用毛巾。因此衣服毛巾浴巾等要定期清洗，使用洗衣机的时候要用有杀菌作用的洗衣粉加上温水。美国的家庭都有烘干机，不仅烘干了衣物，而且通过加热达到灭菌消毒的效果。有条件的家庭可以添置。睡衣、被子、枕头、床单这些卧室用具也要定期用洗衣机清洗消毒，而且要和其他衣物分开洗。我很小的时候就开始自己洗衣服，现在想起来是一个很不错的生活习惯的锻炼和培养。现在用不着使用搓板了，但孩子们还是可以帮助父母把衣物放到洗衣机中，属于自己的衣物洗好后自己叠好，通过这个过程培养他们的卫生概念。

● **玩具**。孩子离不开玩具，每天接触玩具的时候也很多，因此玩具安全卫生就变得很重要，特别是家里有年幼的孩子。最近美国接连发生孩子因为玩玩具而中毒的事故，主要是因为玩具在设计上的不足，外面的涂料有毒，小孩子用嘴接触或者用手摸完而吃手等原因造成的。从这件事上，我们可以看到玩具消毒的重要性。孩子的玩具要经常清洗消毒，可以用消毒液浸泡和擦拭，或者用热水冲洗。长期放置的玩具给孩子玩以前更要认真消毒，新买的玩具一定要先消毒清洗后再给孩子玩。在玩玩具的时候不要让孩子吃东西，玩之前之后让孩子好好洗手。

● **电话、遥控器**。电话和遥控器等常用的家庭用品也是细菌很多的地方，因为大家用手去触摸，细菌和病毒便会跑到上面来。这些东西要定期消毒，因为都是孩子经常触摸的东西，同时要教育孩子触摸完这些东西，如果马上吃东西的话，要先洗手。

● **卧室**。孩子的卧室要定期清洁，除尘加上消毒。卧室要经常通风，温度不要太高，这样可以抑制细菌的繁殖。

清洁和消毒的方法也是应该让孩子掌握的，比如水烧开这个过程，就是为了杀菌，在高温的情况下，绝大多数病毒和细菌都会被杀死，用这个例子让孩子知道什么是消毒。热水是消毒的有力武器。还可以利用微波炉进行消毒，把碗筷毛巾之类放到微波炉内，转上几分钟就可以把细菌杀死。尤其是病毒，一定要用高温处理。

小贴士

很普通的消毒剂都可以很有效地杀死细菌，但是让孩子使用消毒剂的时候一定要小心，因为消毒剂是化学物，要让孩子戴胶皮手套。用消毒剂包括洗涤剂洗碗筷之后，一定要用温水好好清洗干净。要教会孩子使用水，流水可以很有效地冲掉细菌、病毒和污染物。

让孩子建立卫生概念很重要，在生活中让孩子养成讲卫生的习惯，对孩子一生的健康非常重要。

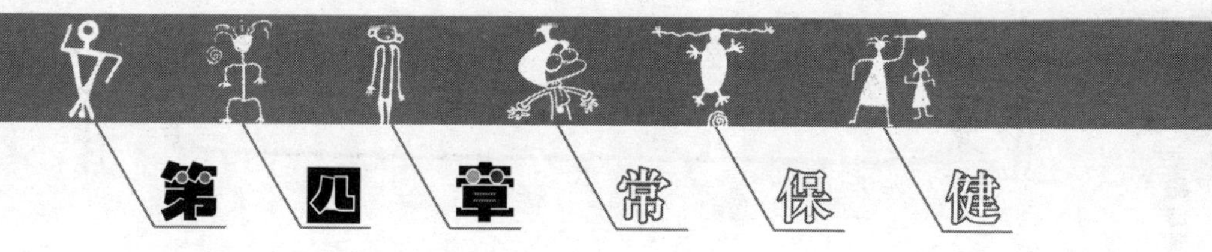

第八章 常保健

长寿的奥秘

人类的平均寿命在最近一百年来几乎达到成倍地增加的速度。上个世纪初，世界上最先进的国家的人均寿命还不到50岁，新中国建国的时候人均寿命只有40多岁，现在先进国家的人均寿命已经达到80岁了。自古以来长寿的人不少，但人均寿命的计算并不是统计有多少寿星，而是统计人们的死亡年龄，然后加以平均。过去人均寿命低的原因除了战乱外，最主要是因为婴幼儿死亡率高，还有很多少年儿童不能活到成年人，我小时候就有一些同龄人因为疾病等原因而夭折了。一个国家医疗水平的先进与否，首先要看婴幼儿死亡率，这是现代医学的一大成就和现代化医疗保健的一大目的。正因为婴幼儿死亡率和少年儿童的死亡率的急剧下降，人类的平均寿命才得以大幅度提高，这才是真正的长寿的奥秘。

在前言里面提到过，科学家根据现有的资料做出了这样的预测：我们这一代人和我们的下一代人，在老年的时候要比现在的老年人和我们的上一代少受慢性病的折磨，而且寿命更长。其原因是少年儿童时特别是两岁之内获得了充足的营养，以及进行了免疫接种。一来从小打好了根基，二来预防为主，避免了很多传染病的侵袭。这些就是现代科学的功劳，是我们和我们的孩子要充分享受的文明的产物。

现在关于健康保健有很多奇谈怪论，其中不少是和现代科学的原理背道而驰的。作为父母，我相信没有人敢于拿自己孩子的健康和未来冒险，去听信那些不负责任的说法。因此就应该相信科学和信赖科学，让孩子定期接受儿科医生的体检，定期接种疫苗，认真做好孩子的保健。

说到保健，许多家长肯定会联想到各种保健品。儿童需要保健，但不一定需要保健品。如果孩子的饮食习惯好、饮食结构合理的话，没有必要让他们吃保健品。而且保健品的成分很难说，经常有激素添加在里面，对孩子的发育有相当大的不良影响。美国有关方面对孩子的食品的监督很严格，尤其是严格控制药物成分出现在儿童食品中，因为有无数的证据显示，这些东西对少年儿童的生长发育会产生非常严重的不良后果。

我们希望孩子们健康长寿，就应该明白一点：人类的健康长寿是一种自然的现象。在我们的基因里，本身就存在着健康长寿的信息。我们每个人都应该长命百岁的，而不是像很多人认为的必须靠外界的努力来达到长命百岁的目的。在世界各地的长寿老人们，他们没有一个是靠吃补品而长寿的，全是自然长寿的。这些长寿老人们就是人类基因中寿命信息的实例，而没有达到这个寿命的绝大多数人并不是因为没有滋补，而是因为疾病或者受环境因素的影响，过早地去世了。也就是说，绝大多数都没有达到自己预期的寿命，都辜负了自己的基因。

日本人被认为是世界上寿命最长的民族，他们的平均寿命是全球之冠。但是无论从饮食习惯和结构，以及其他的生活方式上，并没有发现日本人有什么非常与众不同之处。虽然日本人的饮食结构有值得效仿之处，但并不是最合理的饮食。这个问题一直困扰着医学界，美国最近一次人口普查的结果也许回答了这个问题。在这次普查中，发现全美寿命最高的人群是居住在新泽西州的亚裔妇女，寿命达到94岁。对这个现象的一种解释就是亚裔在基因上比其他族裔长寿，之所以长久以来没有达到长寿的目的，是因为全民的健康和医疗保健水平比较低下的缘故。一旦营养保证了，医疗保健和医疗服务的水平上来了，就会出现像日本这种人均寿命大幅度上升以至于领先世界的情况。因此要珍惜我们体内这种先天的基因优势，让它充分地发挥，不要人为地抑制它，或者滥用保健品使它受到影响。落实到少年儿童身上，就是要让他们自然地发育成长，充分享受现代医疗保健的服务，不要受落后的、迷信的以及商业化的东西的影响和伤害，让他们靠自身的调节打下健康长寿的根基。

小贴士

市面上的保健品几乎都没经过严格、科学的研究和实验。一些所谓的儿童保健理论没科学依据，更没经过科学、精确的实验，纯属凭空伪造的假定理，所谓国外专家推荐更是子虚乌有。

提高免疫力

免疫这个词已经成为出现率非常高的医学名词，不仅涉及现代医学的地方常常提到免疫，中医中药为了和现代医学挂钩，也经常把提高和增强免疫力挂在嘴边。各种营养品、保健品以及各种五花八门的与人体健康和保健有关系的东西，都宣称对人的免疫力有影响，当然是正面的影响，都号称能够提高免疫力，没有一家是自称降低免疫力的。由此看来，免疫力是公认的人体健康的基础。

少年儿童是否健康的关键是有没有一个强壮的免疫系统。当功能正常时，免疫系统可以自动抵御致病微生物。比如细菌、病毒和真菌的侵袭。没有人生活在真空中，少年儿童和我们大人一样，几乎每时每刻都暴露在到处都是致病微生物的环境中。我们虽然尽最大的努力，尽力使孩子们少接触各种致病微生物，但不接触致病微生物是不可能的。分分秒秒接触致病微生物并不表明孩子们将会生病，因为一个强壮的免疫系统可以为孩子提供一套自然的对付疾病的防御盾牌。反之，如果免疫系统比较弱的话，孩子们就会对感冒、流感和其他传染病很易感而导致经常生病。即便是都生病，比如一个班都患流感了，免疫力强的孩子不仅症状轻，而且恢复得快。不要说体质了，就从学习上讲，现在升学竞争这么厉害，免疫力强的孩子精力旺盛，很少生病，因此学习上就能全力以赴，在竞争中自然就能占据优势。

让孩子们不接触致病微生物是不可能的，致病微生物到处都是，尤其是在幼儿园这种环境，经常出现病来如山倒的现象。接触致病微生物是生活的一部分，如果真的在干净的真空的环境里长大，这种人的免疫系统是不健全的。有很多的传染病对于小孩是很轻微的，但对于成年人来说是非常严重的。这就是人体对千万年来外界环境的适应，人在少儿期接触这些致病微生物后，身体对它们产生了抗体，终生不会再被同样的病原感染。如果少儿期从未接触过这些病原的话，成年人后一旦接触的话，人体的免疫系统已经成熟

了，免疫系统对这些病原的反应过于强烈，会出现很严重的疾病症状，甚至危及生命。暴露于各种微生物，是少年儿童免疫系统发育成熟的一个必需的过程。

如果孩子经常生病，就应该考虑采取措施增强孩子的免疫系统，尽可能使之强壮。增强免疫力的科学办法和多数人想象的大相径庭，总结起来有以下几条。

1.少吃药，尤其是抗生素

增强免疫力绝对不像多数人认为的那样，是靠吃保健品和补品甚至吃药来实现的。和世界上的很多事一样，人的免疫系统也讲究适中，太弱不好，太强也不好。

据中国有关部门的统计资料，我国儿童哮喘发病率大约为3%到5%，近年来其发病率及死亡率均呈上升趋势。哮喘属于过敏性疾病的一种，这类疾病最容易在儿童身上发生，有将近30%的儿童曾经患过过敏性疾病，过敏性疾病的总发生率也有逐年增加的趋势。

过敏是指身体的免疫系统对外来的物质发生过度敏感的反应，因此它牵涉到内外两个因素，内在过敏体质是先天的，由遗传基因决定。据资料分析，父母一方有过敏体质的人约30%有过敏体质，父母双方均为过敏体质的人出现过敏体质的几率在50%以上。外在过敏原主要为食物、尘螨、花粉等。

为了预防和控制儿童过敏，专家建议从环境、食物、情绪等各方面加以注意，但是却忽略了一个因素，就是少年儿童用药过量的问题。

来到美国后，特别是儿子出生以后，在医疗方面一个最深刻的感受，就是美国的医生在给病人用药上，特别是使用抗生素上，非常地谨慎，尤其是对于少年儿童，可以说是十分严格，不到万不得已绝对不用。在华人眼里，美国的医生是很无情的。

在数不清的场合，总会有家长们，尤其是爷爷奶奶们跟我控诉美国的医疗系统多么的烂，他们的孩子发着高烧到了医院的急诊室，大夫观察了几个小时，什么药也不给，就让孩子自己烧着，让人心疼得要死。要是在中国，大夫早早地开了退烧药和抗生素，孩子哪能这么受罪？

孩子发烧要不要吃抗生素？中国的医生认为要吃一些，因为有可能出现继发的细菌性感染。美国的医生认为不要吃，因为感冒发烧是由病毒引起的，抗生素对病毒没有一点用处。我的一位朋友的女儿上个月发烧很厉害，医生就是不给开抗生素，结果发展成肺炎住进医院，全家被折腾得鸡犬不宁。医生不给开，自己给孩子吃就是了。可是在美国，没有医生的处方，药房不卖给你。也的确有人从中国带来抗生素，偷偷给孩子用。见到这种情况，我也总会很严肃地警告这样的家长，千万不要再私自给孩子吃药了，如果觉得医生过于固执，可以换一位医生，或者到医院去看急诊，请医生化验一下孩子体内的细菌情况。

美国医生只有在确实必要的时候才给病人开抗生素，其主要原因是因为担心出现抗药性细菌。抗生素的广泛应用到现在已经超过半个世纪了，其对付细菌感染的功效早就被证明了，其副作用也越来越突出，就是细菌为了逃避抗生素而发生变异，出现抗药菌株。抗药性的形成速度非常快，科学家只好研制新的抗生素，形成了科研和细菌抗药性的竞争。近年来，新的有效的抗生素的研制已经落后于细菌抗药性的形成，医学界担心，一旦出现超级抗药菌，将是人类的一场灾难。目前，结核细菌的耐药性已经到了非常严重的程度，在俄国和非洲，已经有相当大的比例的结核菌无药可治。我们出生在抗生素出现之后的人没有经历过那种对付细菌无能为力的年代，例如结核，在特效药发现之前，世界上每死7个人中，就有一位是死于结核的。得了结核之后，唯一的办法就是到海边或者山里去疗养，很多人即便有所好转，病灶也没有消除，以后还会发病的。如果有朝一日，被这种细菌感染后也得像患感冒和流感一样忍着的话，有不少人很可能忍不过去，因为超级细菌的致死率极高，细菌感染和病毒感染不一样，往往是急性的危及生命的感染。

对于个人来说，如果长期滥用抗生素的话，也会出现体内细菌的抗药性，以至在感染发生时，只能用更高剂量的抗生素来控制，而且很难治愈。有位朋友告诉我这样一个例子，他的同事因为觉得外面特别脏，于是长期每天服用抗生素，结果生病之后，她体内的细菌对各种抗生素都有抗药性，医生束手无策。抗生素的使用过滥，很多新的抗生素没有经过严格的临床试验就在人群中应有，大量的多种抗生素一起使用造成细菌的抗药性变异更快。因此，国际医学界呼吁要少用抗生素，以保持个体对抗生素的敏感性，尤其是少年儿童，因为研究发现，耐药菌更容易发生在儿童身上。

一项在澳大利亚进行的研究检测了461名4岁以下的儿童，研究人员检查他们身上的肺炎细菌对青霉素的耐药性。结果发现两个月内服用青霉素的儿童携带对青霉素有耐药性细菌的可能增高一倍，而且在6个月内，每服用抗生素一天，找到耐药菌的可能性就升高4%。

儿童抗生素滥用还有一个渐渐被人们意识到的危害，就是它损害了孩子的免疫系统，和近年来越来越多的过敏性疾病有很大关系。美国底特律亨利福特医院的一项研究，发现在出生后六个月内接受过抗生素治疗的孩子，到了7岁时患有过敏和哮喘的几率高于没有接受过抗生素治疗的孩子。近年来，儿童的免疫功能缺陷和过敏哮喘等免疫系统疾病大量增加，都和过度使用抗生素有关。

因此，要尽可能少给孩子用药，尤其是抗生素，一定要非常谨慎。有以下几点值得注意。

• 不要私自给孩子用抗生素，不仅有上述问题，而且药物很可能掩盖孩子的症状，耽误医生的诊断。而且不同的抗生素针对不同的细菌感染，不能靠广谱抗生素来解决问题。美国的医院往往会检验出感染了什么样的细菌之后再开药，做到有针对性，同时用抗生素的次数和周期也会短很多。

• 孩子每年可能患多达14次感冒，一般来说三到七天就会好的。绝大多数用不着抗生素，多休息、多喝水、吃平衡的健康饮食就足够了。如果担心孩子烧得过高，可以用一些物理降温方法和降低体温的非处方药，在发烧时尽量不要用处方类退烧药。

• 如果医生开了抗生素的话，一定要按剂量用完，即便孩子看起来没病了，也要继续吃下去，因为要把感染消灭干净。否则如果感染没有清除的话，还有可能会出现相同的感染，那样的话有可能更难治。

• 不要根据症状给孩子吃抗生素，同样的症状很可能是由不同的细菌引起的。要去医院化验一下，弄清楚哪种细菌感染，再在医生的指导下对症下药。

• 不要使用过期的抗生素，主要是没有用，延误治疗。家里储存的药都要定期检查，过期的抗生素立即扔掉。美国的医生反对家长私自用药，所有给孩子吃的药都应该通过医生的处方。这一点如果做不到的话，起码在给孩子吃药特别是抗生素之前，要征求一下医生的意见。

• 在吃饱的时候或者喝完奶的时候不要服用抗生素，因为不利药物的吸收。

• 很多抗生素有轻微的副作用，要注意观察，一旦发现异常，及时通知医生。

除了抗生素之外，其他各种药物也要尽可能少给孩子吃。没有必要就不要吃药，是大人和孩子都要坚持的原则。药是治病的，没有病为什么吃药？这是中国人和美国人在有关药的概念上的一大分歧。中国人主要是因为有中药，认为没病吃些中药可以达到滋补的效果。这是一个传统的错误观念，从免疫系统的角度，它是身体的一个自然的功能，没有病的时候，免疫系统完全可以自己进行调节，根本不需要外界的帮助。它唯一要求的就是我们在前面和后面讲的，保证充足的营养、多锻炼、休息好等人类自然的行为，在这种情况下，药物可能是会起到相反的作用的，要做到能不吃药就不吃药，能少吃药就少吃药。但是，医生开的药则要一丝不苟地吃完。

药物是一柄双刃剑，人们看到的是它治病的一面，忽视了它具有的副作用的另外一面。药物本身以化合物为主，对身体来说是异物，是会引起免疫系统的反应的，在某种意义上来说，药物也属于化学污染的一种，对身体都会有损害，只不过我们要利用它们治病的能力，而不得不忍受它们的化学污染，因此在服用的时候要谨慎再谨慎。

免疫系统是人体非常宝贵的东西，一定要非常仔细地珍惜和保护它。增强孩子免疫力，首先要保护免疫力，使它能够自然地发育成长。

小贴士

要注意保健品，因为很多保健品里面非法添加了药物的成分，孩子不知不觉吃了很多乱七八糟的药物，对孩子免疫系统的发育有很大的不良影响。同样，很多中成药也普遍添加了西药成分，因此也不要随便给孩子吃中药，包括宣传有中药成分的补品和保健品。

2.母乳喂养

人类属于哺乳动物，顾名思义，就是母亲用自己的乳汁来喂养孩子。母乳喂养是人类的天性和动物本能之一，也是哺乳动物比其他动物占有优势的一大原因，因为哺乳动物的后代在出生后一段时间营养有保证，容易存活。但是，人类和其他动物一样，都存在着母乳不足的现象。动物出现母乳不足或者没有母乳的情况，新生动物就只能饿死，因此不少动物在进化过程中减少了母乳的哺育期，新动物能尽快地适应环境，能够吃正常的饮食。人是社会化的动物，母乳不足可以用代乳的办法，就是找奶妈。奶妈并不能保证，虽然用米汤可以养活孩子，但肯定会营养不良。所以科学家分析母乳的成分，用牛奶为基础，去除会引起婴儿消化不良的成分，添加了母乳中的营养成分，制造出婴儿奶粉。

婴儿奶粉从营养学的角度是完全可以代替母乳的，这是现代科学的一个很显著的成就。它使婴幼儿的营养得到了保证，解决了婴幼儿因为母亲奶水不足或者缺奶而导致的营养不良，降低了婴幼儿的死亡率，对人类平均寿命的增长和健康肯定起到很大的作用。它还起到了解放妇女的作用，使妇女在产后能够很快恢复工作，不再因为喂奶而影响正常的工作和生活。这样一来，用我的一位观念很传统的同事的话说：人就被牛养大了。

婴儿奶粉对人类有相当大的贡献，但是对婴儿奶粉的反对意见却愈来愈大，包括世界卫生组织在内都强烈呼吁母乳喂养。其原因并非婴儿奶粉有太多的副作用，而是人类现在的一种叫做滥用的普遍现象。对于母亲没有乳汁的，或者乳汁不足的，婴儿奶粉是非常好的替代品和补充品。但是有许多母亲为了贪图省事，或者为了尽快瘦身等理由而给孩子过早断奶，出现了婴儿奶粉的滥用问题。

现代社会生活节奏非常紧张，女人们和男人们要承受着相同的压力，而且女人还要承受额外的不公正的待遇，要应付更为严酷的竞争，如果再让喂奶把她们拴住的话，对她们就更不公平了。但是，我们必须意识到，有得必有失，放弃母乳喂养或者过早断奶的最大的害处在于孩子的免疫系统上，尤其是过敏的发生上，母乳喂养能大幅降低过敏产生。

目前专家对母乳喂养的要求是出生后六个月只吃母奶，六个月后在添加其他食物的同时坚持母乳喂养到出生后12个月，然后根据母亲和孩子的情况决定何时断奶。

母乳喂养不仅对孩子有好处，对母亲也有好处，除了减少过敏外，其他好处主要有：

• 母乳比奶粉容易消化。虽然没有证据表明吃奶粉长大的孩子和吃母乳长大的孩子在发育和体质上有什么不同，但是母乳是婴儿最自然的食物，孩子的身体对它一点抵触都没有，奶粉或多或少属于异物。

• 没有母乳喂养过的妇女容易患乳腺癌，也增加了患卵巢癌等癌症的机会。乳腺癌是妇女最高发的肿瘤。没有生育过的妇女，患乳腺癌、卵巢癌等的几率要明显高于生育过的妇女，没有母乳喂养过的妇女这些肿瘤的发生率也高于母乳喂养过的妇女。这是因为生育和养育是女性的生理过程，违反了这种生命的自然规律，身体就会用肿瘤的形式做出反应。

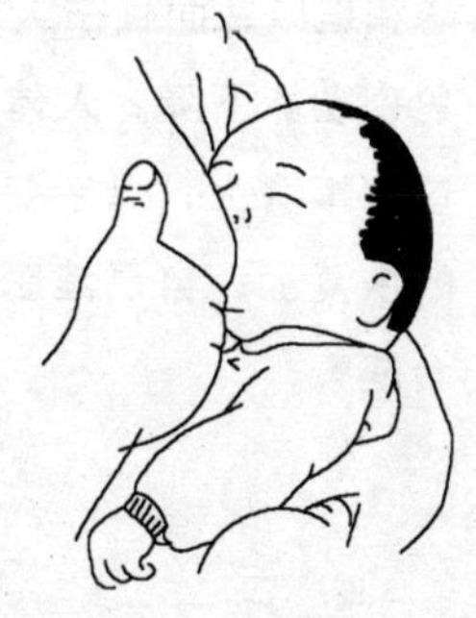

• 吃奶粉长大的女孩将来患乳腺癌的比例高。这一点和上面母亲的例子的原因相同。

• 母乳有助于孩子抵抗呼吸道和消化道疾病及细

菌感染。这是因为母乳里含有免疫球蛋白的原因，婴儿的免疫系统还没有发育，母乳是婴儿获得免疫力的主要途径，而婴儿奶粉里并没有这种成分。

• 母乳喂养的孩子将来患骨质疏松的几率低。这也是因为母乳里面的钙更容易被孩子吸收。

• 从经济的角度，母乳是完全免费的。当然了，如果算上给母亲补充的营养，可能比买奶粉还贵。不过这些营养也有助于母亲的恢复和健康。西方国家的妇女在处于哺乳阶段并不像中国人那样用各种食品来大补。中国传统的大补和催奶等办法并不科学，这时候母亲应该在保证卡路里摄入量的同时多吃健康食物，比如水果和蔬菜，并主要补充维生素和矿物质。如此这些重要的营养成分才会通过母乳传给孩子，而且因为母乳喂养，母亲体内维生素和矿物质会流失，必须要随时补充。而不是主要补充脂肪和蛋白。在母乳喂养阶段，除了补充营养外，母亲也要增强免疫力，因为母亲的免疫球蛋白会通过母乳给孩子，母亲的免疫功能好，孩子的免疫能力就强。

除了上述这些好处外，最主要的一点，妇女的乳房的自然功能不是为了美观，而是为了喂养孩子。如果有能力而不去使用这个自然功能的话，母亲和孩子都会出现一些不正常的症状。

很多妇女不愿意母乳喂养，是因为喂完孩子，结果自己成为大胖子。这个现象并不是母乳喂养的问题，而是母亲自己的原因。西方国家的妇女就不存在这个问题，尽管确实有激素的作用，但西方国家的妇女在产后马上改变了怀孕中那种不停地吃东西的情况，恢复到比较正常的卡路里摄入量，这样就不会出现热量过剩。其次，她们注意加强锻炼，并不因为产后就经常不动。只有多动，才能更好地更快地恢复。中国人讲究的坐月子，是因为长期以来营养不足，女性的体质很差，生完孩子等于大病一场。现在营养问题基本解决了，新一代产妇的体质和西方国家的妇女的差距很小了，没有太大的养的必要。生孩子是女性的一个自然过程，不应该对女性的健康造成严重的危害，出现这种情况是因为在怀孕期间和产后过度地保养，忽视了体质的锻炼和适应。而且在饮食上没有注意到均衡，过多地依赖高热量的食物，造成免疫功能下降。人体本身的调节能力要远远好过外界的帮助，在母乳喂养这件事情上，母亲要相信自己的调节能力，把重点放在自己体质和免疫力的恢复上，自己健康了，你的奶水才会不仅充足而且有营养，你的孩子才会健康。

3.营养的充足和补充

提高免疫力的确有良药，这个药指的不是药物，而是健康食物和营养补充剂，健康食物中尤其是水果蔬菜，是提高免疫力最好的药物。但是年龄小的孩子既不愿意吃营养药片也不爱吃蔬菜水果，孩子一闹，很多家长就放弃了。对孩子要有耐心，自己也要有毅力，要用鼓励和奖励的办法让孩子由被动到主动，养成吃健康食物和营养补充剂的习惯。比如我儿子过去就不爱吃苹果，原因是一个整个的苹果让他去咬，他有一种不舒服的感觉。我想很多孩子不吃水果蔬菜，都是出于类似的原因。针对这种现象，我就把苹果切了给他吃。此外，他爱吃橘子、葡萄、西瓜之类就让他多吃。在蔬菜上也一样，爱吃的就经常给他做，不爱吃的也不强迫他。因为只要吃够了水果蔬菜就成，没必要非让他吃某种或者某几种水果蔬菜，更没有必要做到我们爱吃的水果蔬菜就一定让他也爱吃。有些蔬菜他一开始不吃，我们做得次数多了，他慢慢就能接受。

吃有机食物是健康的新潮流，很多健康专家都大力提倡吃有机食物，甚至建议只吃健康食物。有机食品又叫生态食品，其标准有以下3点。

- 农作物在种植过程中不使用化学物。
- 作物本身没有进行过基因改造。
- 加工过程中没有使用化学添加物。

对于成年人来说，只吃有机食物并不能保证健康，因为到了今天，农作物生长的土壤因为过度耕作，本身的营养非常贫乏。加上为了尽快成熟而人为造成作物的生长期过短。有机食物和非有机食物一样存在着这种天生的营养缺乏，加上因为不能补回维生素和矿物质，甚至比非有机食物的营养更缺乏。只吃有机食物，就要更注意补充必要的营养。有机食物比非有机食物贵很多，价能比并不高。而且有机食物还属于一种新概念食物，并没有一个严格的标准，现有的标准还存在着一些问题，市场监督也很难实现，标明有机食品并不一定有机，因为没有有效的办法进行检验，只能他说有机就算有机。由于有机食物有利可图，一些非法厂家就把不算有机的食物冠以有机食物的标签，为的是高喊健康食物而谋取更大的利润。这种情况在美国就存在着，在中国则更为普遍。在商店的货架上，可以看到标着有机和天然标签的食品比比皆是，这些食品如果进行严格的检验的话，我敢保证它们之中绝大多数不属于有机食物。

有机食物并不是科研的最新成果，而是千万年来人类一直使用的食物生产加工方法。只是最近几十年来，不光化肥的使用越来越普遍，而且对种子进行基因工程改造、在食物加工过程中添加包括维生素和矿物质在内的化学物和防腐剂、甚至使用抗生素等，使食物从有机变成了无机。其中的营养添加对提高全民体质是有益的，防腐剂有助于食品的保质，减少食物中毒。但是防腐剂和其他化学物的过量添加对健康的副作用极大，而非法使用的抗生素的危害更严重。

食物从有机到无机的过程不是科学的失误，而是为了养活更多的人口而不得不这样做。举个美国的例子，当年欧洲移民刚刚来到美国，这里地广人稀，有的是地可以耕作。可是当时没有化肥，作物种了几熟后，土地就变得贫瘠，产量就无法保证了。于是人们只能去开拓新的土地，这才是开拓西部的动力。正是因为化肥的出现，才使得农业的产量得到保证，人类才不再经历饥荒。中国过去靠的是农家肥，但这种为土地补充营养的办法相对来说效果很差，而且很不干净，造成大量的细菌跑到作物中去。让食物从无机重新变回有机，是人们的良好愿望，但完全的有机是不可能的，现在的有机食物严格说来都属于半有机食物。

对于少年儿童来说，食物中的化学物和抗生素的危害更为严重。因此少年儿童要尽可能吃有机食物，特别要避免吃饲养成的水产品，因为这种水产添加抗生素和化合物的情况十分严重。儿童也要少吃罐头类包装食物，多吃新鲜食品，不仅能吸收有益的营养物质，也可以少吸收防腐剂。

在营养补充剂方面，首先要注意补充维生素C，如果能自制橘汁和蔬菜汁的话则效果更好。其次可以补充鱼油、维生素E、锌和铜等微量元素。

大蒜是最好的抗菌药，尤其是生吃。孩子不爱吃蒜，可以捣碎了，混在果汁里一起吃。大蒜里面有些有效成分一定要捣碎以后才能发生作用，所以把蒜捣碎了吃的效果最佳。让孩子吃生蒜确实比较难，稍稍烹调一下的话，有可能会接受。

小贴士

如果孩子有哮喘的话，可以多吃含维生素丰富的水果、蔬菜，少吃过甜、过咸、过冷或过热的食物，尤其是对辛辣、煎炸，肥腻之品要忌食。饮食以清淡、易消化为主。也要少吃奶制品，所缺的钙可以通过钙片来补充。

4.保持良好的精神状态，减少压力

包括哮喘在内的一些免疫系统的疾病都属于心身疾病，其发病不仅和免疫系统有关，也常常和神经系统有关。如果孩子经常容易兴奋的话，就很容易发病。家长要特别注意调节患有免疫系统的孩子的情绪状态，让孩子保持良好的精神状态，不能让孩子有过多的压力。

长期的精神压力除了会引发高血压、心脏病、糖尿病等严重疾病之外，还会产生精神方面的不正常，比如抑郁症、精神病等，严重的还会导致突发性暴力事件，每五个抑郁症患者中就会有一个自杀。

中国家长对孩子无论在学习上还是生活方面，事无巨细都管得过严，不仅对孩子的自立能力的培养非常不利，而且对孩子的心理施加了过大的压力。孩子和大人一样，也有心理问题，也会积压心理压力，心理压力达到一定程度，也会出现问题。而且孩子的表达能力不如大人，一旦有心理压力的话，要比大人难以减压。

前几天看美国最热门的电视节目“美国偶像”，其中一位19岁的选手，不仅临场发挥失常，而且在比赛的准备过程中也处于崩溃的状态。这位19岁的少年几年前从学校退学，然后吃住都在汽车里。这就是一个明显的青少年心理压力大而承受不住，出现了病态的人格的实例。

最常见的心理问题还有焦虑症，美国的成年人中有13%患有焦虑症，据保守的估计，中国起码2%的总人口患有焦虑症，换算成绝对数字，就是2600万，接近糖尿病病人的总数，而且这个估计是明显偏低的。最近刚刚在美国南加州大学完成的一项长期的心理学调查结果表明，长期性焦虑的人比没有焦虑的人患心脏病的可能性要高30%到40%。

无论有没有免疫系统的问题，都要尽量给孩子减少压力，这样有助于孩子远离不必要的焦虑和恐惧，对有免疫系统问题的孩子的身体康复也很有好处，对没有免疫系统问题的孩子则能够起到增强免疫力的效果。

让孩子减少压力的办法有下面几种：

- **经常携带最喜欢的吉祥物。**小孩子通常有自己心爱的布制小动物，对于孩子们来说是自己最好的朋友，有什么心里话都和它说。这是一个非常好的减压办法，孩子在生气或情绪不好的时候，让他们和小动物单独待一会儿，不要去打搅他们，孩子的情绪会很快好起来。

• **让孩子多待在蓝色和绿色的环境中**。蓝色和绿色被称为冷色调，在这种环境里很容易让人冷静下来。如果经常处于这样的环境中，孩子们的情绪比较稳定，压力也会减少很多。在家里要增添蓝色和绿色的色彩，但不能全涂成这种颜色，因为有可能造成抑郁。最好的办法是在餐厅多增加冷色调，因为这种色调还可以让人少吃食物。

• **孩子哭就让他们哭个痛快**。哭是人类天生的减压本能，靠发泄把心里的压力释放干净。孩子爱哭不是坏事，不要制止他们哭，也不要不让他们哭。孩子要哭就让他们哭个痛快，不要去劝，也不要打搅他们，哭完了以后孩子的情绪会马上好转起来。

• **教孩子做深呼吸**。深呼吸是一个很古老的减压方法，人类很多年来都会用深呼吸来减轻压力。这个办法很容易做，因此要尽早教会孩子做深呼吸。深呼吸没有什么难的，一教就会。让孩子每天做两遍，会很好地改善孩子的情绪。

• **让孩子多晒太阳**。阳光是最好的减压药，让孩子每天晒15分钟太阳，既可以减压，也可以增加人体维生素D的合成。这15分钟的晒太阳不是让孩子坐在外面，而是让他们在室外活动，同时达到锻炼的效果。

• **让孩子玩个开心**。在孩子们情绪低落的时候，索性让孩子们放下一切，去玩个痛快。这样对孩子的心理健康、免疫系统的健康发育，都有极大的好处。定期让孩子们无拘无束地玩一天半天，都会使他们变得非常健康。

小贴士

让孩子感觉到在他们需要的时候父母都会在身边的，让他们愿意对父母敞开心扉。

5.创造良好的生活环境

环境污染是当代严重的社会和健康问题，其对孩子的影响尤其严重。例如白血病，中国每年新增白血病患者4到5万人，其中半数是儿童。据儿童医院血液科的统计，接诊的白血病患儿中，90%的家庭在半年之内曾经装修，证明了家庭的环境污染是儿童白血病最主要的原因。

家庭内部的环境污染除了引发白血病等严重的疾病外，对人的免疫系统的损害也非常严重，尤其是对免疫系统还没有发育成熟的儿童，很可能给他们带来终身的危害。在家庭装修中，要严肃对待涂料、家具和装修材料的有毒有害的问题，尽可能避免过度装修，提倡简单生活，少装修就可以避免很多有毒有害物质的污染。装修过的屋子起码半年内不要让孩子住进去，等到有毒有害气体挥发后再让他们住进去。孩子需要一个无毒的生长环境，但是完全无毒是不可能实现的，只能尽最大的努力。

在家庭生活中，要尽量避免的是让孩子少接触化学品。我们在日常生活中对化学物的使用已经习以为常了，并没有意识到化学物累积起来的严重危害。自从工业革命开始后，成千上万的化学制品相继进入人们的生活，为人们很自然地使用着。这些化学物的长期使用已经永远地改变了我们的生态环境。自第二次世界大战起，大约有八万个新化学合成物产生并释放到环境中，而且每年还有约一千五百个新化学合成物产生。我们对化学品的短期毒性比较清楚，但对其长期效果却十分不清楚，尤其是不清楚多种化学物的协调效果。有限的几个实验结果表明，几种化学物一起使用时，其毒性会增加一千倍，许多单独使用时看起来毒性很轻微的化学物就是因为多种化学物之间的协同作用，而对人体产生严重伤害的。科学家估计，多种低剂量的化学物的协同作用，很有可能使本来对人体分别无毒的化学物成为对人体有毒有害的物质，今天人类的很多疾病都与其密切相关。

就拿环境污染来说，有关部门所关注的是工业化的排污，对日常生活中使用的化学物的污染并没有、也无法控制。就拿美国东部的切斯比克湾来说，这里的环境污染的控制相当严格，但是水质的污染依旧很严重。根据检测报告，湾里的水生物体内的污染很严重，甚至出现变性，专家据此建议每周最多吃两次鱼虾。这些污染并非来自工业化的污水，而是来自各家各户的下水管道，包括被冲洗掉的化妆品、家庭使用的去污剂、洗衣粉、洗碗剂等，还有随着排尿而出的避孕药和抗生素等，所有这些日用化学物是无法被控制的，从这个角度也体现出日常生活中化学物的无处不在。

化学物对儿童生长发育的影响还有待进一步跟踪研究，但是有一点是肯定的：过多接触和暴露于化学物对于孩子的生长发育是不利的，其症状包括气喘、天生缺陷、尿道下裂、行为伤害、学习障碍、自闭症、癌症、免疫系统不正常、神经受损以及生殖异常。WHO估计全球每年大约有三百万低于五岁的孩童因接触了环境中的有害物质而死亡。最近研究显示，如果胎儿或青少年在关键发育阶段暴露于化学物质中，可能在晚年造成健康的问题。早期暴露于内分泌干扰物质可能影响个人的免疫功能、神经系统或繁殖能力。孩童早期暴露于重金属也许会造成终生的学习障碍。

家长要采取各种办法，在家庭生活中减少孩子接触化学物的机会。

• 在家庭中尽量减少化学制品的使用，要定期清除不想要或不必要的清洁用品、化妆用品等，杀虫剂之类的东西尽可能不使用，也就是说能不使用化学制品就不使用。化学类空气清新剂要少用，多开窗户就是了。家庭用品尤其是餐具、杯子等在使用清洁剂清洗后一定要用水多清洗。消毒的时候多采取物理的办法，比如用微波炉、热水、洗碗机等。

• 多使用替代品，苏打粉就是家庭清洁包括洗碗、洗衣的最好清洁品，其效果不比洗衣粉和洗洁精差，价格更为便宜，而且因为是可食用的，所以很安全。

• 少年儿童不要用化妆品，家长也要少用化妆品，尤其是家中有婴幼儿的。因为家长的化妆品会跑到婴幼儿身上，对他们造成伤害。

• 少年儿童在洗脸洗澡时最好用清水，要训练他们不要或者少用香波和浴液。婴幼儿要少用各种护理用品。

• 让孩子少接触化学制品要从怀孕时开始，孕妇要在饮食和生活中注意少用化学制品、少化妆。

• 对孩子使用的文具要特别注意，不要使用有香味的文具，要尽量买色彩简单的文具和学习用品。

室内的环境也很关键，包括温度和噪音。

室内的温度不要过高，因为过高的温度适合病毒和细菌的繁殖。很多家长总怕冻着孩子，屋子里的温度调得太高，这样也不利于增强孩子的免疫力，尤其是在冬天，把温度适当调低几度，让孩子在屋里多穿一件衣服，是预防冬天患感冒或流感的有效方法。屋子要经常通风，虽然会脏一点，但科研试验证明，经常通风的房子里细菌和病毒难以生存，居住在其中的人较少生病。不管是否经常通风，室内都要经常打扫，去除尘埃。室内的湿度要适中，过潮利于细菌滋生，过干导致鼻黏膜等的屏障作用减弱，可使用加湿器或者放瓶水在室内。

现在全球气候变暖，空调的使用率很高。空调的普遍使用使人们的生活更加舒适，也降低了人们的免疫力。如果夏天使用空调的话，不要把温度调得过低，要让自己和孩子都能适应稍稍热一点的温度，对增强免疫力很有好处。冬天待在很暖的屋子中，夏天待在过冷的屋子里，都会影响免疫力。人是恒温动物，自身可以适应外界的温度变化。特别是生长在四季分明地区的人，天生就能够适应季节的变化。这种冷暖交替是人体免疫系统调节的过程，如果人为地改变了这个过程，外界的温度影响小了，人的免疫系统就有可能处于比较低调的状态。成年人相对来说受影响少，但孩子们的免疫系统处于发育阶段，因此就不能发育出对环境变化比较适应的免疫功能，免疫能力会比较弱。

美国的孩子们出现免疫问题的比例比较多，就有这种因素。很多家庭习惯于长年保持室内恒温，学校幼儿园也都是中央空调式的恒温系统。在这种环境下长大的孩子，对外界温度的变化不能很好地适应。所以每当同事们的孩子生病的时候，我都会建议他们冬天把家里的温度调低一些，夏天把家里的温度调高一些，在寒冷的季节让孩子再加穿一件衣服，不要为了孩子在家穿裤衩背心而把家里的温度调得过高。合适的温度会让人感到舒服，但也会让人的免疫系统不发挥应有的作用，得不到增强和锻炼。夏天的空调对降低人的免疫力作用更大，长期待在比较冷的空调房子内，人体会变得怕热，这本身就是免疫功能低下的一种表现。出汗是一种自然的反应，而且是新陈代谢不可缺少的程序，和排泄一样也是人体排毒的功能。人在锻炼时会出很多汗，身体和心里的感觉都很好。待在空调的房子里，就不出汗了，对人体新陈代谢和激素分泌都不是好事。要让孩子适应热一点的温度，这样他们的新陈代谢就会比较旺盛。

如果有可能的话，家中不要养宠物。孩子们都是希望和要求养宠物的，但是，家里有宠物对孩子的成长无益处。美国的家庭居住面积比较大，还有自己家的院子。即便这样的话，有宠物的家庭孩子过敏和生病的机会都比没有宠物的家庭多。而且养宠物不仅影响孩子的学习，也加重了家长的负担。因为宠物虽然是为了孩子养的，可是照顾宠物则是家长的事。尤其是养狗的家庭，等于多养了一个孩子。在这种情况下，家长就不会把全部精力和心思花在孩子身上，甚至把多数心思花在宠物身上，而忽视了孩子的健康成长。中国的家庭居住面积比较小，也没有自己的院子，养宠物特别是狗的话，对家庭生活的不利影响会更大，长期和宠物在这样一个小的空间中生活的孩子，很有可能出现免疫功能和免疫系统疾病。养宠物特别是养狗是中国的一种西化的现象，大家只是看到国外家庭很多有宠物，而不知道他们的苦衷。我的很多朋友一提起家里的猫和狗就一肚子苦水，因为他们从小养成养猫养狗的习惯，结婚之前自己养了猫或者狗，结婚以后双方都带了宠物，孩子生下来以后宠物成了累赘，可是也不能扔了，对他们来说负担极重。大多数中国的城镇家庭居住面积等于美国的公寓，在美国的多数这样的公寓，是不容许养狗的，因为不仅影响邻居，而且居住面积过小，对人对狗都不好。最近房屋贷款出现问题，很多人丢掉了房子。一个附加现象是动物庇护所里无家可归的狗的数目多了几十倍，有关部门拼命要求大家踊跃领养，我去看了一下，有不少很名贵的狗。造成这种现象的原因就是因为丢掉自己房子的家庭只能去住公寓，不能再养狗了。美国社会在动物保护问题上相对重视，狗相当于家庭成员之一。在这种情况下，他们也不得不把狗送到动物庇护所，正说明公寓那种环境是不适合养狗的。

噪音被视为污染的一种，对人健康的影响非常大，但是往往被人忽视，噪音可以造成严重的心理压力，很多生理上和心理上的疾病的形成都和长期生活在噪音严重的环境中有关。少年儿童做事不集中、睡眠出现问题等都有可能是噪音引起的。德国最近的一项研究发现，噪音造成孩子阅读能力发展缓慢。

生活中要有一片净土，对于孩子尤其重要。心静才能好好学习，环境安静才能好好休息。安静的环境对于孩子的性格的成长也很有帮助，在噪音强的环境中成长的孩子容易性格暴躁、有暴力倾向。户外的噪音我们很难控制，但是可以控制室内的噪音，让孩子待在家中时，有一个安静平和的环境。

- **减低自己的嗓门**。不管大人或者孩子，在家里说话都要小声。这个问题很多人不觉得，几年前几位中国同事聊天，事后美国同事悄悄问：“你们为了什么吵架呀？”大声说话的情况外国人也有，这是一个值得注意的普遍现象。在外面要注意，在家里更要注意，不要在家里喊得山响，弄得家里跟商场似的。尤其和孩子说话，一定要轻声细语，这样不仅没有制造噪音，孩子也不反感。家长的威信在于给孩子定下规则，并严格遵守上，而不是在表面的严厉上。俗话说有理不在声高，在家中要保持“低声下气”，使家庭处于很安静的平和状态。

- **看电视、听音乐广播时降低音量**。我对小时候印象最深的，就是每天早上还在甜蜜的梦中，家里就响起收音机的声音，而且音量开到最大。到现在，我还在怀疑那种日复一日的噪音有没有对我的生长发育产生不良影响。在家里不管什么声音，哪怕是非常优美的音乐，也要把声音放得越小越好。到别人家串门的时候，发现他们家里热闹非凡，电视声、音乐声高到震耳，这样大人孩子也得大声说话。这种气氛很热闹，可是会让人处于亢奋状态，不能放松，人的免疫系统也得不到调节。外面已经是到处噪音的世界了，我们的家也许是唯一安静的地方，因此不要破坏这种宁静。

● **让孩子少用耳机**。孩子们听音乐玩游戏，都喜欢戴着耳机，这样不受外界干扰。如果把他们的耳机拿下来听一听，会吓你一跳，因为音量开得非常大，尤其是在嘈杂的环境中。长期戴耳机不仅造成孩子听力严重下降，甚至造成耳聋，也会对智力发育产生不利的影响。所以要让孩子少用耳机，尽量不要养成一边干事一边听音乐的习惯，这样会造成注意力不集中的毛病。

● **让孩子睡觉戴上耳塞**。这样可以有一个良好的睡眠，特别是对于睡眠不好的孩子尤其有作用。孩子对周围的环境有时候比大人敏感，如果外面的噪音不能解决的话，用耳塞就是一个隔断噪音的办法，可以让孩子安静地入睡，而且深度睡眠的效果很好，不会被家里的声响吵醒。

● **采取消音、隔音的办法**。出声的东西比如电视、音响等不要靠着墙，也不要直接放在地上，因为会引起回音。窗帘、地毯、石头和木制家具都是隔音和吸收声音的东西。

● **减少接触机会**。如果非要制造噪音不可，比如装修等产生很大噪音的事，就让孩子离开，自己戴上耳塞去干。

小贴士

如果孩子经常过敏的话，还要考虑是不是室内的花草的问题。对于过敏和哮喘严重的孩子的家庭，就应该杜绝花草。

6.少穿衣，多锻炼

在美国的儿科医生们对华裔孩子的家长的一大建议就是少给孩子穿点衣服。和美国孩子相比，华人的孩子特别是幼儿穿得太多。在华人家长的意识中，孩子是冻不得的。当然有些美国孩子因为穿得太单薄而生病，但多数孩子的体质都很好。耐寒力度锻炼对免疫力的提高，甚至对哮喘都有好处。相反捂得严严实实的孩子会经常得病，免疫能力也比较低下。

不要用自己的感觉来要求孩子，只要孩子不觉得冷，就不要逼着他们多穿衣服。对不善表达的幼儿也一样，孩子哭闹不穿衣服，就是表明他们不需要。老人总说，冻病了，实际上是个陈旧的错误观念。孩子生病是因为免疫力下降而造成病毒和细菌的侵袭，而不是因为天气寒冷，天气寒冷至多会冻伤皮肤。由于经常穿得过多，孩子的免疫系统处于不活跃的状态，就像温室里的花朵，一旦骤冷骤热之下，免疫功能下降，人才会生病的。感冒多发生于忽冷忽热之际，因此要让身体适应环境的变化，对外界的冷热能够自动调节，而不是靠衣服来保护。衣服只是用来防寒保暖，不是用来抗病的，人的免疫系统的抗病效果比衣服强一万倍。多穿一件衣服，不如多增强一点免疫力。

除了少穿衣服外，进行一些防寒锻炼，可以大大地提高免疫力。比如坚持用冷水洗身体。我有一位朋友长年坚持洗冷水澡，身体状况非常好。我没有那种毅力，从小坚持用冷水洗脚洗手洗脸。不管用冷水洗哪里，都是很好的激发和提高免疫功能的办法，常年坚持的话，就会比别人少生病或不生病。

加强锻炼无疑是提高免疫力最好的办法之一，我少年时一感冒就出去跑步，跑完后症状会好转很多。不过这个办法不值得效仿，因为多数人在感冒时根本跑不动，如果是流感的话很可能连站都站不起来。经常锻炼的人会较少生病，如果希望孩子免疫功能健全，就要进行一些有针对性的锻炼。

在这方面，游泳是一个非常好的锻炼项目。游泳池的水温低于体温，可以提高机体对外界环境的适应能力。如果孩子哮喘的话，还可以改善孩子的呼吸功能。冬天在室外活动，包括跑步、打球等都是很好的增强免疫力的活动。只要是在锻炼时能够让孩子接触新鲜空气的项目，都能够提高免疫功能。如同上面所讲，锻炼要坚持，只有长期不懈的锻炼才能真正地提高免疫力，而不是因为经常生病，受刺激了，才开始锻炼，然后三天打鱼，两天晒网。

7.休息好

免疫系统的加强提高的一个关键是要休息好，休息是人体修复和调整的重要步骤，动静相结合才能达到健康的平衡。少年儿童要比成人的睡眠时间长，正是因为身体的生长发育的需要。免疫系统是人体的一项功能，也需要调整和修复。如果长期超负荷地运转，也会出现老化的现象。休息得好，还可以多产生免疫球蛋白，因此免疫接种后都要保证休息。

现在少年儿童的学习很繁重，加上娱乐和玩耍的时间，很多孩子没有达到好好休息的标准。家长要重视这一点，一定要让孩子按时作息，保证孩子的睡眠时间。孩子的睡眠时间应该保证在9到10小时之间，高中时可以减少一点。

和其他功能一样，免疫功能的强弱和是否得到充分的休息有很大关系，休息得好，免疫功能就处于较强的状态，休息不足，免疫功能也较弱。

父母要为孩子作出一点牺牲，比如平时晚上不要安排太多的出外应酬，孩子睡觉后家里要保持安静。在休息上，父母是孩子的表率，孩子贪玩不睡，往往用父母的行为做借口。按时作息不仅对孩子有好处，对父母的健康也有好处。上面讲的这些也都适用于父母，父母的免疫力强，对孩子的成长也有好处。通常出现的情况是，经常出现病人的家庭往往是一家人陆续生病，而健康的家庭不仅孩子不生病，父母也基本上不生病。我们希望的正是这种全家处于非常健康的状态，大人孩子都很少生病，形成一个健康的生活环境。

小贴士

不要剥夺孩子的睡眠时间，除非必要的功课外，其他事情上要优先照顾孩子的休息，非十分必要的事情都要让位于睡眠。充足的睡眠不仅使免疫功能得到增强，而且睡眠好的孩子长得高、学习好，而且不容易肥胖。

定时接种疫苗

经过几年的沉寂之后，今年流感病毒又活跃起来，有位朋友就说，今年一年生的病比过去五年加在一起还多。流感病毒的活跃是因为病毒在不断地变异，这种渐进的变异很可能出现某种突变，而再次出现全球性流感大流行。今年的情况雪上加霜的是，流感疫苗的预测失准，其预防能力只能达到40%，也就是说打了流感疫苗的人对现在流行的只有不到半数的流感病毒有抵抗力。

流感病毒因为不仅在人类中流行，还在其他动物比如鸟类、鸡、鸭、猪等动物中流行。虽然各种动物的流感病毒不是一种，可是它们之间会通过杂交和变异出现新的流感病毒。鸡、鸭、猪和人类生活密不可分，现在更有威胁的是存在于野生鸟类的禽流感病毒，一旦发生某种可以进入人体的变异株的话，对人类是致死性的。这种毒株如果能够在人之间传播的话，就会引发一场悲剧性大流行。这是WHO和各国专家所担心的最严重的人类传染病的威胁。

正因为流感病毒的不断变异，造成流感疫苗只能有短期效果。有关部门采取的办法是在各个流感监测点采取流感病毒样品进行基因分析，根据分析的结果来推测出下一年流行的流感病毒株。这是因为从确定流行株到生产出疫苗来，一般来说要六个月的时间。如果到了流行季节才开始研制和生产疫苗的话，等疫苗出来后，没准流行期已经过去了，达不到预防流感的目的。靠流感疫苗来预防流感，一是要年年打，因为每年的流感病毒株是不一样的；其次是要在流行期以前，也就是在秋天打疫苗，等到冬天流行期开始后，人已经具备免疫能力了。

可是，今年美国流感疫苗的预测失准，使得一个长期争论的问题又浮上水面，就是疫苗究竟是不是一种有效的预防传染病的办法？特别是儿童要不要每种疫苗都打？这么多疫苗依次打进去，会不会对少年儿童的免疫系统产生不利的影响？很多疫苗要在出生后很短一段时间内注射，这时候婴儿的免疫系统还没有发育完全，会不会适得其反？这些问题不仅在现在，在今后都会继续争论下去。作为孩子的家长，我们怎么办？

疫苗接种对于儿童来说是一件大事，接种的要求也在不断变化之中。作为家长，应当掌握疫苗接种的基本常识。让我们首先从为什么接种开始。

1.疫苗的原理

简单地讲，从医学的角度，不得病比得病以后治好了对健康要好得多，接种疫苗就是出于这个道理，为了使人们少得病。从18世纪末开始，特别是20世纪在全球范围推广疫苗接种，起码挽救了上十亿人的生命，其中大多数是少年儿童，地球的人口爆炸和疫苗的使用有直接的关系，是人类战胜自然的一大成就。正是因为有了疫苗，孩子们的童年变得幸福多了。举个在美国的例子，现在美国的孩子夏天在游泳池里肆意戏水，但是在几十年前，卫生部门经常要求孩子不要游泳去了，因为有可能被小儿麻痹病毒感染。这种病毒的感染在今天已经见不到了，在我小时候由于疫苗接种的漏洞，经常有小朋友发了几天烧，从此再也不能像正常人一样走路了。他们还算幸运的，有的孩子还被小儿麻痹病毒夺去了生命。

我们所处的环境是到处都是病毒和细菌的环境，其中致病的病毒和细菌会通过各种途径进入我们的身体。这时我们的免疫系统就要起反应，把入侵的病菌中和、摧毁或者使之无害，其目的是使我们不得病。有的孩子生下来就有免疫缺陷，其中最严重的要生活在一种彻底清洁的环境中，就是空气被过滤消毒，不能有一丝病菌的存在，否则病菌一旦进入身体，就会有生命危险。

对于生活在今天的人们来说，获得对某种致病的病毒或细菌的免疫有两种途径。

- **接触后免疫**。当人体接触了致病细菌和病毒后，免疫系统便发生作用，其目的是防止再一次被同样的细菌和病毒侵入而致生病。免疫系统会在异物也就是外来的抗原的刺激下产生大量的专门性的抗体，在体液中循环流动。等同样的异物再次进入人体后，这些抗体就能够将之识别出来并予以摧毁。如果抗体不够的话，免疫系统马上能够生产出来，用不着担心进入体内细菌和病毒的量太大。人的免疫系统还有记忆功能，可以分辨出是老敌人还是新敌人，在第一时间作出反应。免疫系统起码能够有效地识别和抗击上千到上百万种不同的致病源。

- **疫苗免疫**。这是通过疫苗来人为地制造一次致病源的入侵，由于疫苗是不致病的抗原，因此和自然的感染相比，第一次接触时不会生病。人的免疫系统因而具有识别和记忆功能，下一次当同样的病菌进入人体后，免疫系统就能够将之摧毁。对于某些传染病来说，疫苗比真正的感染对免疫系统的刺激还要强，因此人体可以获得更有效的防护。也有的疫苗不能提供彻底的防护，需要定期地加强。疫苗接种可以人为地控制感染的程度，起到刺激免疫系统而不生病的效果。

2.免疫接种的好处

注射疫苗又称为免疫接种，这是目前医学上对抗传染性疾病的最有效的方法。说到免疫接种的好处，则要从没有免疫接种的时候说起。

人类在诞生之后的很长一段时间内是没有传染病的，随着人类定居和畜牧业的发展，以及各地区人类之间交流的增加，在距今一万多年前，细菌和病毒开始从动物侵入人类，人类从此进入瘟疫年代。历史上瘟疫造成的人口死亡即便在古代也动辄以百万千万计算，其中最为严重的是天花病毒。

人被天花病毒感染后，起码有三分之一的人死亡，剩下的人都留有永久性的瘢迹和残疾。16世纪上半叶美洲的人口总数和欧洲的人口总数相仿，但是自从欧洲人把天花病毒带到美洲后，由于土著居民世世代代从来没有接触过天花病毒，在一百年之内，人口骤减了90%，使得曾经是美洲主人的印第安人的退出历史舞台。在旧大陆，由于经常接触该病毒，死亡率没有那么高，但即便是天花疫苗研制成功后的19和20世纪，天花病毒照旧杀死了六到十亿人。在天花疫苗广泛接种的20世纪，全球每年死于天花的人依然达到500万。有人曾经下了这样的结论："如果没有天花疫苗的话，今天至少有一半人不会生活在这个世界上。"

天花疫苗是第一个现代化的疫苗，是现代科学的超前成果。这个疫苗是英国的乡村医生琴纳将来源于中国的接种人痘的预防天花的技术改良成接种牛痘的技术，这种新的技术既安全又可以大面积推广，然后人类用了一百七十多年，在全球所有国家的努力下，将天花病毒这个人类最大的敌人从地球上彻底消灭了。这便是免疫接种的最大好处，它不仅能够使个体具有抵抗疾病的能力，还能够在一个地区、一个国家甚至整个地球上预防和消灭某种传染病的流行。在人群中，总会有极少部分人因为过敏反应而无法进行疫苗接种，也有个别人不能被疫苗刺激出应有的免疫反应能力。如果大部分人都接种疫苗的话，比如95%的人都接种疫苗，那么从理论上这种致病病毒或细菌由于找不到足够的感染者，就无法在这个地区流行，因此会消失。世界卫生组织在全球范围内进行计划免疫，已经成功地消灭了天花等烈性传染病。其他常见的传染病因为免疫接种特别是儿童的免疫接种的普及而大大下降，比如美国的麻疹病例在疫苗接种后被减少了99%。1921年美国有20万白喉杆菌引起的急性呼吸道传染病，造成15520例死亡，到了1999年，只有一例白喉。对于现代的少年儿童，许多他们父母小时候常见的传染病已经成为过去。

除了减少传染病造成的死亡外，疫苗还可以大大地减少传染病造成的残疾。现在的少年儿童的发育都比较健康，很少见到外表不正常的少年儿童。但是过去的少年儿童，不仅因病而早逝的比例很高，很多都因为受到各种传染病的感染形成终身的伤害和残疾，比如天花造成的瘢痕、目盲，脊髓灰质炎造成的小儿麻痹，麻疹造成的脑损伤，肝炎病毒造成的肝损伤等，这些都被疫苗成功地预防了。疫苗不仅使少年儿童能够幸福地成长，也为社会减轻了巨大的负担。

例如B型流感嗜血杆菌混合疫苗，这种疫苗于1987年面世。这种杆菌在美国每年造成两万名儿童严重感染，其中600人死亡，到2000年，通过接种疫苗，其病例已经减少99%。

疫苗对各种年龄的人都有说不完的好处，尤其是对于少年儿童来说，是他们幸福童年的保证，是他们幸福一生的保证，是我们这几代人一生中最大的幸运。不用说太远，对于我们的祖辈甚至父辈来说，还处于如果没得过天花就不算成人的境界，因为童年时没有得过天花的话，长大后很有可能死于天花，生命在那些年代中处于这样一种脆弱的状态。因此我们和我们的孩子要充分享受现代科学这个最伟大的成就，定期进行免疫接种。

小贴士

儿童有过敏史，有癫痫等脑病史，或有免疫缺陷症等不能接种疫苗。儿童患有湿疹、疥疮等皮肤病，正在发高烧，患有其他疾病尚未痊愈，营养不良，体弱等，暂时也不要接种，等健康恢复后再接种。

3.疫苗的安全性和效果

尽管免疫接种已经全面普及了很多年，但对于免疫接种还存在着一定的阻力。在国外，有一些人出于宗教信仰，认为采取这种人为的办法有违上帝的意愿。还有些人从两个方面质疑免疫接种，一是过多的免疫接种会不会造成免疫系统的伤害，二是疫苗接种是否安全。

对于第一种担忧，也就是过多的免疫接种是否有可能损害免疫系统，这种担忧不无道理。特别是儿童的免疫接种，现在的孩子刚生下来就要打疫苗，出生时打第一针乙型肝炎疫苗，从生下来到6个月内要把大多数应该接种的疫苗都接种了。这样做的目的是为了抢在孩子接触到这些致病的细菌和病毒之前，让孩子具备抵抗能力。因为6个月内，婴儿还具备得自母亲的一定的免疫能力，不容易被病毒和细菌侵袭。与20年前相比，儿童接种疫苗的次数和种类明显增多。家长们担心由于婴儿的免疫系统发育还不完善，有可能不能安全地对这么多疫苗作出反应，而且过多地接种疫苗会削弱儿童的免疫系统，甚至造成免疫系统缺陷。

对于这种担忧，有关研究人员进行了研究，他们发现婴儿的免疫系统比人们想象的要强大得多，完全可以对疫苗的挑战作出安全和有效的反应。从理论上讲，婴儿的免疫系统可以同时对一万种疫苗作出反应。目前儿童一次最多接种五种疫苗，还不到婴儿免疫系统反应能力的0.1%。婴儿体内有数以亿计的免疫细胞，可以对数百万种微生物作出反应。现在儿童接种的疫苗中的抗原量大大减少，接种疫苗对儿童免疫系统的刺激作用大为降低。家长们的这种担心是没有必要的，而且与孩子们每天接触的细菌和病毒的数量与种类相比，十几种疫苗算不了什么。

第二种担忧，也就是对疫苗接种是否安全的担心，比上一种担心更为严重，特别是在网络上，几乎到处可见，各种有关疫苗的严重副作用的消息不断涌现。从理论上来说，这种担忧是完全没有必要的。疫苗的研制、临床试验和生产是一个非常严格的过程。因为关系重大，各国在疫苗的安全性上都管得很严，而且疫苗属于国际合作程度最高的一个项目，国际之间对疫苗安全性的监督也很健全。一个疫苗从研制到投放市场，往往需要十年以上的时间，经过大量的动物和人群试验，其有效性在于其次，其安全性会有相当的保证。只要是通过了国家正式审批途径并获得批准的疫苗，它的安全性都有保证。各国对疫苗的生产质量控制也很严，各级防疫部门和医院也起到监督疫苗质量的作用。

之所以常常听到有关疫苗的负面报道，是因为疫苗接种的量太大，几乎每一个儿童都要接种多种疫苗。这种每年数以千万计的接种过程中，疫苗的质量、疫苗的保存和运输以及接种的操作上难免会出现个别的问题，这是在所难免的。在医学上不可能有100%的安全。以美国的血液安全来说，经输血而感染艾滋病的可能是二十万分之一，相对于输血者来说，这个几率虽然存在，但可以忽略不计。疫苗接种也是同样的道理，不能因为非常微小的负面几率就害怕而不接种。

不过，接种疫苗是很有可能出现副作用的。这并不是不安全，而是因人而异。疫苗不管怎么改良，对于人体来说还是一次抗原攻击。大多数人反应正常，但总会有极少数人反应强烈，甚至出现比较严重的症状。根据美国疾病控制中心的统计，接种疫苗后出现严重的副作用的比例为百万分之一。有关疫苗造成慢性病的说法目前医学界还是持否定意见，现有的证据都不能说明问题。这种事情要经过长期的跟踪，甚至要等到我们这一代最先全面接种疫苗的人老去的时候，才能总结出规律来。如果因此就不打疫苗的话，孩子就处于一种比较危险的境地，比如B型流感嗜血杆菌混合疫苗，问世才20年，不能排除有副作用的可能。但是孩子一旦被B型流感嗜血杆菌感染，死亡率在5%，在今天的各种疾病中，这个死亡率可以说是相对高的。如果有这种预防的机会，我相信没有哪个家长仅仅因为某种目前还说不清楚的可能而甘冒二十分之一的危险而放弃的。

对于疫苗来说，对其安全性的要求要比有效性严格，首先不能打出毛病来，其次才是要有效。疫苗要有效，否则打它干吗，但这个有效性不一定是100%。因为在很多情况下，面对有严重威胁的传染病，有疫苗比没有疫苗要重要得多，只要能够对大多数人有预防效果，就值得广泛接种。目前各种成熟的用于儿童免疫接种的疫苗的有效率都在85%到99%之间，比如麻疹疫苗的有效率在99%到100%之间，这也说明，还是有很小的百分比是无效的。可是我们不能等到百分之百有效的那一天再给孩子们接种，那样的话会夺走很多生命。疫苗的研制不是从科学的可行性上着眼的，研究人员并不是首先考虑研制的疫苗会有100%的效果，而是不研制不成，因为都是严重威胁人类健康而又没有其他办法治疗的传染病。比如艾滋病，明知有关艾滋病的研究还不完善，研制出来的疫苗肯定不能达到满意的效果，可是这是不得不为之的。如果把全世界投入艾滋病疫苗研究的经费和人力投入到其他疫苗研究的话，会有很多传染病被征服。但是对于人类来说，那些危害比较小的病和艾滋病这种严重的传染病相比，是不值得花那么多力气的。医学首先要解燃眉之急，要针对最严重的威胁。因此疫苗都有从不成熟到成熟的阶段，这件事是不能犹豫和等待的。

我的一位朋友告诉我这样一件事，她住在北卡罗来纳州时，邻居都是教育程度相当高的人，这些邻居的孩子基本上不打疫苗。他们的理论是：如果整个人群中绝大多数人都打了疫苗，比如95%的人都接种了，剩下的少数人不接种的话也不会得病，因为很难接触到病菌。他们这样做的目的是使他们的孩子免去潜在的疫苗接种的副作用或毒性的危害。这种表现是不可取的，因为他们的孩子还是有可能接触到致病源的，致病病毒和细菌无处不在，别人有免疫力而他们没有，很可能会生病，更有可能把疾病扩散开来。我这位朋友的孩子就是因为有免疫缺陷而不能接种疫苗的，所以赶紧搬家，因为那里对她的孩子来说太危险，很可能出现传染病流行。世界上有很多比较落后的国家，其免疫接种的水平还很低下，如果接触到来自这些国家的人的话，也会被感染而生病的。因此靠着别人的免疫盾牌来保护自己的想法是行不通的，一定要按卫生部门的要求按时接种。美国也开始从严要求，比如上学之前要检查学生的免疫接种记录，没有按时接种的必须马上一一补种，否则不许入学。结果一到快开学了，医院和医生诊所中排满了前来进行免疫接种的孩子。

说了这么多，是不是就是要告诉大家，疫苗接种是万无一失，没有什么可以担心的？如果在欧美等发达国家的话，是可以这样说的。但是在发展中国家，特别是中小城市和农村，还不能排除疫苗接种过程中的不安全现象。

中国的乙型肝炎病毒携带者是在文革之后很短的一段时间内突然出现的，造成这个现象的一大可能就是在推广计划免疫的过程中没有做好消毒。当时一次性器械的使用率极低，基层使用的消毒方法根本无法杀死乙型肝炎病毒。直到20世纪90年代初，在基层进行的儿童免疫接种中，感染乙型肝炎病毒的情况还很严重。乙型肝炎疫苗的快速上马，就是因为大量的病毒携带者的存在，而形成的十分严峻的局面。这种消毒不严格的事情在今天很少见了，但也不能掉以轻心。

免疫接种时，必须使用一次性器械，包括针头和针管；医护人员的操作一定要严格，包括换一次性手套，使用的纱布没有接触过未经过消毒的地方等，最后这点连美国的医院都未必能保证。最近揭发出来个别诊所给病人打麻药，针头重复使用，有可能危及上千人，已经查出多起因此造成的丙型肝炎感染。疫苗本身未必有问题，但接种过程中有可能出现问题，因此接种时要注意。无论什么原因，如果免疫接种后出现不适，一定要尽快看医生。

小贴士

在疫苗中，有一类是还没有获得正式批准的、处于试验阶段的疫苗。对于这类疫苗，家长们应该尽量避免让孩子接种。虽然有可能比别的孩子优先获得对某种传染病毒免疫，但承担的风险也不小。疫苗从研制到生产的周期很长，是因为医药管理部门的严格要求。在实验室里制备出的疫苗，和工业化生产出来的疫苗相比，其质量不一定得到保证。新的疫苗要进行临床试验，但不应该在孩子身上试验，起码临床一期甚至二期，都应该限于成人，直到新疫苗的安全性有了十足的把握，效果也得到肯定后，才能在孩子身上使用。这一点，是家长务必要坚持的，只让孩子接种国家正式批准的疫苗。很多家长对孩子免疫接种过于草率，免疫接种不同于实验室检查，比如做放射线检查，不过是一过性的伤害，但疫苗是一辈子的事，等于人工制造的一次病菌攻击，一定要确有必要才能接种。

4.免疫接种的时间表

免疫接种的种类和时间都是相当重要的，因为免疫接种的目的是保护被接种人不得严重的传染病，如果接种的时间太晚，不是人已经得病了，就是已经具备免疫能力了，接种就变得没有意义了。所以大多数疫苗要在儿童时期接种，也就是抢在致病原侵入人体之前，使人具备抵抗能力。因为免疫接种的对象主要是少年儿童，免疫接种的注意事项也主要是针对少年儿童。

免疫接种的时间表并不是随便制定的，而是经过严格的科学研究而总结出来的。一方面是因为免疫系统发育的需要，不少疫苗需要反复接种，才能维持住免疫能力，使人能够完全抵抗这种传染病，起码能安全度过最容易感染的阶段；二是根据病毒和细菌有可能感染人的时间，容易感染的要优先接种。

中国现有的疫苗分为一类疫苗和二类疫苗。

一类疫苗是免费的，要求全体儿童都要接种，也就是计划免疫类疫苗。这类疫苗一共有五种，能够预防七种传染病，被称之为“五苗七病”：卡介苗、脊髓灰质炎、麻疹、百白破及乙肝疫苗这五种疫苗，预防结核病、小儿麻痹症、麻疹、百日咳、白喉、破伤风和乙肝这七种疾病。这五种疫苗的接种时间见表3，其中四种疫苗因为一次接种不能达到完全预防的效果，需要多次接种。

疫苗种类 注射时间	卡介苗	乙肝	脊灰	百白破	麻疹
出生	✓	✓			
1个月		✓			
2个月			✓		
3个月			✓	✓	
4个月			✓	✓	
5个月				✓	
6个月		✓			
8个月					✓
18–24个月				✓	✓
4岁			✓		
6岁				✓	

表3　一类疫苗接种时间

2008年2月19日，卫生部发布了《扩大国家免疫规划实施方案》，内容包括以无细胞百白破疫苗替代百白破疫苗，将甲肝疫苗、流脑疫苗、乙脑疫苗、麻腮风疫苗纳入国家免疫规划，对适龄儿童进行常规接种。在重点地区对重点人群进行出血热疫苗接种；发生炭疽、钩端螺旋体病疫情或发生洪涝灾害可能导致钩端螺旋体病暴发流行时，对重点人群进行炭疽疫苗和钩体疫苗应急接种。通过接种上述疫苗，预防乙型肝炎、结核病、脊髓灰质炎、百日咳、白喉、破伤风、麻疹、甲型肝炎、流行性脑脊髓膜炎、流行性乙型脑炎、风疹、流行性腮腺炎、流行性出血热、炭疽和钩端螺旋体病等15种传染病。其目标是到2010年，乙肝疫苗、卡介苗、脊灰疫苗、百白破疫苗（包括白破疫苗）、麻疹疫苗（包括含麻疹疫苗成分的麻风疫苗、麻腮风疫苗、麻腮疫苗）适龄儿童接种率以乡为单位达到90%以上。流脑疫苗、乙脑疫苗、甲肝疫苗力争在全国范围对适龄儿童普及接种。出血热疫苗目标人群的接种率达到70%以上。炭疽疫苗、钩体疫苗应急接种目标人群的接种率达到70%以上。

这个新方案对于有适龄儿童的家长是件大事，因为多数孩子都有可能需要补种新列入计划免疫的疫苗，因此家长们要了解相关的知识。

对于原有的计划免疫疫苗来说，新的方案一是用更安全的无细胞百白破疫苗替代百白破疫苗，用可以同时预防麻疹、风疹、流行性腮腺炎的麻腮风疫苗取代只预防麻疹的麻疹疫苗。但是目前这两种新的疫苗的供应量不能保证，因此在供应不足时继续使用老的疫苗。

流脑疫苗要接种4次，6到18个月时接种2剂A群流脑疫苗，3岁和6岁时各接种1剂A＋C群流脑疫苗。

乙脑减毒疫苗要接种2次，8个月和2岁时各接种1剂。乙脑灭活疫苗要接种4次，8个月接种2剂，2岁和6岁各接种1剂。

甲肝减毒活疫苗接种1次，18个月时接种。甲肝灭活疫苗接种2剂，18个月和24到30个月时各接种1剂。

出血热疫苗、炭疽疫苗、钩体疫苗是在重点地区接种的疫苗，也就是本地出现暴发或者疫情比较严重的话，就应当接种。出血热疫苗的接种对象是重点地区的16到60岁人群，要接种3次，接种第1剂后14天接种第2剂，然后过6个月接种第3剂。炭疽疫苗接种对象为炭疽病例或病畜的间接接触者及疫点周边高危人群，接种1次。钩体疫苗接种对象为流行地区可能接触疫水的7到60岁高危人群，接种2次，接种第1剂后7到10天接种第2剂。

5.如何看待新的计划免疫方案

卫生部的扩大计划免疫方案是近年来计划免疫最大的动作，影响到几乎所有的家长。扩大计划免疫势在必行，这和中国的国情有关。美国采取的办法是大部分儿童免疫由个人负担，也就是保险公司支付这笔费用。对于没有保险的儿童，各地卫生部门免费接种，包括非法移民。在入托、就学时都要求出示体检表，其中包括疫苗接种情况，哪怕是参加短期的夏令营，也要出具近期的体检表，以保证其他孩子的安全。

美国不采取完全由国家主导的计划免疫是因为有它的苦衷，除了宗教信仰的原因外，还有人权的原因。有些美国人认为强迫接种疫苗是侵犯了宪法授予人们的权利，因此很难全面施行计划免疫。在美国还有一些家长不让孩子去学校接受教育，有关部门只能同意这些家庭的孩子在家学习，由父母用学校的统一教材教。在天花疫苗的接种历史上，尽管美国是最先接种人痘和牛痘的国家之一，可是美国是欧美国家中最后消灭天花的一批国家。1920年到1940年之间，所有欧洲国家相继消灭天花，而美国的天花疫苗接种率还没有达到足够控制天花流行的水平。直到1947年3月，一位去过墨西哥的美国商人倒在了纽约的公车上，被送往医院后去世，医生发现他死于天花，引起纽约全城恐慌。市政当局在军队的帮助下，紧急为345万纽约人接种了天花疫苗，从此美国的天花疫苗接种得以顺利进行。

中国通过各级政府进行的计划免疫是发展中国家甚至发达国家尽快控制传染病流行，减少少年儿童生病、伤残和死亡的最有效的手段。以中国的众多人口和相对不很健全的医疗卫生系统，计划免疫是卫生工作中的头等大事，其成果也是得到国际公认的，全社会应该积极配合。计划免疫做得好，不仅自己的孩子能够预防传染病，全民的体质也能得到提高，全社会的健康也能得到保障。疫苗接种的水平是一个国家现代化的标志，是人民生活水平提高的一个表现，作为家长，应该以积极的态度去面对。

家长们也应该了解计划免疫的疫苗是针对什么的。

• **卡介苗**。这种疫苗是针对结核病的。结核是由结核杆菌引起的常见病，曾经造成占人口死亡总数的七分之一的人死亡。自从特效药物出现后，结核不再是不治之症。但是结核病治疗起来时间很长，起码要坚持吃一年药，而且会对肺部产生一定的损害。卡介苗是中美疫苗接种的主要差异，它不在美国疾病控制中心和儿科学会等权威机构的推荐名单上，美国从来没有大规模接种卡介苗。当年在学校时，曾经因为是否需要接种卡介苗同美国著名的传染病专家、医院的医生以及市防疫人员进行过多次争论。卡介苗属于活菌免疫，随着体内活菌数目的减少，预防结核的能力越来越弱。理论上来说，卡介苗可以在80%的接种人群中有效，但过了5到10年后，免疫能力就逐渐消失了，人们还可能患结核。各地区的试验结果不一样，在英国跟踪的结果是它在60%到80%的人身上有效，在美国的两次试验的结果分别为14%和84%，在南印度的试验则一点效果都没有。当时我们这些接种过卡介苗的外国人都做了皮肤试验，结果有一半人阳性。美国医生认为这属于感染过结核，把我们拉到X线前，全没有发现结核病灶，说明卡介苗还有效，但不超过50%。近年来，结核病的发病率呈快速上升趋势，全球三分之一的人接触过结核菌。2004年全球有1460万慢性结核病人，890万新病人，造成160万人死亡。结核病人中20%的人携带抗药菌，而且已经出现无药可治的结核菌。WHO于1993年宣布结核流行进入紧急状态，建立全球对抗结核计划，预计在2006年到2015年间可以拯救1400万人的生命。卡介苗还有减轻结核症状的效果，因此接种卡介苗是应该的，起码能够减少在儿童时期患结核的机会，保证健康发育。此外，可以考虑在13岁左右补种一剂，以延长保护期。

- **乙肝疫苗**。乙肝疫苗不仅是预防传染病的疫苗，还被定义为第一个预防癌症的疫苗，这是因为乙型肝炎的感染有可能导致肝癌，接种乙肝疫苗就等于减少了肝癌的发病率。全球乙型肝炎的感染率按地区有所不同，中国、非洲和南亚的一些国家属于高发区，起码在总人口的8%以上；日本、苏联和东欧属于中发区，感染率在总人口的2%到7%；其余地区包括美国属于低发区，感染率在2%以下。乙肝疫苗是孩子打的第一个疫苗，一出世就要打第一针，在出生后一个月到二个月打第二针，出生后六个月打最后一针，这样95%的人能获得对乙肝感染的免疫能力。多数专家认为出生后马上接种乙肝疫苗可以获得终身免疫，但也有证据表明乙肝疫苗的免疫效力只能维持5到7年。不管如何，中美在接种时间和方法上是一致的。这是因为乙型肝炎病毒的传染能力极强，这种病毒在体外非常能存活，必须在100摄氏度加热5分钟才能杀死。现在的资料表明，多数人是在儿童时期感染上的。如果对这段时间进行了保护的话，将来被乙肝病毒感染的可能性就低多了。此外在乙肝感染的高发区，很大一部分儿童的乙型肝炎感染是通过母亲传给孩子的，虽然要求怀孕前和怀孕早期进行乙型肝炎病毒检测，但是有很大比例的孕妇没有做，出生后马上注射乙肝疫苗可以阻断这种母婴传播，其预防效果可达70%到90%。因此，乙肝疫苗不仅要打，而且绝对不能耽误。

- **脊灰疫苗**。脊髓灰质炎又称小儿麻痹症，是由脊髓灰质炎病毒引起的小儿急性传染病，多发生在5岁以下的婴幼儿身上。病毒侵犯脊髓前角运动神经元，造成弛缓性肌肉麻痹，严重者危及生命中枢而死亡，小部分病例留下瘫痪后遗症。美国已经20年没有出现脊髓灰质炎病例，但仍然坚持脊灰疫苗的接种，这是因为世界上其他地区还在流行。WHO于1988年宣布争取在2000年消灭脊髓灰质炎，但这个目标没有实现。到2006年，只有四个国家还有脊髓灰质炎病例，它们是尼日利亚、印度、巴基斯坦和阿富汗。可以预料在不远的将来，脊髓灰质炎会在全球范围内消灭，那么将来的孩子会像现在不再接种天花疫苗一样不再接种脊灰疫苗。但是在现阶段，还要坚持接种脊灰疫苗。

• ***百白破疫苗***。这是三联疫苗，同时预防百日咳、白喉和破伤风三种传染病。这种疫苗一共要接种五次，在出生六个月内接种三次，18个月左右接种一次，6岁时接种最后一次。百日咳的名词非常形象，是一种急性呼吸道细菌感染，是5岁以下儿童容易得的传染病，每次咳嗽要很长时间，孩子非常痛苦，要2到3个月才能好，有的可继发肺炎。白喉也是引起的呼吸道感染，如不及时治疗，可发生严重呼吸困难，甚至窒息死亡。白喉毒素还能引起中毒性心肌炎而突然死亡。破伤风是由于破伤风杆菌引起的急性传染病。小儿皮肤嫩，容易碰伤，伤口易受破伤风杆菌污染。这三种传染病严重威胁孩子的健康成长，因此要按时接种，防患于未然。

• ***麻疹疫苗***。根据新的计划免疫方案，将要逐步取代麻疹疫苗的麻腮风疫苗也是三联疫苗，可同时预防麻疹、风疹和流行性腮腺炎。在8个月和18到24个月各注射一次，第一次可用两联的麻风疫苗。麻疹是病毒病，通过接种疫苗，在全球范围内大大减少了麻疹造成的儿童死亡率——从1999年的873000例，到2005年的345000例。这也说明麻疹在全球范围，是引起儿童死亡的传染病之一。风疹和流行性腮腺炎也是病毒病，症状远较麻疹轻。对付病毒性疾病，目前没有有效的药物。因为对这几种小儿常见的病毒病，用疫苗进行预防是最好的办法。

• ***流脑疫苗***。流行性脑脊髓膜炎是由脑膜炎双球菌引起的急性呼吸道传染病，主要是15岁以下的小儿发病，表现为高热、剧烈头疼、喷射性呕吐、皮肤上有小出血点、颈项强直、昏迷、惊厥、休克等，病死率比较高。这病在2月到4月间为流行高峰期，因此如果时间上合适的话，在此之前1到2个月接种，预防效果最好。

• ***乙脑疫苗***。流行性乙型脑炎是由嗜神经的乙脑病毒所致的中枢神经系统性传染病。经蚊子等吸血昆虫传播，流行于夏秋季，多发生于儿童。临床上以高热、意识障碍、惊厥、呼吸衰竭及脑膜刺激症为特征。部分患者留有严重后遗症，重症患者病死率较高。这种疫苗和流脑疫苗一样，如果在流行期前不久接种的话，在流行期到来时正好是免疫反应最强的时期，能达到更好的预防效果。很多疫苗的接种时间都有一个范围，家长可以根据流行期来选择合适的时间。

• **甲肝疫苗**。虽然都属于肝炎病毒，但甲型肝炎病毒和乙型肝炎病毒可以说是截然不同的两种病毒。甲型肝炎病毒是以病从口入的形式感染的，发病以儿童和青少年多见，是中国常见的肠道传染病之一，在病毒性肝炎中发病率及感染率最高，大多是因为吃了不干净的食物尤其是水产引起的。这种肝炎虽然是一过性的，但对肝脏还是有相当的损害的，会产生长期的副作用。因此，接种甲肝疫苗是很必要的。美国并不要求接种甲肝病毒，但在学校中时常出现甲肝流行，主要是吃了学校提供的午餐，其原因是食物被污染了。对于到美国境外旅游的公民，美国的卫生部门建议可以接种甲肝疫苗。

除了这些属于计划免疫的疫苗之外，还有一些非计划免疫的疫苗，这些疫苗很多是很成熟的疫苗，但因为所针对的传染病不常见，因此卫生部门没有普遍接种。如果本地区有该病流行的话，家长也可以考虑给孩子接种这类疫苗。

值得提醒家长们的是，对于今天世界上的传染病来说，研制成功的疫苗只占非常小的比例，其中经过反复试验和多年接种而成熟的疫苗更是少之又少，大多数传染病到现在还没有有效的疫苗。有些传染病是因为病例不多，没有研制疫苗的需要，有些则是科研还没有达到那样的水平。比如艾滋病和萨斯，由于没有有效的治疗方法，研制疫苗就成为主攻方向，可是到现在为止，还没有一个疫苗是真正有效的。尤其是艾滋病，现在全世界集中研制艾滋病疫苗，但由于病毒的善变能力，各种尝试都失败了。国内的新闻媒体上经常出现艾滋病疫苗成功的报道，这些都是实验室的水平，或者刚刚进入临床试验阶段，而且这些疫苗的防护能力都不高，只是聊胜于无而已，可以说并不能真正起到预防艾滋病毒感染的作用。家长们不要听信媒体的宣传，给孩子接种疫苗要遵循卫生部的计划免疫方案，在接种计划免疫之外的疫苗时要非常谨慎，一定要选择有国家正式证书而且质量有所保证的产品。

小贴士

接种完毕，应在接种场所观察15到30分钟，无反应再离开医院。孩子打过防疫针以后要避免剧烈活动，对孩子要细心照料，注意观察，如孩子有轻微发热反应，一般在1～2天就会好的。

6.关于流感疫苗

2007～2008流感季节是近几年来流感流行最严重的一年，特别是北半球，患流感的人比往年多了好多倍，于是在对流感的众多议论中，也涉及了流感疫苗。

不接种流感疫苗的肯定有可能得流感。比如一位朋友，去年底只给他女儿接种了流感疫苗，到了流感流行季节，儿子在幼儿园接触了流感，结果一家人相继病得起不来床，只有女儿活蹦乱跳。他家的例子证明流感疫苗一定要接种。

可是接种了流感疫苗也不能保险。我的同事一家人年年都接种流感疫苗，没想到从上幼儿园的小儿子开始，一家人也陆续病倒，没有一个不得流感的，她家的例子证明流感疫苗一点用都没有。

是否应该接种流感疫苗，在美国的民众中是有两种截然不同的看法的。尽管卫生防疫部门一再建议民众特别是老人和孩子接种流感疫苗，医疗保险公司也为保户支付接种费用，不少公司也为员工提供流感疫苗接种；即便是自费的，在超市也有接种点，价格不过15美元；今年的流感疫苗供应也很充足，没有前年那种疫苗短缺的现象，但是，民众接种流感疫苗并不踊跃。前年出现接种的高潮是因为疫苗短缺而引起的抢购现象。

不主张接种流感疫苗的人是出于很多人不接种流感疫苗也不得流感，而接种流感疫苗后也能得流感的现实。相对于其他疫苗来说，流感疫苗是一种比较特殊的疫苗，也就是其免疫效果只管10个月，因此年年都要注射。既然这么无用，为什么还要花这么大努力要求民众接种？对这个问题首先要从流感是什么说起。

- **流感为什么这么可怕？**流感也许是一只和天花一样古老的病毒，但直到1580年才出现第一次流行。流感病毒不仅仅在人类中流行，而且还在很多动物中流行，这些病毒相互之间的杂交导致人流感病毒经常变异。动物的流感病毒也在变异中，很有可能出现能够在人类中流行的毒株，一旦这种毒株出现，会比现有的人流感病毒株的毒性强百倍。而且对于人类来说，相当于没有见过的病毒，人群对它的抵抗力很弱，在今天这种全球化的环境中会在瞬息之间传播全球。自19世纪末开始，一共出现了四次大流行，每一次死亡人数都上百万。尤其是1918年西班牙大流感，10个月内在全球范围内造成4千万到1亿人死亡，是人类历史上最严重的一次瘟疫，全球只有一个偏僻的小岛没有被波及，而且一共流行了三波。目前国际上严重关注禽流感在人群中的感染情况，就是担心再度出现这样的大流行。一旦出现，人类没有任何办法，只能任其宰割，死亡人数绝对不会少于1918年。在大部分科学家眼中，流感大流行是人类面临的最大的威胁。目前美国每年死于流感者约为36000人，引起的住院人数超过20万。

• **流感疫苗是怎么研制出来的？**人类对流感病毒和对其他病毒一样，到现在还无药可医。目前采取的办法是根据全球83个国家对流感病毒流行监测的结果，预先作出下一年度流行株的预测，然后按照这个预测把疫苗生产出来。如果预测准确的话，这个疫苗就可以预防这一年度流行的流感。流感疫苗来自对人类致病最严重的三种毒株，今年的北半球的流感疫苗是根据2006年流行于所罗门群岛的A型H1N1、2005年流行于美国威斯康星的A型H3N2和2004年流行于马来西亚的B型株而制备的。这是WHO于2007年2月宣布的。到了2008年2月，美国疾病控制中心（CDC）发现，今年在美国流行的A型H1N1和预测基本吻合，而A型H3N2株预测失准，为2007年流行于澳大利亚布里斯班的毒株，B型株则为2006年流行于美国佛罗里达的病毒。这样一来，和以往流感疫苗可以提供85%到95%的防护相比，今年的流感疫苗只能提供40%的防护。这种预测失准是因为最近出现的变异造成的，2007年9月，WHO对南半球流感的预测已经包括这两株，可是没想到已经从南半球传到北半球，成为流行的主流。过去19年，这样的失准只出现3次。

• **什么人应该接种流感疫苗？**老人和孩子是应该接种流感疫苗的重点人群，因为他们的免疫力弱，容易得流感，也容易出现生命危险。其他比如医护人员、孕妇和一些病人也应该接种。美国对公众接种流感疫苗持鼓励态度。儿童接种流感疫苗不仅自己少得或不得流感，而且还能减少大人特别是老人得流感的机会，因为成人得流感大多数是从儿童那里传染上的。日本的研究发现，每接种420名儿童，就等于救了一位老人的性命。我的建议是，如果家里有少年儿童或老人的话，全家都应该接种，这样可以减少得流感的机会。家里有婴儿的话，照看婴儿的人以及经常出入的人都应该接种，因为婴儿感染流感后死亡率较高。流感疫苗即便是不能预防流感，也能大大减轻流感的症状。例如上面讲的那位同事，她对流感病毒非常敏感，如果不接种疫苗的话，一旦得流感，她会在床上躺整整三周。这一次因为接种了流感疫苗，只病了两天。上面讲的那位朋友，由于没有接种流感疫苗，结果病到一站起来就眩晕呕吐。如果真的出现全球性流感大流行的话，接种流感疫苗的人也会比没有接种流感疫苗的人症状轻，死亡率会大大下降。今年中国的流感疫苗市场供应总量达到3200万支，创历史新高，但只使用了约2000万支，全民接种率不到1.5%。老龄人口接种率不到0.3%。而美国的全民接种率为

27%，老龄人口接种率超过64%；欧盟五国全民接种率为23%，老龄人口接种率为45%。在中国，只有相当少的人接种流感疫苗，是在免疫上和先进国家的一个巨大差距。

• **接种流感疫苗的注意事项。**流感疫苗的接种要越早越好，最好在秋季。因为从接种疫苗到抗体产生至少要有两周的时间。接种以后要保证睡眠和休息，如果睡眠不足的话，抗体的产生量有可能不足，因此不能提供彻底的防护。9岁以下的儿童要接种两次，第一次接种后一个月接种第二次。流感疫苗有两种，一种是肌肉注射，另外一种是通过鼻腔吸入。前者是灭活疫苗，后者是减毒疫苗，后者的预防效果不如前者，好处是不用扎针。不过从预防的效果看，只要不是很晕针的人，包括年幼的儿童，还是应该接种传统的流感疫苗。关于流感疫苗，国内有个别商家在销售进口的B型流感嗜血杆菌混合疫苗时，也称之为流感疫苗，这是错误的翻译，家长们千万不要弄混。我们要的是流行性感冒病毒疫苗，而不是流感嗜血杆菌疫苗，虽然后者也能防病，但对我们所说的流感一点用都没有。

得了流感后，如果没有接种过疫苗的话，症状会很严重，经常不得不休息一周，病人自己很痛苦，即便没有严重的症状，也影响孩子的学习，影响大人的工作和全家的生活。因此要树立起靠疫苗预防流感的观念，这一点我接触的绝大多数生活在中国的人是不具备的。在对待流感上，还是像对待感冒发烧一样靠硬挺。全球性的流感流行监测已经进行了半个多世纪，是一项很成功的国际性预防和控制传染病的合作项目，是全世界许多科学工作者日复一日的心血。我们做父母的要让孩子们利用这项先进的科学成果，减少他们生病的机会，就是最好的保健。中国的民众在流感疫苗接种上的认知和欧美民众相比，可以说淡薄到了极点。这里面有宣传不力的原因，也有民众忽视的因素。欧美民众对本地的传染病流行情况比较关心，尤其是有可能危及他们孩子的传染病，因此每到流感季节，很多民众便主动地为孩子和自己注射了流感疫苗。以美国的不到30%的接种率，还需要大力加强宣传和教育，那么对于接种率只有1.5%的中国，就更要从个人和家庭的角度，主动地接种流感疫苗。

小贴士

极少数儿童接种后可能出现高热、接种手臂红肿、发热、全身性皮疹等过敏反应以及其他情况，应及时向医疗人员咨询，采取相应的措施。

医疗保健

少年儿童的医疗保健非常重要，因为在发育和生长阶段有可能出现各种问题，早发现的话就能够早纠正。这些问题很多属于可以自愈的，其中很小一部分会出现问题，早期发现就能够加以监测。比如美国有条件的医院，在孩子生下来后，甚至还在肚子里的时候，就用B超看看是不是有尿道回流的情况。这是一种发育缓慢现象，尤其是男孩，一旦能直立小便，就不会再出现的。尿道回流，有可能会把细菌带到肾脏，引起感染。研究还发现这和成年后的高血压有关，尤其是女孩子。因此对于有尿道回流的孩子，美国医院会让孩子吃抗生素，预防可能的感染，直到回流消失，如果一岁的时候还存在的话，就可能考虑用手术纠正。绝大多数孩子最后都自愈了，但抗生素确实减少了大量的肾脏细菌感染的出现。前面说过不要给孩子吃抗生素，但这个例子说明美国的医生在必须的时候也会使用抗生素的，两害相权取其轻。这类保健性的预防措施在中国还没有广泛开展，也是国内儿童保健有待提高的地方。

少年儿童没有自我保健能力，身体不舒服的话他们的表述能力比较差，也未必能说清楚。他们常常会出现因为不愿意上学而夸大自己的症状的情况，但也很可能会忽视自己的症状。家长要注意的是在孩子的症状上不能太粗心，也不要过于大惊小怪。孩子不必太娇惯，但也不能忽视严重的症状。

获得医疗保健要去医院。现在信息的获取比过去容易多了，但也复杂多了。报纸杂志和书籍中有很多医疗保健的知识，网络上更是可以搜索到各种各样的医学知识。在和美国的儿科医生交谈时，他们的感慨就是现在的病人不好对付：看病的时候病人的父母，甚至爷爷奶奶一起来了，每个人都拿着从网上搜索来的有关病人症状的各种知识，逐条地和医生讨论，有些东西是正确的，也有些东西则是似是而非，甚至是错误的。结果医生花了大量的时间和病人家属讨论有关的医学常识，真正看病人的时间反而少了，本来应该是由医生来询问病人家属，现在反过来是病人家属询问医生。很多情况下，病人的父母因为看了一些医学知识，而出现先入之见或者错误的判断，反而没有把重要的和正确的信息告诉医生。

民众掌握一定的医学知识是必要的，但是应该掌握什么样的医学知识则是很多人没有正确理解的。首先，医学发展到今天，已经成为科学中最复杂、分类最详细的一门科学。成为一名医生，要花长时间的培训，而且大多数医生都各有专长，他们遇到不是自己专长的病例的话也不敢妄下结论，也要去问专科医生。在大多数情况下，我们到医院去见的是内科医生，看起来什么都懂，但这是对于正常人的健康体检或者一般的头疼脑热来说。严重一些的疾病，医生会让你去做检查化验，建议你去看专科医生，这就体现了医学内部的分工。这是现代医学的特点，并不是现代医学的缺陷，就像医学研究一样，分工分得细则能比较精专，面面俱到很有可能流于形式。现代医学和传统医学的不同之处在于现代医学能够确定到底是什么原因引起的疾病，而传统医学则笼统地把疾病归于身体的整体状况。

作为一名家长，所要掌握的医学知识应该是常识性的东西，以及一些应急的常识。特别是要知道在孩子出现症状时应该如何应对，而不是要把自己变成一名业余医生。实际上国外的很多医生，当自己孩子生病的时候，也同样征求儿科医生的意见，而不是因为自己是医生，就擅自给孩子医治。当遇见病人家长求助的时候，不是儿科医生的医生们也是非常谨慎的。并不是因为他们的医术不高明，而是因为他们不像儿科医生那么专长于少年儿童相关疾病，因此担心会给病人家长错误的信息或者耽误病情。这并不表明医生们推卸责任，而是一种负责的表示，这一点值得国内的医生仿效。国外的孩子多有固定的儿科医生，在有病的时候可以及时得到治疗和咨询。在国内的家长们有可能的话也应该给自己的孩子固定一位儿科医生，这样医生可以比较全面地了解孩子的情况，一旦生病了也能得到及时的咨询。儿童患病的多数情况并不一定要到医院去，比如病毒感染、感冒和流感，如果症状不严重的话，是没有必要去医院的，去了医院也没有什么良策，孩子反而多接触了病菌，本来因为生病而导致免疫力下降，这样来回折腾也许病情加剧。最好的办法是打电话向医生咨询一下，医生认为确有必要的话再去医院。孩子生病的时候不要手忙脚乱，要仔细观察孩子的症状，即便是去了医院，也是靠家长把孩子的症状告诉医生。你先乱了阵脚，也就不可能把真实的症状告诉医生，会影响医生的诊断的。不管医生水平多高，检验手段多么先进，还是主要靠了解病人的症状。

家里要准备一些应急的东西，急救药盒一定要有，里面包括无菌纱布、创可贴，最好是有抗生素的那种。消毒用的酒精也必不可少，体温计更是必须的。在美国，孩子病了给医院打电话，无论是约急诊还是约医生，对方都会问你孩子的体温，要有一个电子显示的体温计。

孩子生病，以发烧最为常见，甚至每年有可能感冒10次以上。发烧虽然是常见的事，但家长要注意三点：一是及时咨询医生，确定只是简单的感冒或者流感，没有其他的可能，否则还是要去医院检查一下；二是注意孩子的精神状态，只要孩子精神状态好，不管烧了多久，都不比担心。但是如果孩子精神状态不好，反应迟钝、过于嗜睡的话，就要马上去医院检查一下，因为有脑炎的可能；三是要注意孩子的体温，如果在摄氏39.5度到40度以上的话，就要想办法尽快给孩子降温。

减低体温的办法最好不要用处方类药物，也不要用阿斯匹林，因为如果是流感等疾病的话，阿斯匹林会出现极严重的副作用。在孩子发烧的时候，很难确定是不是流感病毒引起的，因此阿斯匹林不能用，可以用泰洛龙类一些非处方退烧药。这种药家里要常备，它们分成人和儿童的，而且儿童根据年龄不同，吃的量有限制。这类药一般是每隔4到6小时服用一次，但24小时的用量要少于真正按每4到6小时服用一次的总和，因为这种降温药对儿童的体质有影响，多吃的话会有副作用和危险的。家长在给孩子用这类药的时候一定要认真读说明书，因为除了年龄之外，还有体重的要求，如果孩子体重过轻，就不能按年龄来定量，而要按体重给药。其次这类药有的可以四小时吃一次，有的是六或八小时吃一次，在服药间隔上不是一致的，千万不要弄混。最后，如果孩子温度不是很高，就少给孩子吃药，否则到了真需要的时候，已经超过限量了。虽然说明书上规定可以几个小时吃一次，但并不是必须吃一次，而是看症状，烧得太高的时候再吃，也就是说能不吃就不吃。

孩子生病的一大问题是不吃药，特别是感冒或流感的时候，孩子容易吐，大部分药物不能进入体内，也就不能发挥作用。这种情况下可以采取物理降温的办法。孩子发烧的时候千万不要用冰或者酒精降温，会造成他们身体的剧烈反应。儿科医生的建议是用温水降温，在浴盆里放上温水，让孩子在里面待15分钟，温度就会降下来。但是时间不能长，因为生病的孩子的体质坚持不住。还有其他的物理降温办法，比如把房间的温度调低一些，让孩子安静，穿棉睡衣以散热等等。

家里要备有绷带，有些孩子经常容易崴脚，这时候最好把踝关节固定住，这样两三天就会好了，否则可能落下经常容易受伤的毛病。孩子经常磕磕碰碰，不能太粗心，每次擦破了要进行伤口消毒，如果摔着了要看看疼的情况，可疑的话要去医院看一看，甚至照X光看看有没有骨折。

儿童生长发育阶段，按时进行健康检查是非常重要的。家长们借此确定孩子的生长和发育正常，医生也借此对家长进行指导，并检查免疫接种的情况。在体检中，医生会了解孩子的营养和发育情况，有没有先天的或后天的疾病。在体检时，家长也要多和医生进行交流，多从医生处获得信息。体检的时间和每次体检要和医生讨论如下的问题：

• 出生后2到4周，这次体检重点和医生讨论孩子睡觉的姿势、喂奶的情况。

• 出生后2个月，这次体检重点和医生讨论孩子睡觉的姿势、喂奶的情况和睡眠的情况。

• 出生后4个月，这次体检重点和医生讨论是否让孩子吃辅食，比如加些麦片和少量果汁。

• 出生后6个月，这次体检重点和医生讨论孩子吃什么样的辅食，比如少量盐和糖等。

• 出生后9个月，这次体检重点和医生讨论孩子吃辅食的问题，以及过敏和避免中毒等。

• 1岁，这次体检重点和医生讨论孩子入托的相关问题，以及孩子在食物、睡眠和行为方面的问题。

• 出生后15个月，这次体检重点和医生讨论孩子说话和交流的问题，是否要停奶，开始使用勺子等能力。

• 出生后18个月，这次体检重点和医生讨论孩子使用勺子、说话、行为、睡眠及交流等。

• 2岁，这次体检重点和医生讨论孩子说话、自己上厕所的能力，以及是否经常生病等。

• 3岁，这次体检重点和医生讨论孩子的早期教育。

• 其后每年或每两年体检一次，每次体检要和医生讨论孩子的有关健康问题，特别是孩子是否应该控制体重、加强锻炼以及饮食健康方面的问题。

除了健康体检之外，孩子还要定期检查视力和牙齿，特别是牙科检查，一是要尽早，不仅因为孩子的小牙比较薄弱，容易出现蛀齿，早期发现可以补上，孩子会免受很多痛苦，也有利于大牙的成型。其次是有极少数孩子面部的骨骼发育不好，造成口腔过窄，这种情况是可以矫正的。美国的牙医建议学龄的孩子和成人一样，每半年洗一次牙。

小贴士

包括X光在内的放射线在医学上用途很广，但是儿童一定要少用。除了对免疫系统的影响外，最近的一项研究发现，起码2%的肿瘤是因为接受医用放射线次数太多而造成的。现在有关部门已经要求儿童体检的时候不要进行放射线检查，但是还有的地方有这种项目，因为属于创收项目。当医院开了放射线检查时，家长务必要慎重，没有必要的话，特别是健康检查，都尽可能不要做。

生病期间的营养

孩子总会有生病的时候，在这种时候，一方面要按医生的要求对症下药，让孩子注意休息，另一方面根据症状的不同，在营养上也要有相应的措施，使孩子能够尽快恢复，而且健康没有受到严重的影响。

1.发烧

发烧是孩子们最常见的症状，很多原因都可能引起孩子发烧，而且一旦发烧就会迁延好几天，甚至一周以上。发烧在发病和恢复期间，对营养的要求是不同的。

- **急性期间**。孩子们在发烧时，燃烧卡路里的效果较差，而且一些本来要用于维持身体正常功能的卡路里被用于减低体温。旧的观念认为生病的时候要饿，这是不适用于孩子们的。这种时候要给孩子吃高卡路里高脂肪的食物，比如冰激凌等，不要担心孩子是否吃平衡饮食，在病中和病后可以给孩子提供多种维生素和多种矿物质片。维生素B在这段期间很重要，因为它在碳水化合物转变成能量的过程中起关键作用。但是，除非摄入足够的卡路里，否则多摄入的维生素的效果不大。

- **脱水**。发烧的时候，家长应该十分小心孩子的脱水现象。由于体温升高，水分和矿物质随着出汗而流失。这时候要鼓励孩子多喝果汁和汤汁，可以给孩子炖鸡汤，这样既补充了水分，又摄入了卡路里。

● **恢复期间**。当孩子从发烧中恢复回来后，他们的卡路里的需求会降低下来，这时候要把卡路里的摄入量降低下来，不要让他们摄入过度。在这段时间内，蛋白质的摄入是非常重要的，因为在发病的急性期间，组织蛋白分解，正常合成速度减慢，因为要用低卡路里高蛋白质饮食取代生病期间的高卡路里高脂肪的饮食，比如鸡、鱼或牛肉。钙的平衡也非常关键，特别是如果卧床超过一周的孩子，长期卧床造成钙的流失速度快于平常。如果孩子必须卧床休息一周以上，要鼓励他们吃富含钙的食物，如果他们拒绝吃这种食物的话，可以给他们补充钙片。

2.腹泻

腹泻是孩子们另一个常见的症状。腹泻的时候孩子大量失水，体内也处于非常缺少营养的状态。但是如果按正常情况给孩子饮食的话，很可能加重腹泻的症状，饮食上要以尽快达到正常排便为目的。

● **腹泻期间**。首先要给予孩子容易消化的食物，糖就是这类饮食，因为糖只有卡路里而没有其他任何营养成分，所以最容易被身体消化。要多让孩子喝果汁，不要让孩子吃脂肪和蛋白质，淀粉类食物也要少吃。

● **恢复期间**。当排便正常以后，要逐渐地恢复正常饮食。首先给予的还是含糖的饮食比如苹果酱，然后慢慢给予淀粉类食物。如果重新出现腹泻，就停止给予淀粉类食物。这段期间一定要有耐心，一点一点地恢复正常饮食，特别是含脂肪和蛋白质的饮食。

3.呕吐

如果腹泻的孩子突然呕吐，家长应该马上去看医生，因为有可能有更严重的症状。病理性的呕吐要和正常的呕吐区分开，年幼的孩子在喂得太多或者太快的情况下会吐，这属于一种正常的现象。此外，病毒感染的第一个症状就是呕吐。

● **呕吐期间**。和腹泻期间一样，要以吃糖为主。

● **恢复期间**。可以给予固体的淀粉类食物，在饮食完全正常以前，不要给予脂肪类食物。

4.伤后

任何手术或受伤对身体都是一种伤害，身体的组织都要进行较长时间的修复和愈合。在这段时间内，孩子们对营养的需求会增加，但是由于孩子相对不活动，营养不要增加得太多。

• **术后**。要注意补充蛋白质，因为组织修复的需要。维生素C对于伤口愈合有帮助，因此要多吃富含维生素C的食物和维生素C片，如果卧床一周以上，要注意补充钙。

• **受伤**。如果失血较多的话，会出现铁缺乏和贫血，可以适当补充铁。但如果是内出血，则用不着补充铁，因为红细胞破碎后会重新进入身体的。

• **烧伤**。会丢失蛋白质，因此要吃高蛋白质饮食，如鸡蛋、肉和鱼。

• **骨折**。骨折之后，身体利用其他骨头中的钙来修复断骨，这样造成全身性的钙缺乏。要多吃富含钙的饮食，如果孩子拒绝吃这些饮食的话，要给孩子吃钙片。骨折的孩子往往要多卧床休息，因此钙的流失比较严重。在给予钙片的同时，不要喝影响钙吸收的碳酸类饮料。维生素C的补充也是很必要的，因为骨折的恢复也是一种伤口愈合。

5.异食癖

如果孩子常常从地上捡起来东西就放在嘴里吃，很可能他们患了异食癖。异食癖最危险的是铅中毒，这种情况在正常儿童中也不少见，因为各种涂料中含有铅。估计1到5岁的儿童中5%到10%存在不同程度的铅中毒，严重的铅中毒可以导致儿童死亡，美国每年死于铅中毒的孩子为200名。玩具涂料上的铅是对孩子最大的威胁，可以去医院检查一下孩子的血铅水平，有铅中毒存在，则需要进行治疗。

除了药物外，一些营养也可以达到除去血中铅的效果，富含钙、碳酸和维生素D的饮食可以把血中的铅去掉。骨中的铅对人体是无害的。

患异食癖的孩子存在着维生素C、钙、维生素D和铁的缺乏。有些研究认为是铁缺乏导致异食癖，因为体内缺铁，孩子们才从地上找东西吃。如果孩子出现异食癖的症状后，可以给他们吃几天补充铁剂，异食癖有可能得到缓解或消失。

少年儿童的保健并不是定期看看医生那么简单，它的重点是让孩子健康地生长发育，而且有一个少生病的童年。我们讲"无忧无虑"的童年，从健康的角度，少生病就能少忧虑，就能合家幸福，就能有一个幸福的童年。

儿童保健得当，对他们的一生非常重要，直接关系他们的寿命和一生的健康，是一个家长们绝不能忽视的事情。

第五章 营养足

营养为了什么

营养这个常用词如果简单解释的话，就是生命所需的物质，这种物质是以食物来表现的。也就是说，我们吃食物就是在吸收营养。不吃食物就得不到营养，结果就是饿死。那么，吃食物是不是就用不着担心营养了？

造成人类平均寿命在过去千万年始终处于中年的原因有两个，一个是传染病的流行，另外一个是营养不足。传染病的流行是近两千年的事，营养不足则是人类从诞生开始就存在的。过去一百年间，这两个问题都得到了很大程度的改善，于是人类的平均寿命大大地延长。但是，随着人均寿命的延长，又出现了一些致命因素和严重影响健康的问题，例如心脏病、肥胖、糖尿病、骨质疏松和癌症等等，这些问题和流行情况依然很严峻的传染病一道，成为21世纪人类要面对的健康挑战。

我们在前面谈论过如何应付传染病，可以靠提高免疫力包括接种疫苗。传染病多属于急性病，不管身体多棒，一旦染病，健康状况就值得担忧了。抵抗传染病最有效的办法是疫苗。不管有没有疫苗，通过补充有关的营养成分，可以使免疫力得到增强，这样就会不得病或者少得病，从这一点上，营养起着不小的作用。但是，营养对于健康并不仅仅起这点作用。

人吃食物是为了维持身体的正常运转，食物的长期缺乏会导致营养不良。营养不良能不能靠食物供应充足来解决？远古时代的人类就是生活在这种饥饿和狂欢之中，猎不到食物时就忍饥挨饿，猎到食物后便大吃大喝，和许多其他动物一样靠身体储存的能量来度过这种饥饱的循环，于是他们的平均寿命不超过20岁。经常性的营养不良对身体和健康造成的伤害是永久性的，事后的补充营养只不过能够延缓这种伤害对寿命的影响，无法从根本上改变既成事实。人从生下来以后到两岁之间的营养状况从很大程度上决定人的寿命和一生的健康，因此少年儿童的营养是非常重要的。

在第一章谈了怎么吃，这一章要重点谈吃什么。现在的孩子们很少挨饿，都吃食物，但是几乎每个孩子吃的食物都是不一样的。在食物供应不足的年代，人类很难奢求从营养的角度考虑吃什么，只要能吃饱就是最高的追求了。可是现在，吃饱已经不是什么难事了，难就难在吃什么。过去养孩子叫拉扯大，也就是说目标是让他们长大成人，因为儿童时期的疾病和意外太常见了，很多孩子活不到成年。现在这种情况已经非常稀有了，绝大多数孩子都能成人。因此父母养孩子的目的就不应该再是长大成人这种低层次的目标了，而要有更高的目标，这个更高的目标除了现在多数家长关心的聪明以外，应该是健康长寿。

健康长寿在多数人眼中是自己的事，自己通过养生保健而达到长寿的目的，这是一种很狭隘的健康观。如果一个人离群索居的话，就像从前在山中修炼的老道那样，他的健康长寿的确是他自己的事。但是我们所有人都生活在社会中，都会受到其他人的影响，特别是家庭成员的影响。胖人的家庭成员往往都是胖子，因为生活习惯接近。患有糖尿病的人要想按医生建议控制饮食的话，靠自己毅力的成功者很少，如果靠全家一起努力的话，则能事半功倍，患者的寿命能够大大地延长。这是因为我们是社会性的动物，是以家庭为单位的，因此健康长寿起码是全家的事。对于少年儿童来说，他们的健康长寿则主要在于他们的父母的表现，因为最近几十年的科研资料表明，困扰人类的心脏病、中风、糖尿病、肿瘤、骨质疏松等疾病是和儿童时期的营养有关的。

营养要充足并不是指要吃饱，实际上孩子们的很多问题是因为吃得太饱，而是指要把该吃的营养吃进去，这其中特别是维生素和矿物质。不仅生理上的成长和发育靠营养，心理的成长发育也靠营养。如今有许多保健品宣称健脑增智，其实最健脑增智的正是维生素、矿物质这类营养。2002年，英国科学家进行了一项实验，他们给监狱里的年轻犯人补充维生素、矿物质和脂肪酸。这是一个双盲法实验，对照组吃空白药品。实验结果表明，吃营养补充药片的一组比对照组的暴力行为减少37%，这种差别在停止服用营养补充药片后便消失了。这个实验证明了营养对行为的影响，也证明了营养对人的影响远比人们想象的重要得多。

就拿肥胖来说，2005年的一项研究发现，肥胖也许和腺病毒感染有一定的联系，但是只有在摄入不良的营养的情况下才能发生作用。其他的慢性疾病也是一样的，绝大多数都和不良的营养有关。不良的营养就是不均衡的营养，因此预防这些严重的慢性疾病，最主要要靠从儿童时期开始做到营养均衡。

小贴士

有关专家认为，现在死亡者中三分之二的人的死亡原因与饮食有关，而预防和控制上述的严重影响人类健康和寿命的慢性病的关键是靠在儿童期间获得充足的营养。不要小看小时候吃什么，它会决定人的一生。

从出生前开始

营养均衡或者叫做营养充足并不是从生下来开始，而是应该从出生前开始，也就是从怀孕开始。

怀孕对每一个做母亲的来说都是一生中的大事，特别是在一胎化政策下，对于城镇妇女来说，是一生中只有一次的经历，正因为这样，才非常受重视。一旦发现怀孕了，在家庭中地位已经很高的妇女的地位就更高了，准妈妈们也处处小心，以至发展到封建迷信的一套大行其道，有个好属相，有个好生日，好像就能保证有个聪明健康的宝宝了。

聪明是一回事，从健康的角度，儿科专家最关心的是婴儿的体重，因为英国、瑞典和美国的追踪调查都证明，出生时体重过轻的婴儿和正常体重的婴儿相比，患冠心病、中风、高血压、高胆固醇和糖尿病的比例都高。因此，专家们强调，要保证孩子的体重，就要保证孕妇的体重，这指的是怀孕时增加的体重。

怀孕的时候大腹便便，有些孕妇不愿意邋邋遢遢，便有意控制体重。还有一些说法，比如怀孕的时候控制体重是健康的，怀孕的时候如果体重增加太多会引起永久性的体重问题，还有怀孕时体重增加过高将来会引起一些疾病等等。这些说法的流行都导致孕妇减少进食量。在100年前，现代妇产科学还没有成熟，在生孩子过程中由于孩子的体位不正，或者孩子过大，常常会出现难产，甚至导致产妇死亡。因此，当时的妇产科医生常常建议产妇们控制体重，少吃一点，这样孩子的体重小一点，生产的时候安全一些。这个问题已经被妇产科的进展基本解决了，分娩期间的危险性已经被降低到相当低的程度，不管孩子体重多重，都不会出现危险。关于体重增多的不良后果都没有证据，很多孕妇产后体重降不下去的原因不是因为怀孕的缘故，而是因为生完孩子之后，没有注意饮食健康和身体锻炼，才变得超重和肥胖。多数产妇在生完孩子后体重都恢复正常，并不是因为遗传因素，而是因为她们在产后恢复了原来的饮食习惯，同时加强锻炼，体重自然就恢复正常。说白了，还是她们原有的饮食习惯和生活习惯健康。

因此重视孩子的营养，不仅在怀孕之后开始，而且在怀孕之前就要开始。在准备怀孕之前，就要检查一下，自己的饮食习惯是否健康，有多少应当改变的不良饮食习惯。打算怀孕的妇女应该意识到，建立健康的饮食习惯，改变不健康的饮食习惯，不仅对自己分娩之后健康恢复有好处，而且对孩子更有好处。因为母亲吃进去的，就是肚子里的孩子吃进去的；母亲吃得健康，孩子就会吃得健康；母亲吃得不健康，孩子也不可能吃得健康。为了孩子的健康，做母亲的就要做出牺牲，这样对孩子、对母亲都有好处。

怀孕的时候可能增重多少，或者说应该增重多少并没有一个绝对的值。这要依母亲怀孕前的体重来说，如果怀孕前体重过轻，就应该多增加一些体重。不要怕看起来薄皮大馅的样子难看，因为肚子里的孩子有这种要求，没有这些额外的体重，孩子的发育就会受到影响。如果怀孕前体重超重，就应该控制一下，少增些体重。但是即便是肥胖的妇女，怀孕的时候也要增加一些体重的。一句话，怀孕期间是不考虑减肥的。

想要增加体重就得多吃，根据身高和体重的不同，孕妇每天要多吸收300到500卡路里的热量，这样就可以避免生出体重过轻的孩子了。

不生体重过轻的孩子只是孕期婴儿营养的一个要求，更高的要求是生出一个健康的孩子，这就不仅靠多吃，而且要吃的有营养。这里说的营养不是传统的大鱼大肉，或者民间的、新出现的各种补品，而是对肚子里的婴儿有帮助的营养成分。如果在怀孕之前吃得比较健康，怀孕之后多吃一点的话，补充营养的目标很容易达到。但是很不幸的是，现在多数人都吃得不健康，因此在怀孕之后，不仅要增加饭量，而且要改变自己的饮食习惯。对于本来就有各种怀孕反应的孕妇来说，做到这一点是有很大困难的。但是，在怀孕的推动下改变自己的饮食习惯是对孩子、对自己、对家人都有巨大好处的一件事，要把怀孕当成健康生活的动力，从怀孕开始，一直坚持下去，走健康生活的道路。

怀孕期间要重点补充的营养包括蛋白质、叶酸、维生素、铁、钙和锌等。下面的表4是六种怀孕期间应该注意补充的营养成分的量和其最佳来源。

营养成分	每日需要量	最佳来源
蛋白质	60克	肉类、鱼、鸡蛋、牛奶和奶制品、豆类和谷类
钙	1200毫克	牛奶、酸奶、奶酪、绿叶蔬菜、贝类、坚果
铁	30毫克	肝、肉类、鱼、全麦面包、豆类、绿叶蔬菜、干李子、杏、葡萄干、铁锅炒出的菜
叶酸	400微克	肝、酵母、绿叶蔬菜、豆类、谷类、水果、蔬菜
维生素B_6	2.2毫克	菌类、肉类、肝、全麦、花生、大豆、玉米
维生素B_1	22.2微克	各种肉类、酵母、豆腐

表4　怀孕时的营养

• **蛋白质**。蛋白质又叫氨基酸，一共有22种。人的身体能自己产生其中13种，其余9种要靠从食物获取，后者被称为必需氨基酸。胎儿的组织生长需要蛋白质，这些蛋白质是经过胎盘从母亲的血液中吸收的，如果母体的血液中蛋白质不够的话，母亲的肌肉就会分解，以便给孩子提供蛋白质。长此以往，母亲的身体会变得很虚，胎儿的发育也很不好。现在蛋白质的摄入量对于大多数妇女来说不成问题，在怀孕前已经超过了每天60到70克的水平。例外的是素食者，尤其是不吃鸡蛋和奶制品的素食者，因为动物食物里含有所有的必需氨基酸，而植物食物中往往缺乏某一种或某几种，有可能造成蛋白质的摄入量不够。这些人应该多吃豆类和谷类，两者互补起来，各种必需氨基酸就都有了，可以满足身体和胎儿的需要。不一定每顿都两者一起吃，只要一天之内吃齐了就可以。素食者每天多吃的300到500卡路里中不要全是碳水化合物，要增加蛋白的量。只要补充了必要的营养，是没有必要改变素食的习惯的。但是，各种减肥的饮食绝对要避免，在怀孕期间，哪怕是短期，也不要服用减肥食品。

• **维生素**。维生素C对胎儿非常重要，但只要水果、蔬菜和果汁的摄入量有保证，维生素C的缺乏比较少见。常见的怀孕期间的维生素缺乏是叶酸、B_6和B_{12}.其中叶酸和B_{12}是细胞快速成长所必需的营养。美国的产前检查比较健全，妇产科医生们都有个感觉，就是亚裔妇女贫血的比例比较高。这也许是先天的营养不好，也许是种族的基因特性。因此，中国妇女怀孕之后要注意贫血，其一就是注意补充这几种维生素，因为它们的缺乏可以导致贫血。B_{12}只出现在动物食物中，如果吃素的话，就只能靠服用营养补充剂来补充。怀孕早期叶酸的缺乏有可能导致胎儿的大脑和脊椎发育不良，因此专家建议所有怀孕的妇女在怀孕前两个月每天要服用800毫克叶酸补充剂，这个举措把美国的新生儿神经系统缺陷的比例减低到了零。如果在怀孕之前连续服用了几个月的避孕药的话，体内的叶酸、B_6和B_{12}很可能已经出现极度缺陷，因为避孕药影响这三种维生素的代谢。如果有这种可能的话，应该让医生检查一下，确实缺乏的孕妇，要马上服用补充剂。

- **铁**。铁的作用主要在红细胞的生成上，缺铁就会贫血，这也是造成亚裔孕妇贫血的一个主要原因。因为相对来说，亚裔比欧裔红肉吃得少，不过现在从健康考虑，大家都少吃红肉，因为缺铁已经不分种族了。即便红肉和肝吃得很多，也不一定能满足怀孕期间铁的需求量，因为不仅孕妇的血量由于怀孕的原因而增多了，而且还要直接把红细胞提供给胎儿。一般来说，对于贫血的孕妇，医生都会建议吃铁补充剂的，铁对孕妇和胎儿是无害的，因此在整个怀孕期间都要保证铁的供应。各种铁中，以动物来源的铁最容易被身体吸收，植物来源的铁次之。此外，维生素C会影响铁的吸收，如果食物中含有大量的维生素C的话，食物中的铁就可能被全部吸收。因此孕妇要多吃新鲜的水果、蔬菜和新鲜的果汁，不仅保证维生素C的吸收，更保证了铁的吸收。吸收铁可以从早餐着手，早餐的时候吃一个橘子或者一杯果汁、一碗用牛奶冲的高纤维燕麦粥，里面放一些葡萄干、一个鸡蛋，这样的话维生素C和铁的吸收都能够得到保证。

- **钙**。钙对人体的重要性是怎么强调都不会过分的，尤其是对于妇女来说，钙可能是她们最重要的营养成分。这是因为妇女体内的钙流失要比男人早而且流失得快，50岁以上的男人患骨质疏松的比例为八分之一，同龄的妇女患骨质疏松的比例为二分之一。很多妇女的骨质流失始于怀孕，因为在怀孕期间，胎儿骨骼生长，对钙的需求很高，如果母亲不能从食物中吸收足够的钙的话，就得从自己的骨头中溶解钙，提供给肚子里的孩子。怀孕期间的一个生理现象是钙的吸收比怀孕前有效得多，换句话说，就是贪婪得多。如果吃得不够的话，就只能转向身体内储存的钙，骨头就变得很脆弱。如果产后母乳喂养的话，就会进一步缺钙。因此，为了预防将来骨质疏松，为了孩子的健壮，在怀孕期间要多吃含钙的食物，使体内的钙越多越好。钙的吸收和其他矿物质是一样的，有机的钙要好过无机的钙，其中最有效的是牛奶和奶制品，此外还要吃钙片，因为从富含钙的食物中是很难吸收足够的钙的。钙片要分两次吃，每次500毫克，因为身体吸收铁的上限是500毫克，多了就吸收不了了。中国人普遍认为喝骨头汤补钙，其实哪怕是把骨头吃了，也补不了多少，因此钙的吸收需要维生素D。牛奶中加了维生素D，就是为了钙的吸收。多吃含维生素D多的食物，比如鱼和酸奶，都利于钙的吸收。然后最好的维生素D是我们皮下脂肪自己合成的，这是身体最没有排斥性的维生素D。这个自我合成过程要靠阳光来催化，所以孕妇要多晒太阳。前几天看到好莱坞的一位女星介绍她妈妈传下来的养颜秘诀，就是任何时候在阳光下都把自己裹得严严实实的。这样皮肤有可能很好，但到了50岁就要小心不要摔跤，因为她的骨质已经非常单薄了。孕妇也常出现腿抽筋的表现，这种时候就要注意补钙，更要注意晒太阳。除此之外，还要注意是不是软饮料喝多了，因为软饮料里面的碳酸太高，会降低钙的吸收。软饮料对健康的危害在前面已经介绍过了，从铁吸收的角度，应该利用怀孕这个机会彻底地和软饮料拜拜。

• **锌**。锌缺乏对于胎儿的影响，近年来越来越受重视。锌对于细胞的快速生长起着重要的作用，动物实验证明锌缺乏会导致胎儿死亡或者严重的发育不良。人群调查中发现，羊水和母体血液中低锌水平和胎儿发育缓慢有关。富含锌的食物往往同时富含铁，因此多吃富含铁的食物可以同时防止铁和锌的缺乏，在此也说明铁锅不是解决问题的办法，上述的各种营养都要靠从食物中摄取。怀孕期间的营养充足说的是既要营养均衡，也要补充这几种必需的营养。

• **水**。水其实是最重要的营养，但由于到处可见，通常不列在营养之中，但并不说明它不重要，实际上水比其他营养都要重要，因为无论哪种营养，都要靠水分转送到胎儿体内，没有充足的水分，营养再多也没有用。因此，怀孕期间一定要保证饮水的量，超重的孕妇更要多喝水。

小贴士

中国人认为，铁的供应是从炒菜的铁锅中来，但这样的铁锅已经很不好找了，即便真是铁锅也要考虑是不是可能刮下其他什么东西来，而且这种无机的铁很难被身体吸收。

怀孕期间营养要充足，但还有一些东西属于不要吃的范畴。前面讲的软饮料就是其一，软饮料对人体健康的害处远远多于好处，加上对钙吸收的抑制作用，妇女特别是孕妇一定要远离软饮料。除了软饮料之外，还有几种东西对于孕妇来说，是碰不得的。有这样的习惯的话，一定从怀孕第一天，甚至怀孕之前就要戒掉。

• **烟**。香烟可以说是人类合法使用的毒品，而且属于慢性剧毒。吸烟已经成为人类的第一大杀手，全球每年有500万人因吸烟而死亡，而且这个数字在急剧增长之中。心脏病和很多肿瘤都与吸烟有直接的关系。中国的烟民接近总人口的30%，因此彻底远离香烟几乎是不可能的。美国的女烟民多于男烟民，因此常常见到吸烟的孕妇。追踪调查发现，吸烟可以导致胎儿过小，而且吸得越多，胎儿越小。这是因为尼古丁导致血管变窄，因此流到胎盘的血量就少了。此外由于尼古丁抑制食欲，孕妇吃得不够，胎儿的营养就不足，因此体重不足。再有就是因为吸烟导致氧气吸进得少了，这样胎儿就会相对缺氧，影响其生长。女性烟民的比例近年来在中国增加得很快，也有一些孕妇吸烟。无论如何，打算要孩子或者已经怀孕的吸烟的妇女，要马上戒烟。戒烟确实是一件难事，尽管减少吸烟量不是一个很好的戒烟办法，但是为了肚子里的孩子，如果一时戒不了的话，起码要减量。吸烟不仅仅是胎儿体重过低的问题，还可能导致胎儿死亡。除了孕妇吸烟外，还有丈夫吸烟的问题，同样很严重。有关专家追踪了五千多名丈夫吸烟的孕妇，发现当丈夫每天吸烟10支以上时，胎儿产前死亡率增加65%。丈夫吸烟越多，胎儿死亡率越高。有吸烟者的家庭，儿童患呼吸道疾病的比例比不吸烟家庭为多。二手烟对健康造成的危害并不比直接吸烟轻，因为吸烟致癌的人中，50%是被动吸烟者。很多烟民知道吸烟对孩子的危害，因此吸烟的时候会避开孕妇，但这并不能解决问题，因为香烟对健康的危害并不仅仅是尼古丁，除了尼古丁外，香烟点燃的烟雾中有四千多种有害物质，其中四十多种属于致癌和促癌物。这些有害物质会吸附在身上和衣服上，同样会被孕妇吸收，也同样会影响胎儿。解决问题的最好办法就是戒烟，我认识的人中有好几位就是在妻子怀孕期间戒烟成功的。怀孕是迫使人们戒烟的一个非常好的机会，不要放弃这个机会，因为家里有烟民存在的话，不仅影响胎儿，而且在孩子出生后，其健康还会受到损害。

• **酒**。在怀孕期间一定要滴酒不沾，因为饮酒有可能造成胎儿酒精中毒综合征。其特征是体重低、心脏及四肢畸形、智力低下等，出生后有可能出现多动症和低智商。关于饮酒和胎儿异常的相关研究表明，酒精对于胎儿的损害和喝多少无关，有喝了很少的量就出现胎儿酒精中毒综合征的例子，因此只能不喝，在怀孕期间完全戒酒。

• **咖啡因**。咖啡因对胎儿的危害相比烟和酒来说轻多了，但同样会导致胎儿生长缓慢。此外，咖啡因也有抑制食欲的作用，有可能导致孕妇不能按时补充营养。美国人喝咖啡很厉害，很多人属于咖啡依赖症，因此对怀孕妇女的建议包括少喝咖啡。中国人咖啡喝得少，如果经常喝的话，怀孕以后就要少喝或者不喝。但咖啡因并非只在咖啡里存在，中国人常喝的茶中就有咖啡因，尽管含量只有咖啡的五分之一，但是如果整天茶杯不离手的话，也会吸收不少咖啡因的。怀孕之后，茶同样要少喝或者不喝。此外就是可乐类软饮料，也含有咖啡因，这里又给了我们一个远离可乐类软饮料的理由。如果渴了的话，就喝水，或者喝自制的果汁，不要喝咖啡、茶或者软饮料。最后是一些常用的药物，里面也有可能含有咖啡因，不清楚的话可以去找医生咨询。从理论上讲，怀孕期间吃任何药之前，都要咨询医生。

除了上述这三种东西外，另外一种值得重视的东西是汞。孕妇吸收的汞主要来源于鱼。在表1中可以看到，鱼肉中含有大量的怀孕所需营养成分，鱼肉中的OMEGA3脂肪酸更有预防心脏病和降低肿瘤发生的益处，但由于污染的日益严重，鱼体内的汞含量越来越高，这就造成了两难的问题。一方面要补充营养，鱼肉是最好的途径之一；另一方面要预防污染，尤其是汞，对胎儿的神经系统、肾脏和脑部造成损害，会出现畸形和智力低下。

针对这种现象，孕妇怎么办?

办法有两个：一是吃鱼要限量。对其他人的建议是每周吃两次，孕妇可以多吃一些，但不要天天吃，更不能作为蛋白的主要来源；二是挑鱼吃。汞在鱼体内是累积的，处于食物链上部的鱼的体内汞含量高。所谓大鱼吃小鱼，那些回游性大型鱼类，如鲨鱼、旗鱼和鲔鱼等位居食物链上部的鱼因为长程回游而且大量吞食小鱼，体内汞的含量很高。而鲣鱼、鲱鱼、沙丁鱼、鳕鱼等体内汞含量低，可以长期食用，还有贝类，也属于汞含量少的海产。在怀孕期间，母亲所能提供给孩子的只有良好的营养，要做到吃平衡的和健康的饮食。怀孕期间孕妇经常感到累和疲倦，有时候不想吃或者吃不下东西，但是必须按时吃饭，不能错过一餐，因为胎儿需要及时补充营养。

怀孕对于一个家庭来说，是一种新的生活的开始。在享受天伦之乐之际，要为新的生活认真考虑一下，改变不良的饮食习惯和嗜好，让还在母亲肚子里的孩子得到足够的营养，而且打下一生健康的基础。当孩子一出生，迎接他们的是一个幸福而健康的家庭。

小贴士

吃鱼的另外一个问题，是人工养殖的鱼可能含有致癌物和人工添加的药物和其他化学物，因此如果有条件的话，尽量选择野生的海产。

新生儿的营养

当过父母的人都知道，比起养育孩子来说，怀孕算是非常幸福的。孩子生下来之后，第一次当父母的会手忙脚乱，经历人生最大的考验。

孩子刚生下来，是发育最快的一段时间，从对营养的需求上就能体现出来。婴儿每公斤体重所需要的能量是成人每公斤体重所需能量的四倍，这么多的能量就是为了各个组织器官发育的需要，如果不能保证的话，孩子的发育就会受到影响。

从怀孕到两岁期间的营养是人一生健康长寿的关键。在前面已经讨论过了，母乳喂养对婴儿的免疫力很有好处，也是婴儿所需的最好的营养，里面的各种营养成分都以婴儿最容易吸收的形式存在着，母乳喂养的孩子生病的机会少于吃奶粉长大的孩子。

母乳喂养并不表明万事大吉，有两样东西需要补充。一是维生素D，这种维生素在母乳里非常缺乏，应该每天补充400国际单位，专门有给婴儿用的维生素D；二是氟，在六个月以后，孩子该长牙了，氟对于牙齿的强壮很有帮助。美国儿科协会建议，如果所在地区饮水中氟缺乏的话，应该在医生的指导下适量补充氟。

母乳喂养最值得重视的是一句话：母亲吃什么，孩子吃什么。比如母乳中的维生素和矿物质的浓度取决于母亲的营养情况。如果母亲处于维生素或矿物质缺乏的状态，母乳里面就会缺乏维生素或矿物质。比如母亲缺铁，孩子吃的母乳就是缺铁性母乳，孩子也就会缺铁。如果母亲是素食者又不注意补充的话，孩子就会出现维生素B_{12}缺乏。因此母亲的饮食对孩子的生长非常重要。

用母乳喂养的关键不在于怎样想方设法多出奶水，而在于怎样喂孩子吃最好的奶水。很多产妇产后吃了大量的高脂肪高热量的食物，为的是让身体早日恢复。其实这种饮食有可能适得其反，在这种饮食之下的奶水的质量更差。无论是从母亲身体恢复的角度，还是从给孩子提供有营养的奶水的角度，都要吃平衡的健康饮食。一日三餐加上两顿零食不能少，要吃各种食物，而且要多喝液体，包括水、牛奶、果汁等，但还是不要喝软饮料，也是因为影响钙吸收的缘故。要多吃新鲜的水果蔬菜以保证维生素的吸收，注意吃些全麦以保证维生素B的吸收，要少吃高糖高脂肪的食物。和怀孕时一样，喂奶的妇女也要比平时每天多吃500卡路里，在产后继续怀孕时的饭量，不要减少。

产后还要按怀孕时的饭量吃，确实让人难以接受，可是这是喂奶的需要。这多吃的500卡路里要吃有用的食物，比如鸡、鸡蛋、鱼、牛奶、瘦牛肉、奶酪、豆腐、果仁、花生酱、全麦面包等；多吃含钙和铁的食物，比如豆腐、奶制品、花椰菜、肝、菠菜、豆和干李子等。

对于产后体重过重的妇女，是可以考虑采取控制体重的办法的，这种控制体重不是靠吃减肥食品，而是要吃平衡食物。如果吃平衡食物，加上坚持吃多种维生素和矿物质补充剂的话，是不会影响孩子发育的。但要定期给孩子查体，如果发现孩子生长缓慢的话，要马上停止限制食物的摄入量而多吃一些。

怀孕期间吃药要征求医生的意见。如果有可能，在整个喂奶期间不要吃抗生素。

喂奶的妇女最好记录一下自己每顿吃了什么，如果发现孩子行为异常的话，就要换一下食谱，因为这很可能是某种食物造成的。尤其是辣的食物，进入奶水后，常常造成孩子很不舒服，因此在喂奶期间要保持口味清淡，尤其尽量少吃辣。

如果实在无法母乳喂养的话，婴儿奶粉是唯一的选择。今日的婴儿奶粉在营养上和母乳的区别很小，只吃婴儿奶粉长大的孩子，不会有营养缺陷。提倡母乳喂养，但也有婴儿奶粉这种替代方式，以便母乳不足或者因为种种原因不能母乳喂养的孩子也能健康生长。用婴儿奶粉时，如果孩子总吐奶和哭，要马上看儿科医生，因为可能是孩子对牛奶类婴儿奶粉的反应，可以换用豆奶。每一类奶粉中也有不同的品牌，给孩子试几种，有可能发现他们最爱吃的那种。近年来的研究发现两种脂肪酸，DHA和ARA，对婴儿的神经系统发育有帮助。美国食品药品管理局（FDA）现在批准厂家往婴儿奶粉中添加这两种脂肪酸，这种超级奶粉可能是最接近母乳的奶粉。

其他需要注意的是不要强迫孩子吃。医院里的护士有这个本事，让孩子把一瓶都吃进去，这样喂奶的次数就少了，她们也省事多了。吃奶粉的孩子在一岁的时候比喝母乳的孩子体重高，就是因为过多喂养，吃母乳的孩子就没有这种喝完一瓶的要求。婴儿期的过度喂养有可能使孩子在一生中都吃得过多，因此要让孩子决定什么时候停，不要硬喂。

孩子一岁之前，不能吃正常牛奶，也不能吃脱脂奶。因为一岁之内的孩子的肾脏还没有发育到可以消化全奶或者高蛋白的脱脂奶的程度，后者更可能造成脂肪缺乏，会引起更严重的后果，因此两岁之内不要给孩子吃脱脂奶。

不管采取哪种喂养办法，都要满足自己的选择，享受和孩子一起度过的美好时光。

小贴士

吃奶粉的最重要的注意事项，就是一定要好好读说明，认真按要求稀释。和不用稀释的母乳不一样，奶粉稀释不足可能导致婴儿出现严重的症状，包括脱水和肾脏问题，而过度稀释的奶粉则可能造成胎儿营养不足。

开始吃固体食物之后

父母往往很担心孩子光喝奶不够，总想早让孩子吃其他食物。但是，如果过早地给孩子吃固体食物的话，有可能造成日后肥胖，也有可能造成终生的食物过敏。所以，在考虑给孩子固体食物之前，父母要认真考虑这一点，三思而后行。

一般来说，婴儿开始接触固体食物是在出生后4到6个月期间，起码体重达到出生时体重的一倍，这时孩子的消化系统已经能够接受初乳之外的其他食物了，但每个孩子是不同的。对待这个问题，不能光从孩子的发育需要和孩子是否经常饿的角度来考虑，而要从孩子的一生来考虑。

研究人员发现，成人的健康问题，尤其是肥胖，很可能始于父母为孩子建立的饮食习惯。我们的饮食习惯实际上是我们的父母帮我们选择的，我们的孩子的饮食习惯也是由我们来选择的，因此我们做父母的必须要为我们的孩子是否有一个健康的饮食习惯负责，承担这种责任要从孩子刚刚开始吃固体食物开始。

很多父母提前给孩子固体食物，一个原因是希望孩子睡得好。实际上如果孩子自己能表达的话，孩子会告诉我们：肚子一夜都不舒服。因为他们还不能完全消化这些食物。

过去有一个得到儿科医生首肯的流行说法：早吃固体食物的孩子发育得快、更有活力。今天，大多数儿科医生认为没有必要过早给孩子吃固体食物。当然早吃也没有什么害处，这个早指的是在上面说的4到6个月和体重超过出生时体重两倍的前提下，在这个前提下，是否早给孩子吃固体食物，是家长的选择，儿科医生更关心如何教育家长有关营养的知识，如何让孩子吃固体食物和先吃什么上面。

孩子长到六个月左右，可以坐着了，更主要的是，孩子不再往外吐东西了，而是抓住什么东西都往嘴里放。当勺子接近嘴巴的时候，孩子会张开嘴表示饥饿，闭上嘴表示不饿。因此不要喂得太快，也不要把孩子的嘴塞得满满当当的。给孩子吞咽的时间，孩子不吃就不要再喂了，否则孩子会养成吃东西过量的习惯。总之，吃不吃要由孩子决定，要给孩子做出表示的时间。

给孩子吃固体食物，要注意以下两点：

- **每次只让孩子尝试一种新食物**。这种做法的最大原因是可以检验出孩子是否对这种食物过敏。这就如同做科研试验，一定要能验证单一因素的影响，而不能受其他因素的干扰。如果是孩子没有吃过的食物的话，每次只给孩子吃一种新的食物，而且只吃这种食物，连续吃五天。如果不适合的话，就换一种。过几个月可以让孩子重新尝试这种食物，也许他们发育后就可以接受这种食物了。喂饭的时候先少量，然后加量，给孩子适应的时间。

- **不要根据自己的喜好喂孩子**。这个问题不仅在婴儿阶段，在孩子的整个成长过程中，都是父母们要严肃对待的问题。在饮食上不要扮演孩子们的上帝的角色，不要自己喜好吃什么就让孩子也喜好吃什么。我们多数人的饮食习惯都不能保证100%健康，要改进的地方很多，因此要把健康的习惯传给孩子，而不是全盘照搬。在前面讲过，孩子是天生的食者，要让他们尝试各种食物，从中自己摸索出喜欢或不喜欢。孩子虽然不会说话，但会观察。你不给他吃，他很可能就不爱吃。即便你给他吃，但你的表情表现出不喜欢这种食物的样子，孩子会感觉到的，他很有可能也不喜欢这种食物。我们希望的是孩子能够接受各种食物，尤其是健康的食物。以我家为例，几乎所有我不喜欢吃的或者我太太不喜欢吃的食物，我儿子都能吃，这就是我们要达到的目的。挑食是大人们难以改变的习惯，因此就更应该从小注意，不要让孩子们沾染上我们的恶习。

小贴士

喂婴儿食品要倒出一部分到碗里，不要直接从瓶子里喂，因为会把孩子嘴里的细菌转移到瓶子里，细菌会在剩下的食物中繁殖，等下次喂孩子的时候，吃进去的细菌有可能相当多了。

固体食物中，最先让孩子吃什么？

- **燕麦粥**。美国儿科学会建议孩子从加铁的婴儿燕麦粥开始，因为容易消化，可以补充铁，而且最不容易过敏。市售的燕麦有做成即食婴儿食品的，自己做也很容易。吃婴儿奶粉的，可以把奶嘴弄大一点，把婴儿燕麦加到奶中，让孩子一道吃下去。能够吃几种燕麦的混合餐最好，但先要将每样按上面的办法都尝试一遍，消除过敏的可能。吃燕麦粥的时候不要加任何东西，比如糖之类的。

- **水果蔬菜**。尽管儿科专家们把燕麦粥作为婴儿固体食物的首选，但没有证据表明它是最好的。也有很多专家相信，越早让孩子接触水果蔬菜，对孩子的健康越有好处。其次，要先给孩子吃蔬菜，然后再吃水果，因为水果甜，如果孩子没有适应吃蔬菜的话，先吃水果后，很可能就不爱吃蔬菜了。对果汁也要限量，因为影响孩子的食欲，而且过量的果汁和肥胖有直接的关系。

- **蛋白质**。孩子长到9个月时，可以让孩子吃蛋清、肉类、豆类、酸奶和奶酪。在一岁之前不要吃蛋黄，因为会引起强烈的过敏反应。两岁之前不要吃花生酱。蛋白质不容易消化，因此量要逐渐增加。尽量让孩子同时吃动物和植物蛋白，不要培养成全吃肉或者吃素的习惯。

在一岁左右，孩子可以吃大人饭了。在两岁以前，不要限制孩子饮食，值得注意的是不要让孩子吃高脂肪、高卡路里、高盐或高糖的食物，多吃新鲜的或冷冻的食物。

有些食物要特别注意，因为可能引起过敏反应，这些食物包括鸡蛋、巧克力、海产品、冰激凌、西红柿、黄瓜、圆白菜、葱头、花椰菜和菠菜等。在一岁之内不要吃蜂蜜，因为其中的成分有可能造成生命危险。容易噎住的块状食物也要注意，比如葡萄和葡萄干、花生酱、干果等，都要尽可能少让或不让孩子吃。

上面列举了各种食物，并不是说做父母的要件件自己动手，各类食物都有做好的婴儿食品。从20世纪40年代开始，美国就大规模推广现成的婴儿食品。商店里各种婴儿食品比比皆是，上面讨论的各种食品都能买到现成的，拿回家打开盖就能给孩子吃了。

原来的婴儿食品是迁就父母的口味，加了盐和糖，近年来随着婴儿健康的意识加强，新的婴儿食品不加盐和糖。在喂孩子的时候，父母可以自己尝一下，如果没什么味道的话，说明是健康的婴儿食品。

婴儿食品所含的营养比较好，基本上不会出现过敏的情况，而且很干净，不会出现食品污染的情况，是家长们很好的选择。吃商业化婴儿食品的问题是量，一小瓶买回家，并不是要一顿让孩子吃进去，也不要硬塞给孩子，剩下的婴儿食品不要在冰箱里存放超过24小时。

有些家长出于各种原因自己制作一岁之内孩子吃的食物，这并非难事，而且比买婴儿食品要便宜得多。现在各种厨房用具都很齐全，做起来也不费劲。在有商业化婴儿食品之前，家长都是自己做，因此也不算不好的事，但是如果经济上容许的话，还是应该去买婴儿食品，因为这种工业化的婴儿食品是根据多年的研究，不仅在营养上有保证，也会减少过敏的可能。

如果自己做的话，最好去买新鲜或者冷冻的水果蔬菜，罐装的里面会有盐和防腐剂。做的时候不要加作料，尤其是糖和盐。做好之后要分装速冻，每次化冻后不要再冷冻了。婴儿食品的制作要注意磨碎，不要有任何的块。在内容上可以参照商业化的婴儿食品，看看他们是怎样搭配的，照着样子做。

小贴士

做好婴儿食品后放在冰盒里速冻。这样冻成的一块冰大小，每次给孩子吃一到两块，多余的就扔掉，可以避免吃得过多或者剩下的食物引起中毒现象。

无论哪种做法，都要注意以下几点：

• **不要用作料**。不管是自己制作的，还是买来的，都不要往里面加任何作料。你自己会觉得淡而无味，但孩子会觉得好吃。婴儿在接触成人饭之前，对作料没有要求。研究表明，他们最喜欢的就是天然的食物，没有加入任何调味品的。无论是盐也好，辣也好，都不要给孩子吃。新鲜辣椒本身是有营养的，但辣作为调味品并不健康。为了保持孩子的天然味觉，不要让一岁内的孩子吃辣的，一岁之后也越晚接触越好。盐的问题更为严重，因为高血压和心脏病都和食用的盐量过多有关。从婴儿开始养成少吃盐的清淡口味，对他们一生的健康都有好处。开始给婴儿吃固体食物的时候，正是我们做父母的检查一下自己的饮食习惯的时候，我相信很多人通过品尝一下给孩子吃的天然食物，会发觉自己的口味是那么重。口味重是因为我们的父母在我们小的时候不具备相应的健康知识，或者不注意的原因，现在这些知识已经摆在那里了，我们的孩子就不能走我们的老路。我们自己也要和孩子一起把口味变淡，因为孩子迟早会和家长吃一样的饭的，所以要让我们自己的口味变得清淡，这样将来孩子的口味才能变得清淡，不仅孩子健康，全家也会健康得多，尤其是患高血压和心脏病的可能就会少多了。

• **不要加糖**。人生下来对甜味是有感觉的，给孩子提供的水果类婴儿食物里面是有天然的果糖的。除此之外不要给孩子额外的糖，也是为了不要让孩子嗜甜，吃过甜的食物意味着吃了大量的糖。如果是纯糖的话，就会吃进太多的热量而没有吸取足够的营养，容易引起肥胖。如果是糖精的话，对健康更有不利的影响。糖最好来自水果这类天然的食品。即便是孩子吃大人的饭以后，也要让他们少吃点心、冰激凌和巧克力等过甜的东西，除了避免肥胖外，对牙齿也有好处。

• **不要加果汁**。在一岁之内不要给孩子喝果汁，一个原因是里面添加了糖，卡路里过高，造成孩子有可能因为喝得太多而发胖，并反而少吃了其他有营养的婴儿食品。一岁内婴儿的饮食要以水果蔬菜为主。

• **不用咀嚼**。尽管孩子从六个月就开始长牙了，但儿科医生建议最好不要给孩子吃需要咀嚼的食物，因为可能咀嚼不够而噎住。

当孩子适应各种婴儿食品后，可以开始减少奶量。到一岁之后，就要逐渐断奶了。这时候要注意补充蛋白质，因为一岁之内吃的婴儿食品主要是水果和蔬菜，一岁之后就要注意给孩子提供其他食物，特别是断奶期间，要给孩子吃一些肉类、奶制品、鸡蛋、鱼和豆制品，以保证足够的蛋白质供应。两岁之前，要彻底断奶。断奶后，孩子可以不用吃营养补充剂了。

在前言里就讲过，两岁之内的营养对人的一生是至关重要的，而且人的饮食习惯和口味在很大程度上是两岁之内养成的，家长们千万不要错过这个关键的阶段。

食物让孩子茁壮成长

孩子们终于能坐在餐桌旁边，和家长一道吃饭了。现在是不是就可以高枕无忧，有自已吃的就有孩子吃的，再也用不着为孩子吃饭而操心了？

我儿子吃奶和吃婴儿食品的时候，我总憧憬着他能和我吃一样食物的那一天，我喜欢吃的他也喜欢吃，父子俩狼吞虎咽，是一种很幸福的感觉。结果直到现在，我还得不懈地在改变自已不良的饮食习惯的同时，改变儿子不良的饮食习惯，而且改变他已经形成的饮食习惯要比改变我自己的饮食习惯难得多。

孩子过了周岁之后，突然好像不知道饿了似的，吃得远比以前少。家长们会很着急，看着孩子体重长得缓慢，就想方设法地喂饭。其实这种情况是正常的，孩子过了一岁以后，生长的速度会缓慢下来，他们所需要的食物比我们想象的要少。迫使孩子吃过多的食物会让他们养成很不好的饮食习惯，将来变成肥胖的可能性会高得多。这种从小养成的肥胖症是肥胖症中最严重的也是最难控制的一种，除此之外，孩子还有可能得高血压、二型糖尿病、心脏病、骨质疏松和肿瘤。尽早让孩子养成健康的饮食习惯，对预防上述严重的疾病可以说是十分重要的。

这段期间，孩子对各种食物都非常好奇，愿意尝试，要让孩子保持这种兴趣，尽量多接触不同的食物。孩子一生对食物的喜爱在很大程度上是在这段时间养成的。在第一章讲的注意事项，比如不要迫使孩子吃完盘子里的食物、不要强迫孩子吃东西、不要用食物奖励或惩罚孩子等，都要从这时开始坚持。

一天一到三岁的孩子大约需要1300卡路里，四到六岁的孩子每天大约需要1800卡路里。在给孩子吃东西的时候要注意多吃富含纤维的低卡路里食物，少吃高卡路里食物。定期检查孩子的饮食习惯，找到一种他们爱吃的高热量的食物，想办法用其他低热量的食物替代。

小贴士

用一个苹果取代一个冰激凌，孩子不仅少吃100卡路里，而且从苹果中吸收了很多营养和纤维。

这段时间要注意监测孩子的体重，一旦体重超过警戒线，就要找到原因，减少高热量的食物，用低热量的食物替代，把孩子的体重降下来。

这段期间，要注意给孩子补充的营养有下面几种：

- **钙**。是的，还是钙。19世纪初，当时世界上最大的动物园伦敦动物园有大麻烦了，园内的老虎莫名其妙地经常骨折，而且很容易就死了，园方找不到原因，认为是某种怪病。后来原因找到了，原来是因为饲养员为了老虎着想，在给它们肉吃之前把骨头去了，让它们容易咀嚼，结果老虎失去了传统的吸收钙的途径，统统骨质疏松了。人类不是通过啃骨头来吸收钙的，但人类同样需要不停地补充钙。从在母亲肚子里到老年，补钙是不能间断的，因为我们的骨头是钙，身体内的很多功能也是靠钙来调节的。孩子要继续吃奶制品和富含钙的食物，同时要经常晒太阳，尽量地多吸收钙，为一生打下坚实的基础。

- **蛋白质**。一到三岁的孩子每天需要16克蛋白质，四到六岁的孩子每天需要24克。这些蛋白可以从肉里面吸收，也可以从海产品中吸收，还可以从豆制品中吸收。要让孩子从不同的途径吸收蛋白质，这样不仅可以吸收到所有的氨基酸，而且同时能够吸收其他的营养。

- **铁**。孩子在一岁前是从母乳、婴儿奶粉、婴儿食物中吸收铁，断奶和吃正常食物后要注意多吃富含铁的食物，比如鸡、牛肉、菠菜和加铁的燕麦。

- **纤维**。纤维促进消化，在纤维上有两个现状：1.现代人纤维吃得都不够；2.很大比例的少年儿童便秘。因此多吃纤维是非常必要的，不仅促进消化，还可以预防消化道肿瘤和肥胖的发生。多给孩子吃带皮的水果、蔬菜、全麦、干豆和坚果，这样纤维的吸收就能够得到保证。

小贴士

要让孩子多喝水，尤其是多吃纤维的时候，如果水喝得不够，反而会引起便秘。孩子不能处于缺水状态，这样对生长发育很不利。但是不能让孩子喝太多的饮料和果汁，甚至不要让孩子养成喝饮料和果汁的习惯。除了喝牛奶外，渴了就让他们喝水，要让他们从小养成喝水的习惯。

在正餐之间不要吃零食的说法已经被健康专家推翻了。少量多餐被证明是健康的饮食习惯，对幼儿来说，更是不能饿着。零食吃什么，在于父母提供什么，也因此会养成不同的口味和饮食习惯。我的一位朋友两岁的儿子爱吃的零食就是薯片，如果长此以往的话，他将来成为一个胖子的可能性是非常大的。

零食并不一定是和正餐完全不一样的食物，比如孩子是可以把鸡蛋、酸奶、蔬菜和水果、全麦面包、牛奶当零食的，也就是把正餐分成几次吃，只要家长让孩子们养成习惯。刚到美国的时候，非常让我羡慕的习惯就是有些美国人经常把生胡萝卜、芹菜当零食，这种零食的概念让我们很难接受。我们概念中的零食是小包装的食物，或者点心之类的，不是高糖的，就是垃圾食品，恰恰是应该避免的食品。

要注意食物中隐藏的糖，糖被称为空白卡路里，因为除了提供热量，不能提供其他营养。糖吃多了，各种营养就吃少了，为了补充营养，只有多吃东西，于是就超重和肥胖。这就是为什么提倡多自己开火做饭的原因。出于同样的原因，要少喝果汁多吃水果。

前几天有位家长问我，什么是抗癌食物？我的答案是减少空白卡路里，也就是高饱和脂肪酸、高糖和垃圾食物的吸收量，多吃水果蔬菜、全麦、豆类和低脂奶制品，这样的低脂肪高纤维的食物可以让孩子和大人预防肿瘤的发生。

但是，不吃高脂肪并不等于不吃脂肪，孩子的饮食结构中必须保证起码20%是脂肪，因为脂肪对孩子的生长发育非常重要，很多维生素是脂溶性的，脂肪可以防止很多功能缺陷。吃脂肪要吃“好”的脂肪，也就是不饱和脂肪酸，少吃饱和脂肪酸，不吃反转脂肪酸。不饱和脂肪酸的最好来源是玉米油、橄榄油和鱼肉。饱和脂肪酸来自肉、黄油、全奶和菜油。反转脂肪酸是人工处理的植物脂肪，因为会引起心脏病，在美国已经开始被逐步禁止，诸如人造黄油，油炸的快餐食品中往往含这种脂肪酸，给了我们另外一个杜绝垃圾食物的理由。

让孩子吃水果蔬菜并不是一件很容易的事，但只要坚持下来，你会在某一天突然发现孩子比你还爱吃水果蔬菜，那一天你会感到非常自豪。

小贴士

让孩子吃水果的秘方：自制水果饮料。将半个香蕉、5个草莓、半杯无脂酸奶、半杯苹果汁或者加些冰放到搅拌器里搅拌1到2分钟，在这个基础上可以增加或者替换其他水果，这样的饮料，孩子会百吃不厌的。

上学前和下学后

孩子们上学了，也就意味着家长更忙了，不仅要继续关心他们的生活，还要关心他们的学习。家长们往往因为关心学习而放松关心生活，因此在营养上不如学龄前那么重视了。这时候孩子在吃什么上开始有主见了，也容易受其他人的影响，比如电视中的广告，同学们吃了什么等等，父母的话未必听了，辛辛苦苦建立的良好的饮食习惯很有可能前功尽弃。在这段时间，家长要继续帮助孩子们建立和维持良好的饮食习惯，特别是能主动地选择健康的食物。

上学后的另外一个问题，是孩子很可能在外吃午饭。美国的学校提供午餐，目前全美学校的午餐还远远没有达到健康的水平，虽然确实在不断地改变之中。午餐虽然不一定是主要原因，但美国纽约进行的调查，三年级小学生的肥胖症达到20%，六年级达到21%，家长们如果不严肃对待的话，十有八九家里会多了一个肥胖症儿童的问题。

孩子上学之后的营养上要体现两点，一是有计划，二是灵活。因为孩子们的时间安排会比较紧张，活动量大起来，也容不得家长们从容做饭。要做到孩子能随时吃上，而且有多种选择。家里要有备用的即时食物，但不能是垃圾食物，而是不用处理就能吃的健康食物，比如水果蔬菜、酸奶等。也不要一成不变，尤其是早餐。前面说过早餐非常重要，但早餐也是非常头痛的事。如果每天早上去街上买早餐的话，这样的早餐对孩子是不健康的。早餐并不只能是大家常吃的早餐，鸡蛋面包可以早上吃，水果蔬菜和酸奶都可以早上吃，但油饼油条最好不要吃。早餐要吃得多一点，所以最好用牛奶替代粥。

调查表明，吃平衡早餐的孩子的学习成绩好、行为优秀、更有创造力、少缺勤、精力充沛、血胆固醇低、变成肥胖的机会少。因此在为孩子准备早餐时，就要考虑到营养平衡，比如喝牛奶来吸收钙，喝橘汁或吃橘子来吸收维生素C，吃全麦面包或麦片以吸收维生素B。早餐应当包括低脂奶制品加上三种东西：蛋白质、麦类和水果，脂肪和糖一定要少。早餐吃一块蛋糕的话，孩子上午很可能萎靡不振，说不定在某节课上睡着了。早餐吃新鲜水果或者自制的果汁，大人孩子会感到非常舒服。因为早上的时候人处于相对缺水状态，任何含水分高的东西，身体都非常欢迎。这时候喝粥，肚子确实很舒服，可是除了碳水化合物外，没有吸收其他营养。喝市售的果汁，里面添加的糖过多，而且没有天然的纤维。如果喝一杯牛奶，再吃一个橘子的话，孩子们会感到很满意。在此之外吃鸡蛋、面包等，孩子们在午饭之前都不会感到饿和疲倦的。

午饭对于上学的孩子来说，是一个比较头痛的问题。美国学校里统一提供的午餐到现在依旧属于高脂肪和低营养的午餐，脂肪高于医生建议的30%，饱和脂肪酸高于医生建议的15%。有些孩子自带午餐，就是为了能够坚持吃健康的食物。午餐可以包括富含维生素A的小胡萝卜，面包夹花生酱以获取维生素B，新鲜水果和酸奶以吸收维生素C、D和钙。

小贴士

如果让孩子带果汁去学校的话，头天晚上把果汁速冻起来，这样可以保持低温到第二天中午。

自备午饭如果很难做到的话，就要从零食上下工夫。上学的孩子应该吃零食。在早上10点左右和下午3点的样子，孩子应该吃点东西，因为他们学习是很费能量和精力的，为了保证他们能集中精力、增强记忆能力，就要在中途补充些能量。早饭到午饭中间、午饭到晚饭中间吃些东西，对健康和学习都有好处，但如果吃垃圾食物的话，就达不到应有的效果。可以考虑带干的水果，或者把苹果切成块、橘子掰好了，放到食用塑料袋中，也可以带一片全麦面包。全麦面包不如富强粉的面包好吃，我儿子一开始不爱吃，但让他带到学校当两餐之间的零食，往往能吃下去，因为他没有其他选择，肚子也确实感到饿。次数多了，这种面包在家里也能接受了。零食正是这种让孩子接受健康食物的绝妙机会。

不过孩子在学校期间最重要的还是喝水。一定要提醒孩子多喝水，不能光靠从牛奶、水果蔬菜和食物中吸收，一定要额外喝水。很多孩子处于相对的缺水状态，营养不能得到充分的吸收，体内的各种功能发育也受到影响，新陈代谢率也不高。可以让孩子带一瓶水。早上多喝一些水，放学回家后要孩子马上喝一大杯水下去。孩子放学回家常常很饿，其中很大程度是因为缺水，让他们喝一杯水下去，就不会那么饿了。晚饭后也要督促孩子喝水，周末和假期更是让孩子多喝水的时候。孩子不会喝水过量的，只可能喝得不够。

维生素对于孩子来说非常重要，尤其是女孩子。女孩子的近视率比男孩子高，有一种看法是因为女孩子发育快，因此体内维生素缺乏，而导致近视。

对于上学的孩子，不仅要督促他们文化课的学习，也要督促他们健康课的学习，家长在给孩子上健康课是要让孩子在除了苹果、香蕉和胡萝卜这健康ABC（Apple、Banana、Carrot）之外，还要了解其他几种超级健康食物。

• **莓**。蓝莓、草莓和其他莓类都属于非常健康的食物，因为其中含维生素C、纤维和抗氧化剂。可以放在麦片粥里，或者当零食吃，如果自制点心的话也可以放进去。孩子有时候觉得酸，不爱吃，可以放在酸奶里，或者放在自制的果汁中，这样孩子就会吃下去的。

• **豆**。大豆里面有丰富的植物蛋白，豆类里面纤维含量高，铁、锌、叶酸和维生素B等营养成分也很高，能够降低胆固醇，还有预防癌症的功效，因此是专家首推的健康食物。豆类之所以成为首选，是因为豆类可以当饭吃。国外常见有人拿着一罐子煮熟的豆，吃得津津有味。吃豆是不会出现营养缺乏的，也是食素者健康的支柱。如果孩子爱吃豆腐的话，家长就可以睡个安稳觉了。自从我儿子爱吃豆腐后，有时候就为他炖上一锅比较清淡的豆腐，里面加上些青菜、肉片和鱼片，不用再吃主食了。

• **奶**。孩子们处于长身体的期间，一定要注意补充钙，特别是女孩子，因为发育得早，而且女人将来骨质流失比男人严重，因此要从小多储存钙。而且钙可以减少直肠癌、高血压和中风的发病率。8岁以上的孩子应该每天摄入1300毫克的钙，而且不要喝碳酸类饮料，以免影响钙的吸收。奶是钙的最好来源，特别是低脂酸奶。喝牛奶的话也要喝低脂的或者脱脂的。奶酪也是很不错的食物，可以切成小块当零食吃。亚裔的孩子有相当一部分对牛奶制品有消化反应，这时因为乳糖酶缺陷的原因，但不一定是百分之百不能消化，而且很可能对酸奶没有反应。如果家里有这样的孩子的话，就不能让他们多吃牛奶制品了，而是让他们喝豆奶，也可以尝试一下酸奶。一般来说，这种问题在5到10岁间出现，超过10岁也许就消失了。家长可以定期试验一下，看看孩子是不是能够适应了。

• **颜色**。各种颜色的水果蔬菜都是应该多吃的，因为抗氧化剂含量高，里面维生素更为丰富。胡萝卜、玉米、芒果、红薯、西葫芦等只要吃一个，一天所需的维生素A和C就满足了，一个芒果里面所含的维生素A是四到六岁孩子每天所需量的一倍半。孩子们吃东西很多时候是被颜色吸引的，多给他们提供带颜色的水果蔬菜，他们就会多吃。

• **鱼**。鱼里面的OMEGA3脂肪酸对脑部细胞的增长有好处，从这一点上应该多吃鱼。鱼肉高蛋白质低脂肪，符合健康的要求，但是鱼存在着因为水质的污染而体内污染日益严重的问题，尤其是人工养殖的鱼类，以致国际上对吃鱼的建议已经从每周至少吃两次改成每周最多吃两次。

• **谷**。谷物里面不仅含高纤维，而且含有丰富的维生素和矿物质。从前是没有条件，大家都吃高纤维的食物，现在改成都在吃很细的食物，纤维的吸收量太少。高纤维对于预防心脏病、降低胆固醇、减低血压和预防消化系统肿瘤很有好处，在现有的各种食物中，只有纤维是真正的高级食物。只要多吃纤维，健康就保证能够改善。要从小培养孩子养成吃高纤维食物的习惯，要口味越粗越好。

• **绿**。大叶的绿色蔬菜比如菠菜有非常丰富的镁、钾、叶酸、纤维和铁，颜色越深，含维生素量越高，要让孩子养成爱吃这类菜的习惯。

小贴士

番茄酱是一种健康食品，甚至比生西红柿还有营养，因为维生素和抗氧化物的含量极高。市售的番茄酱往往加了糖，如果能够自己做的话，可以当成家里的主要作料。

辣椒酱也是同样的道理，生辣椒是一种非常健康的食品，但市售的辣椒酱则是非常不健康的食品，天知道里面到底有没有辣椒的成分。爱吃辣的家庭可以自己做辣椒酱，当然能少吃辣最好，特别是不要让孩子无辣不欢。

孩子上学之后，正是让他们广泛接触各种食物和各种食物烹调方法的时候。不要只让他们尝试有限的几种食物，也不要让他们局限于几种做法，有可能的话各种不同的食物都让他们尝试一下，中西各种烹饪方法都让他们见识一下，这样等他们成人后面对食物就不会有胆怯的感觉，会勇于接受新的食物，也勇于改变自己的饮食习惯。在吃上，要练得越广谱越好，越不固执、不顽固越好。

面对快餐诱惑的少年

前几个月一次早餐时，我突然想起来应该让儿子多吃水果，于是和他商量，是不是从明天开始早餐把水果的量加大，或者专门有一天早上只吃水果?

儿子开始诉苦：爸爸，我已经放弃了可乐，也放弃了垃圾食物，在学校也尽量吃健康的食物，可是我的同学中很多人不这样呀。他们喝可乐吃垃圾食物，学校午餐里的水果蔬菜他们都不吃，白送给我吃，他们吃冰激凌和点心，他们家里还带他们每星期去好几次麦当劳。

是呀，如果不是因为健康的原因，我也愿意顿顿吃快餐和垃圾食物，那些东西就是好吃。一个经常吃快餐的人，让他减少吃快餐，就如同戒烟一样的困难。对于少年们来说，无论家长怎么教育，他们一样会自己思考，在饮食上一样会出现叛逆心理，不让吃的东西他们就是要去试，加上同学之间的影响，以及无所不在的快餐食物，使家长们更难按健康的标准要求孩子。美国波士顿的一项调查证明，三分之一的四到九岁的少年儿童每天起码吃一顿快餐，因此过去20年美国少年儿童肥胖率增长三倍的现象就很好理解了。

但是，无论怎么样，家长们都不要放弃，尽管是老生常谈，也要喋喋不休地让孩子们明白健康的好处，和不健康的坏处。对于处于少年期的孩子来说，身教胜于言传。要求他们吃得健康，我们自己首先要吃得健康，因为孩子在时时刻刻地观察我们，在监督我们。我们让他们做到的，我们自己首先要做到。孩子的眼睛是雪亮的，也许他们不说出来，但他们会记在心里的。

处于少年期的孩子是人一生中对热量需求最高的时期，男孩子每天需要3000卡路里，女孩子每天需要2400卡路里。热量需求高，并不是说要用高热量的垃圾食物去凑数，因为孩子们之所以需要这么多的热量，不仅是因为身体的发育生长对能量的依赖，也因为身体需要额外的营养。这段期间更要尽可能让他们吃进去的每一个卡路里都有营养，杜绝空白卡路里。

小贴士

让孩子知道饮食健康的一个办法是让他们经常去称体重，当他们发现因为吃健康食物而体重稳定或者下降时，会从心里意识到饮食健康的好处。

这段时间，孩子们对营养的需要有了新的要求。

● **维生素**：少年期的孩子对几乎所有维生素的需求都增加了，从理论上来说，孩子所需的维生素应该完全从食物中获得，但这基本上是不可能的，因此有可能出现维生素缺乏，会导致成人时出现各种疾病。快餐食物中最缺乏的是维生素A和C、叶酸，在无法杜绝孩子吃快餐食物的情况下，要注意补充这几种维生素。

● **维生素A**：是视觉维生素，使皮肤和上皮组织柔软防皱，促使骨骼和牙齿健康发育，起激素调节作用。维生素A有两个来源，一种是动物来源，存在于动物的肝脏、牛奶、鸡蛋和黄油中，可以直接被身体使用。另外一类是植物来源，存在于深黄色、深绿和明黄色的水果蔬菜中，这一类化合物被身体转换成维生素A。动物来源的维生素A吃多了有中毒的可能，因此吃植物来源的为好，除了胡萝卜之外，很多蔬菜水果都有维生素A，包括黑莓、花椰菜、圆白菜、樱桃、葡萄、生菜、芒果、葱、辣椒、李子、南瓜、西葫芦、红薯、西红柿和西瓜。

● **维生素C**：维生素C又叫抗坏血酸，因为缺乏维生素C会造成坏血病而得名。维生素C利于伤口愈合，保护免疫系统，增强免疫力，减少过敏反应，在激素和体内其他化合物的合成上起重要作用，还帮助牙齿、牙床和骨质增长，增强铁的吸收。维生素C主要存在于新鲜水果和蔬菜中，水果中以猕猴桃含量最多，在柠檬、葡萄、橘子和橙子中含量也很丰富；蔬菜以辣椒中的含量最丰富，在番茄、甘蓝、萝卜、青菜、西红柿、葡萄中含量也十分丰富。维生素C溶解在水中后很容易氧化，水果切开后发黄并逐渐转成褐色，蔬菜炒得过熟便变黑，都是因为这个原因，所以从摄取维生素C的角度，也要提倡生食蔬菜水果。

● **叶酸**：对细胞生长非常重要，儿童需要叶酸以防止贫血。富含叶酸和其他B族维生素的食物包括菠菜等大叶绿色蔬菜，花椰菜、蘑菇、芦笋、肝脏、豆类、大麦、果汁、芒果、草莓、木瓜等。

● **矿物质**：少年期需要补充的矿物质还是钙、铁和锌这三种。

● **钙**：少年期是最需要钙的时期，因为45%的骨头正在形成阶段，所以对钙的吸收处于最高的阶段，因此家长务必要注意让孩子吃足够的低脂奶制品并少喝碳酸类饮料。如果孩子常喝软饮料的话，现在是必须改变的时候了，原因就是钙吸收受影响。确实有的孩子不喜欢喝奶，强迫不是办法，要多让他们吃其他东西，比如花椰菜、用牛奶冲麦片、奶酪、酸奶、豆腐。加了钙的儿童面包也是一个很好的选择。

- **锌和铁**：锌保护神经和脑组织，刺激免疫系统，对健康生长有帮助；铁对于红血球和肌肉组织都有极其重要的作用。锌缺乏在少年比较常见，和铁缺乏是相关的，富铁的食物同时能够补锌。这些食物包括内脏、红肉、全麦、蚝、鸡蛋、坚果、豆类、南瓜、葵花子、谷类等。
- **蛋白质**。少年期对蛋白质的需求量增加了，而且男孩子对蛋白质的需求高于女孩子，因为男孩的肌肉比女孩健壮。蛋白质提供能量，帮助组织形成和修复产生酶、激素和免疫抗体。最好的蛋白质的来源为低脂奶制品、鸡蛋、鱼、瘦肉和花生酱。

小贴士

女孩来例假后很有可能出现铁缺乏，可以让医生查一下铁的水平，如果缺乏的话，可以吃铁补充剂。

男孩很少出现铁缺乏，但由于全身的血量增加，也需要查一下铁水平，有缺乏的话，可以吃铁补充剂。一旦缺乏消失就不要吃了，因为体内铁太多的话会增加将来患心脏病的危险，男孩体内不要储存过多的铁。

十几岁的孩子活动量很大，如果参加体育活动的话，对营养的要求就会更高。如果进行专业性训练的话，每天需要的能量最高可以达到6000卡路里。

美国有些十几岁的孩子主要是女孩由于各种原因变成素食者，有的出于热爱动物，有的受同学影响。成为一名素食者不是坏事，家长不必为此烦恼，而应该给她们提供营养丰富的食物，让她们学会自己选择。

素食者容易出现钙缺乏，我小时候因为到现在也不知道的原因不吃肉，但我父

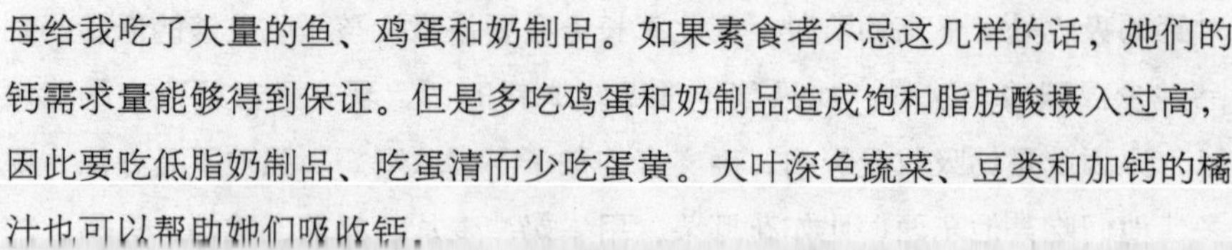

母给我吃了大量的鱼、鸡蛋和奶制品。如果素食者不忌这几样的话，她们的钙需求量能够得到保证。但是多吃鸡蛋和奶制品造成饱和脂肪酸摄入过高，因此要吃低脂奶制品、吃蛋清而少吃蛋黄。大叶深色蔬菜、豆类和加钙的橘汁也可以帮助她们吸收钙。

素食者还容易出现的是维生素B_{12}缺乏，因为这种维生素只存在于动物食物中。维生素B_{12}帮助新红细胞产生，缺乏者会出现贫血，这种贫血不容易被发现，因此如果孩子吃素的话，应该吃维生素B_{12}补充剂。

虽然现在肥胖的趋势越来越严重，但是厌食症还有相当的比例。根据纽约的一项研究，50%的10岁的女孩出现厌食症的症状，学习越好、越聪明的孩子，越有可能出现厌食症的症状。厌食症的原因很复杂，家长要注意孩子是否出现体重下降、经常担心自己过胖、女孩月经不调等症状。

孩子们要和父母生活20年以上的时间，培养孩子健康的饮食习惯和为孩子提供足够的营养，是孩子茁壮成长的保证，也是他们一生从父母那里受之不尽的财富。孩子们在生长的过程中，身体发育的同时心理也在发育，不再是给什么吃什么的小宝宝了。因此在营养上，父母一定要有毅力，有耐心，而且在此过程中要勇于改变自己，给孩子做个好榜样。在孩子们健康发育的同时，自己也能过健康的生活，这才是生儿育女的最大收获。

第六章 心态平

保持一方净土

环球同此凉热，我们所处的地球由于人类的过度繁殖和文明的快速发展，已经处于一种亚健康的状态，在这个星球上已经很难找到一块适合人居住而又无污染的净土了。地球也是一种生命，有它的新陈代谢，也有生老病死，更能够进行自身调节，我们的子孙是有可能重见净土的。

就像人类刚刚出现时，地球是一片净土一样，孩子们刚刚出生的时候，心灵也是一片净土。西方文化认为人生下来是带着原罪的，这是一种很阴暗的人生观，中国文化认为的人之初、性本善才是健康的人生观。孩子们呱呱出世的时候，他们的心灵是没有一丝的尘土的，周围的世界对他们来说，是干净平和的。

孩子们在身体发育的过程中，他们的心理也在发育。生理健康固然非常重要，心理健康同样十分重要，这一点恰恰是家长们常常忽视的，总认为孩子只要听话就成，忽略了他们也有思想，没有意识到他们心理的健康发育对他们一生的重要作用。

多数成年人的心理疾病都和少年儿童时期的心理发育出现问题有关，成年人和少年犯罪也和这种心理上的不正常或不健全有关，甚至一些生理疾病也是因为心理上的缺陷而引起的。据美国的相关研究，每10个孩子中，就有一个患有相当严重的心理疾病。中国有关方面调查的结论是，三到十五岁的少年儿童，患心理疾病的比例为5%到15%，和美国的数据基本吻合。根据美国心理学学会去年公布的一份报告，诸如多动症、对立违抗障碍、抽动症、强迫症、焦虑症、抑郁和自杀可能症、双极失调症、精神分裂症、精神性厌食和易饿症及排泄失调症等九大类青少年的心理健康问题，由于数据不足、渠道不畅等原因正在被延误治疗。从1993年到2002年，美国接受抗精神病药物治疗的行为和情感方面疾病的儿童患者人数增加了五倍。

上面这些数据告诉我们，少年儿童的心理问题已经成为一个必须重视的健康问题，不仅仅是值得引起重视，而且要花相当大的精力去认真对待。

儿童心理问题并不是一个新的问题，自从有人开始就存在着，只不过是越来越受到重视。例如儿童心理专家现在都面对着前来求诊的儿童越来越多的现象，这首先是因为人口增多了，按比例病人自然就多了；其次是家长开始重视了，发现不正常就主动前来寻求帮助。

今天的少年儿童心理问题和过去不同，过去主要是因为父母管教过严，经常强迫和惩罚造成的，今天则是因为过分溺爱和各种不良诱惑造成的。特别是在资讯发达的今天，各种没有经过处理的信息从各个角度源源不断地进入孩子们的心里，孩子们还没有足够成熟的判断能力，这种铺天盖地的信息轰炸在孩子们的心里产生很严重的混乱。此外现在离婚率增高，单亲家庭增多，重组的家庭也增多，在这种情况下孩子们会产生很多的心理问题。

中国的家长们愿意让孩子跳班，而美国的家长则不愿意孩子跳班，尽管他们的孩子在智力上已经没有问题了，但他们认为孩子在心理上还没有成熟，应该和同龄人在一起，这样才能健康成长。过去办的少年班出现了不少悲剧，证明了美国家长们的担忧是对的。孩子的心理发育和生理发育都是逐渐的过程，不可能一夜之间身高猛长，孩子们的心理也不会在短期内成熟。

对于孩子们来说，早熟并不是好事，甚至是一个很危险的信号。天真并不是坏事，相对于中国的孩子来说，美国的孩子心理成熟比较晚，到了初中还很单纯，中国的孩子在心理上已经比较复杂了。这就是我们要注意的一件事，不要过早地让孩子们变得世故和复杂，要让他们尽可能多单纯一段时间，这样他们的心理可以正常地发育。不要担心孩子们不懂事，将来会吃亏。人变好不容易，变坏可容易多了。等孩子们心理比较成熟后，一旦接触社会，他们很快会适应的。

孩子心中这一方净土，应该尽可能保证住，在此基础上培养出平和的心态，能够心平气和地看待一切，这样的孩子才能经得起社会的风浪。

小贴士

不要让孩子角色转换。尤其是穿衣打扮，不要让男孩穿过于女性化的衣服，也不要让女孩穿过于男性化的衣服。现在青少年中性化的情况很严重，特别是男孩女性化，这是一种心理问题，很大原因是家长不注意，把男孩当女孩养造成的。

交流

家长和孩子之间一定要多交流，这种交流是平等的谈话，并不是一边倒的教育。父母和孩子之间的交流是少年儿童心理健康上的首要问题，在美国非常提倡多交流，父母每天要抽出时间来和孩子在一起交流，但这种提倡并没有给出交流的性质。

专家们建议的主要是让父母多关心孩子的情况，利用各种机会尤其是晚餐的机会，问问今天在学校有什么事。这是了解孩子情况的很好的办法，在吃晚饭的时候，让孩子说一说今天在学校的情况，学习怎么样，同学怎么样，有什么新鲜事，有什么问题等等。孩子讲，家长也可以发表意见，谈谈自己的看法。这是一种很必要的交流机会，没有做到的家长应该努力做到，了解孩子在学校干什么，要比了解学校教了什么更重要。

家长在问到学校的情况时，总爱问今天老师教了什么？留了什么家庭作业？孩子们一五一十回答，然后吃完饭去写作业。这是汇报，不是交流。要让孩子多讲讲教室的情况，尤其是大一点的孩子，要听听他们对老师讲课的看法，也许是牢骚和抱怨，也要让他们讲出来。孩子比大人更存不住事，肚里的话说了出来，情绪就烟消云散了。不让他们说出来，留在心中，得不到释放，长久下去就可能出现心理问题。孩子对老师、对同学、对学校终归会有自己的看法的，也理所当然有很多幼稚和错误之处，不让他们说出来，家长就无从知道。让他们说出来，家长可以引导他们从正确的角度考虑。不要粗暴地批评，而是要讲道理。这样下次遇见同样的事情，孩子们就会从另外一个角度思考问题，这就是心理成熟的过程。和同学、朋友发生矛盾时也一样，不要粗暴地干涉或者说教，要让他们说出自己的想法，然后帮他们从正确的角度分析，让他们有正确分析明辨是非的能力。

了解孩子的情况是交流的一部分，另外一部分是让孩子了解父母的情况，这一

点是经常被父母们忽视的。孩子是很愿意了解父母每天的情况的，对他们来说，这是了解外面世界的一个途径，也是关心父母的一种天然的表示。孩子们之间也会谈到各自的父母的，多让他们了解一些家长每天工作的情况，是让他们感觉到自己是这个家庭一部分的有效的办法。美国人经常找机会带孩子上班，就是希望借机让他们了解社会，特别是了解自己的工作情况。当然，大人的世界不是那么单纯的，有矛盾有肮脏，工作上的不愉快就不要当着孩子多说，免得给孩子造成心理上的阴影。

上面说的这些只是日常的了解情况，和孩子们的交流还应该有平等的对话，像谈心一样。有机会的话和孩子坐在一起，看看孩子最近在想什么，特别是对于沉默寡言的孩子，更应该多关心多交谈。如果气氛融洽的话，孩子们是会敞开心扉的。

前几天在开车的路上，和儿子聊天时，他开始提到最近很担心他的一位好朋友，因为他的生父住院了。进而谈到这位好朋友父母离婚，妈妈再婚。再进一步谈到这位好朋友的生父有一种家族病史，有可能早逝的。这里面包括父母离异、重组家庭和家族的遗传病，联系到一起，对孩子来说有不少困惑之处。这些话题未必能在餐桌上谈到。利用这个机会，我们谈了家庭关系，也谈了家族病史，从这里谈到健康生活的重要性，这样的交流让孩子心理减轻了很多负担，也学到了不少知识，更重要的是，他能够很平静地对待类似的事情，这就是我们所希望的心态平和。

要多抽出时间和孩子们交流，家长是孩子最好的老师，你的建议他也许当时口头不同意，但肯定会记在心里。孩子口头上不同意是他们希望受到重视的一个表示，并不是不接受。只要耐心地把道理说明白，他们在心里会牢记的，也会从正确的角度考虑问题的。

小贴士

要和孩子有共同语言，否则容易出现隔阂。要争取深入了解孩子们的爱好，特别是在科学技术日益发展的今天，一些孩子们关心的新的技术产品，家长们要有所了解，否则就很可能不能和孩子很好地交流，造成孩子认为家长是老古董的印象。

控制孩子接收的信息

电影分级、电视加上家长控制的功能，这些措施都是为了控制孩子们所接收的信息，不让他们接触不好的信息，这样做对于孩子们的心理发育是非常重要的。

在今天的信息社会，各种没有经过控制和过滤的信息会通过不同的渠道传输给孩子们。孩子们的分辨能力不如大人，极有可能被其中某种不良的信息所误导。这种误导对孩子的心理发育往往有严重的不良影响，将来很有可能出现非常严重的后果。

在这些不良信息中，首当其冲的是暴力信息。美国的研究人员发现，观看电视暴力节目，模仿节目角色并相信这些节目的真实性的孩子们在长大成人后更有可能有暴力倾向。美国哥伦比亚大学的约翰逊教授领导完成的一项长达17年的研究结果认为，未成年人每天看电视的时间如果超过1小时的话，成年后产生暴力倾向的可能性将增加1倍。这是因为电视上暴力行为太多了，根据美国的统计，孩子在18岁前，从媒体上目睹的暴力行为达20万桩，科研结果发现，这种媒体上的暴力行为直接造成人的大脑损伤。

电子游戏是暴力行为的一个主要来源，如果采取专业人员的分类的话，那些打斗的电子游戏都是暴力行为。不要让孩子沉湎于电子游戏，在美国，孩子是很不容易找到电子游戏厅的，只有在大的购物中心才有。可是在中国，电子游戏场所太普及了，对孩子的正常心理发育有着可怕的影响。家长要告诫孩子不要去这种场所，不仅仅会影响学习，而且会影响心理健康。其次是不要让孩子沉湎于这种打斗的游戏，如果孩子要求玩电子游戏的话，要引导他们玩一些益智的或者其他游戏。对于喜好打斗类游戏的孩子，家长可以跟他们一起玩其他类游戏，有了家长参与，孩子们很容易就会改变自己的兴趣的。不管怎么说，孩子接触媒体的时间每天都不要超过两个小时，而且越短越好。

除了暴力之外，还有色情。媒体中的色情在近年来越来越多，对孩子们进行禁欲类的教育是不科学的，应该让孩子了解性和生理，但这是在正常引导下，而且和心理发育相配合的正规教育。不加引导地让孩子接触性和色情，会在孩子心里产生阴影，轻则影响将来的性行为，重则会导致将来性犯罪，甚至少年性犯罪。性犯罪虽然非常可恨，但从医学的角度看，这些罪犯都有心理问题，多数是少年儿童时开始的。

除了视觉信息外，语言信息对孩子的影响同样重要，孩子的模仿能力很强，记忆能力也很强，暴力的和色情的语言孩子们会模仿和记在心里的，这种成人语言对于孩子的心理发育同样有很严重的副作用。所以美国电影分级时，除了暴力和色情镜头外，对语言也有限制，孩子们能看的电影电视剧不仅没有暴力色情镜头，而且语言上也比较纯洁。

对待上述问题，最有效的办法就是少让孩子接触，每天看电视玩游戏的时间要有限制。其次是注意引导。孩子们大多数情况下是好奇，发现这种情况时，不要粗暴地教训孩子，而是要心平气和地讲道理，让他们明白不该看的内容就不要看。过于粗暴地制止他们，反而会引起他们的好奇心。

目前最难以控制的是上网。家里的电脑上可以装上监视软件，一旦登陆成人网站或者有不适合孩子看的内容的网页时，软件会自动屏蔽。家长也可以通过检查上网记录了解孩子访问过什么网站。总之，在这种事情上要靠说服和采取相应的措施，不要过于武断和粗暴，让孩子产生逆反心理。

让孩子晚接触一些信息，对他们的成长是好事，晚熟比早熟的孩子心理上健康得多。少接触媒体，孩子们可以把时间用在学习和锻炼上，读书的时间也会多一些。读书是孩子接触信息的最好办法，因为书上的内容是经过筛选的，容易控制，适合孩子年龄阅读，而且写得比网上的东西好多了。从学习和掌握知识来说，书上的知识远远强于网上的知识。就像学诗者先要背熟唐诗，而不是学唱村俗小调一样。家长要努力让孩子养成爱读书的习惯，美国的学校教育中，课外阅读是以家庭作业的形式让学生完成的，这样学生们就不得不完成。我儿子也爱玩电子游戏，但是一旦让他开始读书，就能一直读到睡觉。书这个东西，只要鼓励孩子去读，肯定能够喜欢和养成习惯。不管网络媒体，还是电子阅读这种文化快餐如何发达，拿起一本书安安静静地阅读现在是，将来一样是人类掌握和了解知识、让自己心灵平静的最好的办法之一。

小贴士

看电视的时候，如果出现暴力镜头时，父母要让孩子们明白电视节目与现实生活的区别，告诉他们这不是真实的，就可以抵消电视暴力节目对他们的影响。

降低期望值

在父母的眼里，自己的孩子是最好最完美的孩子，自己所有的梦想和没有实现的愿望都能在孩子身上实现。无论是学习还是文体活动，自己的孩子哪一样都不能比别人家的孩子差。在中国是被大潮冲着往上涌，在美国则是自己下工夫、不记工本，不管孩子的天资如何，也根本不考虑孩子的意愿，一味地要求孩子，似乎孩子进了名校，这一辈子就算成功了。

孩子的资质天赋各不相同，这是自然的现象。而且孩子各有专长，不能用一个标准要求所有的孩子。很多家长都用学习的标准来要求孩子，孩子进了好高中，然后进了好大学，这样就算教育成功了。我曾经提醒把孩子能进哈佛大学等名校作为人生唯一目标的家长们：这几年因为欺诈被起诉、被判坐牢的那些商人大多都是名校毕业的。进名校不是目的，充其量是一个目标罢了，教育孩子的目的是让他们成为品学兼优的人，而且品德是在学业之上的。宁可让孩子成为一个平庸的好人，也不要让孩子成为一个聪明的坏人。家长们希望孩子进名校，也是希望他们将来能过上舒适安逸的正常生活，而不是希望他们成为精明的骗子。

哈佛大学等美国名校近年来已经意识到这个问题，招来的学生都像一个模子刻出来的，优秀出众可是没有特点，更重要的是没有潜力。他们都是家长根据名校招生的要求刻意把孩子们培养出来的，学校要求什么，家长们就让孩子干什么、学什么，于是学校招了一群乖宝宝拷贝。

孩子乖、学习出众是好事，但是无数的例子证明，这种被动教育出来的孩子很难成大器，也很难面对日后严酷的竞争，心态既不平和又脆弱。父母不容置疑和更改的期待让孩子们失去了自己的主观愿望，失去了创造性的乐趣，也不具备应付压力的潜力和适应能力。

美国总统布什有一次回母校耶鲁大学讲演，说了这样一句话：得C的也能当总统。美国的学校评分是ABCDF，好的学生不仅要各门功课全A，而且还要争取A+。布什自己在学校经常得C。他2000年总统竞选的对手戈尔则是非常出色的学生，而且戈尔的父亲从他出生那天起，就把自己当总统的梦想寄托在他身上。田纳西的报纸在头版报道了戈尔出生的消息，从小同学们就称呼他为“王子”，戈尔本人也的确品学兼优、没有任何劣迹。老布什则对儿子没什么从政的期望，结果在激烈的大选中，出色的戈尔敌不过布什。美国近几十年的总统竞选，世家子弟能取胜的只有肯尼迪和布什，两人都是因为变故才从政的，而其他那些背负家族期望的人无一成功，说明父母对孩子高期望并不能保证孩子成功。

家长要把对孩子的期望值降低下来，这样他们面对成功或者失败就会有一种比较平和的心态，胜可喜，败了也没什么。人生不如意者十有八九，能够坦然面对失败，也能够坦然面对成功。很多人在失败的时候承受了很大的压力，在成功的时候承受的压力更大。要让孩子们把胜负置之度外。能做到这一点，和家长能把对孩子的期望变得平淡一点有很大关系。

小贴士

不要对孩子过分苛求，孩子要学的东西很多，不可能有时间学所有的东西。不要给孩子定过高的要求，也不要用其他孩子作为标准来要求自己的孩子。每个孩子都是不同的，适于自己孩子的安排和程度就是最好的。

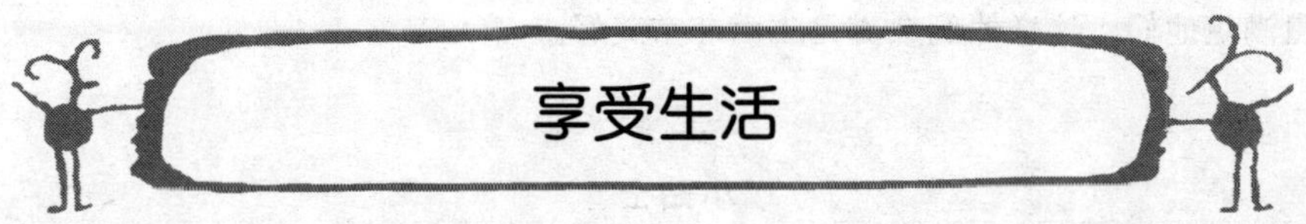

享受生活

童年应该是无拘无束的，但这个要求对现代的少年儿童来说是非常不现实的。无论在中国还在美国，少年儿童们从上学开始就面对着巨大的升学的压力和竞争。童年不仅不能说是无拘无束，而且可以说是非常的紧张。

这种社会的大趋势是不可能改变的，也无法与之抗争。我也的确见过放羊式教育的家长，孩子爱什么样就什么样，学好学坏是他自己的事。这种教育孩子的办法当然不是一个好的教育方法，孩子年幼无知，判断是非的能力不强，对未来和人生的看法很不成熟，需要父母为他们安排。

孩子在学校里学习知识，同时也学习做人。家长们在督促他们学习之外，应当尽可能地改善他们因为学习紧张、竞争加剧而造成的心态紊乱，使他们对生活始终充满热爱。当孩子抱怨的时候，家长应该予以关怀和解释，让孩子尽快高兴起来，不要让他们陷入对生活反感的心理状态。

对孩子们来说，美好的生活当然是不用上学不用做作业的日子了，如果让他们感到温馨，孩子们会乐意承受紧张的学习的。家庭和睦快乐是这一切的基础，孩子不仅需要关心爱护他们的父母，还需要一个温暖幸福快乐的家庭，创造这样一个家庭环境对孩子的心理发育非常重要。

父母要利用各种机会让孩子体会到生活的乐趣和美好之处，多接触大自然就是做到这一点的有效办法。让孩子们和自然界经常接触，他们就会对生活充满想象。度假也是一个很好的办法，无论多忙，也要定期带孩子去度假，既开阔了眼界，又放松了精神。全家度假最好不要走马观花式的，而是要待在一处优哉游哉地轻松度假。孩子们对游山玩水兴趣不高，他们需要的是从紧张的学习中彻底解放出来，可以无拘无束地待几天。旅游式度假行程紧张，孩子得不到很好的解脱。

现在经常说中小学生减负，不光在学习上，而且在心理上，都要减轻负担，让孩子有机会轻松地呼吸，让他们有机会去感觉生活的美好。在家庭活动的安排上，要注意提供这种机会，不要总是大吃大喝，要多安排轻松舒适的活动，看看孩子有什么要求，愿意去哪里，尽量满足他们，这样他们会觉得生活非常美好。

小贴士

不要对孩子有求必应，要让他们经过一定努力才能得到自己想要的东西，这样他们的竞争能力强。但是，答应孩子的事情一定要办到，不能出尔反尔，不遵守诺言。

有理不在声高

不管孩子做了什么错事，家长都要以理服人而不是以力或者以嗓门服人。家庭内的教育靠的是制定规则并严格执行，而不是靠父母的威严。孩子产生逆反心理，在很大程度上是这种父母威权或者大声呵斥而引起的。

孩子从本质上是讲道理的，他们对父母的抵触和反抗有他们的理由，也许父母没有讲清楚，也许朝令夕改。在家庭要有自己的规矩，大人孩子都要遵守，孩子违反了规矩就要受到一定的惩罚，大人违反了规矩也要承认错误。孩子进入学校后，学校首先强调的就是纪律，也就是学校的规矩，孩子是能够遵守规矩的。但是很多家庭没有定好规矩，全凭父母的心血来潮，孩子们当然不愿意遵守了。如果像学校那样，规矩不多，简单明了，但不允许违背，这样孩子是能够认真遵守的，因为他们在学校就是这样干的。

在和孩子交谈的时候，父母一定要注意自己的态度，不管是否在教育孩子，都要态度温和，不能粗暴。孩子也有人格，也需要公平的对待，也有隐私，不要当着外人过多地指责自己的孩子，要给孩子留点面子。即便是在家里，也要顾及孩子的感受。教育孩子的目的不是自己发泄，而是要让他们知道对错。劈头盖脸骂一顿是不能够解决问题的，随意殴打孩子更会收到适得其反的效果。要和孩子讲道理，哪怕费很多的口舌，也要让他们从心里意识到错误，下次不要再犯。

要让孩子们能够经常感到温暖和鼓励，让他们感到在成长过程中父母的关怀和帮助。在和孩子们的交流中，要充分体现这一点，让孩子们感觉到爱。

没有完美无缺的孩子，孩子总会犯错误，这是他们成长过程的必然经历，也是他们学习的过程。将来他们成人后，也会不断地犯错误。如果没有一种勇于承认和改正错误的态度，他们会吃亏的。很多成年人就有这样的毛病和缺陷，小则文过饰非，影响自己在别人心目中的形象，重则

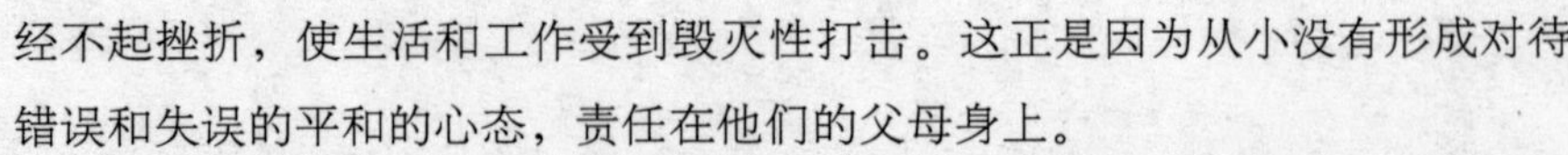

经不起挫折，使生活和工作受到毁灭性打击。这正是因为从小没有形成对待错误和失误的平和的心态，责任在他们的父母身上。

在教育孩子的时候，家长一定要控制自己的情绪。孩子不是家长的出气筒，不是让家长疏解自己的压力的。一定要平等地对待孩子，给他们应有的尊重。这样在对待别人时，他们也能控制自己的情绪，也能给予别人应有的尊重。

小贴士

在对待孩子上父母双方的态度要一致，不能一个唱红脸，另外一个唱白脸。更不能操纵孩子，强迫他们站在父亲或母亲一边。

少年儿童的心理问题已经成为目前的一个相当严重的健康和社会问题，培养出一个心理健康的孩子是一件难度很大的事情，首先要求父母摆正自己的心态，这样才能进一步调整孩子的心态，达到养成心态平和的目的。

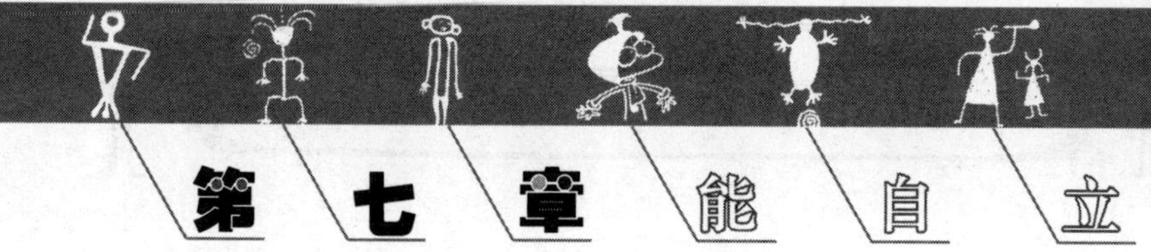

第七章 能自立

生活需要能力

高分低能这个词经常见到，尤其是用于现在的大学生身上，因为他们学习虽然很好，分数都考得很高，但在社会适应能力和人际关系上，却是“低能儿”。这种问题不是中国独有的，美国的大学生一样有这种情况，所以公司一般来说不愿意雇用刚走出校门的大学生，稍稍有些技术含量的位置，都要几年的工作经验。干的可以不是同样的事，但是要磨炼一下。这种工作上的低能可以磨炼出来，另外一种低能就比较麻烦了，就是在生活上的低能。

独生子女的一大特点，就是自理能力差，原因是父母对孩子的娇惯。生怕孩子吃苦受累，各种应该孩子干的事一一代劳，甚至上中学后，还是包办代替，大学里也经常见到父母来帮着收拾房间和洗衣服。这和我小时候是截然不同的，我们那一代人从小就必须自己管自己，一日三餐吃食堂，穿什么衣服自己决定，脏了自己洗。虽然在一个城市里，可是大学几年之间，父母就没有来过宿舍。我们在青少年时和现在的青少年的区别就是，如果都放到荒原野外中去，一个能活下来，一个活不下来。

放到荒原的事不会出现，但社会其实就是另外一种荒原。在今天这个社会中，竞争需要的是综合能力。在很多大城市里，外地来的年轻人往往比本地人在竞争中能够脱颖而出，一个主要原因是他们的自理能力强，用不着靠家里和亲友的帮助，而且也不能获得帮助，只能靠自己来实现梦想。未齐家则不能治国，一个生活不能自理的人怎么能够干成大事？

训练孩子生活能力的重要性在家长们眼中要远远低于培养孩子的学习能力。不仅在中国，美国的家长们也有很多人对此感到无所谓，他们觉得生活上的事情孩子将来自然能够学会的，用不着刻意去培养。有不少年轻人在生活能力上很低能，家里乱七八糟、不会做饭、也没有动手能力。这种生活能力低下很容易就反映在工作中，这样的人对新知识和新技能掌握得慢，活动的内驱力小，探索外界事物的主动性差，在工作中容易产生怕苦畏难、消极懒惰、缺乏恒心等现象，经常不能独立完成项目，要靠别人的帮助和指导。面试的时候，很多人凭第一印象，这个第一印象并不是业务水平，而是有没有一种信心，这种对工作的信心实际上就是对生活的信心。一个在生活中凡事都没有主意，人云亦云，遇事不知所措，很可能需要向父母求助的人是很难适应分工和责任明确的岗位的。

不管父母怎么努力来培养孩子的健康生活习惯，但如果孩子没有自理能力的话，离开父母之后这些能力就会消失。比如在父母的教育下，孩子能吃健康食物，可是没有很多的自理能力的年轻人作息不定，一日三餐经常饥一顿饱一顿，在这种情况下，吃多吃少健康食物还有什么意义?

让孩子好好学习，上好学校，多数家长的目的不是希望孩子将来能成为鼎鼎大名的人物，而是希望孩子能够在激烈的竞争中脱颖而出，在职业生涯中能够顺利升迁，这就意味着好的薪水和报酬，这样才能过上舒适富裕的生活。可是人们的生活水准并不全由收入决定，尤其是中产阶级，他们的生活水平是取决于家庭财物的管理。我周围有很多人，他们的家庭收入要高于我们家，可是他们的生活水平不仅没有达到我的水平，甚至拘谨得连度假都要裁减，更不要说早日还清房贷车贷了，连信用卡的账都不能及时结清。我太太对此常常百思不得其解：他们两口子挣那么多钱，都花到哪里去了?

我的一位同事是单身，下班以后还要打一份工，都是高报酬的工作，可是不仅背了一身债，还经常经济吃紧。和他待得久了，很容易发现原因，就是不会花钱，而且花的都是冤枉钱。聊天的时候我和其他同事给他指出过很多次，他也虚心接受，可是就是改不了。这就是因为从小没有养成良好的习惯，成年以后丧失了改变的内驱力，由惯性造成的。

孩子们将来能不能具备生活自理能力，关键在于小时候父母是不是下工夫培养，是不是有目的地培养。培养得好，他们就能够持之以恒一生。没有培养出来或者培养得不好，他们成年后就得吃苦受累，很有可能过着一种不规律的、很混乱的生活，这两者在健康和寿命上会有巨大的差别。

小贴士

不要对孩子管得过严过宽，在生活细节上经常征求一下孩子的意见，激发他们的主动性和内部驱动力。

养成习惯

有一句俗话说："习惯之始如蛛丝，习惯之后如绳索。"人的很多行为都是因为习惯。优秀的学生在很大程度上不是因为天赋，而是因为养成了爱学习会学习的好习惯。健康的孩子也是因为养成了健康的习惯，比如经常喝水的习惯，经常锻炼活动的习惯。健康状态不佳也不是基因造成的，同样是习惯造成的，在电视机前一动不动几个小时，说白了就是一种习惯。

让成年人改变已经养成的生活习惯是比较困难的，往往需要外界的某种刺激，比如健康出现问题了，不得不加以改变。即便是改正了，之前受多年坏习惯的影响，健康状态已经受到了不同程度的损坏。因此，从小让孩子养成良好的生活习惯是非常重要的。

培养孩子的自理能力，最重要的就是让孩子养成自理的习惯。习惯的养成不是一朝一夕的，也不是靠说教，要靠具体行动和长期的实践锻炼，才能达到习惯成自然。无论是饮食、卫生、起居、锻炼，都要从习惯的角度培养。比如洗手和刷牙，道理孩子都知道，但这是每天数次、必须长期持之以恒的事情，光有主观意识，没有习惯，光靠心血来潮是做不到的。能力是培养出来的，这个培养就是养成习惯。

习惯的养成要靠两点。

- **指出方向，规定目的。**在日常生活中，要让孩子凡事有规律。按时吃饭，按时作息，按时刷牙洗脸等等，让日常生活的很多事情成为一种重复性的过程。孩子们在干事时，不仅有干和不干的区别，还有完成没有完成的区别。不仅要干，而且要干好。

- **经常检查督促。**吩咐孩子们去做的事，一定要经常检查督促，不能放松。不检查的话，孩子们就不会重视。检查的结果是为了督促孩子，让他们能够坚持而且干好。一开始的时候，可以和孩子们一起干，帮助他们掌握，然后让他们自己独立去干，通过检查来纠正他们的错误，通过督促让他们养成习惯。如果孩子没有完成，不要采取批评的办法，而让他们知道后果。比如没有收拾好衣服，那么他们明天就不能穿喜欢穿的衣服了。下次，他们肯定会圆满完成的。

小贴士

让孩子来负责分工，比如收拾屋子，让孩子来指派谁干什么。如果孩子感觉到是他们分工干的，他们会非常认真地完成。

放　手

生活自理能力强的人，都有一种对劳动的兴趣。劳动兴趣并不是过去提倡的爱劳动。在美国，中产阶级以上的人士要明显比下层人士对劳动有乐趣，这种劳动的乐趣也激发了人们掌握新知识的兴趣和在生活和工作中的进取心，这就是为什么他们成为中产阶级的原因。今天的社会环境中，有成就的人并不是肩不能担、手不能提，而是越富有越有成就的人越爱劳动，表现出一种积极上进的动力。

培养孩子的生活自理能力，要让孩子在力所能及的范围内做到自己的事自己做。一般来说，孩子对于各种新鲜事物总是感兴趣的，对于帮助父母做事也会持积极态度。只要注意引导，让他们从收拾自己的玩具、用具和打扫卫生等小事做起，让他们逐步地做到基本上生活中所有的事情都自己处理，在此基础上，家庭中的大小事情也让他们参与和分担，孩子们在动手的过程中会变得对劳动、对一切都保持着浓厚的兴趣。

不要过分为孩子担心，要放手让他们去干，在做的过程中，孩子才会增长才干。可以预先做一些必要的指导，但一定要放手，让孩子自己去实践。生活中到处存在着科学，说清楚不如让他们干清楚，这样才能举一反三，而且孩子们有成就感，会增加自信，也学会了处理问题的办法，将来遇到其他问题，会采取正确的方式来处理。

应该让孩子掌握的生活技能包括下面几种：

• **房屋内部**。孩子们将来会有自己的房子的，有关房屋内部如何保养和维修的基本知识和技能应该让孩子逐渐掌握。包括水、电还有常用的工具，遇到一些情况应该如何处理，以及一些安全注意事项。这样等孩子长大之后，无论是租房，还是有了自己的房子，他们都能应付自如。他们在生活中也不会花大量的时间和精力在应付这些事情上，以致影响他们的学习、工作和生活。房屋内的小毛病都是能够自己修好的，可以节省大笔的金钱。

• **车子**。孩子们将来也很可能有自己的车子。车是交通工具，一旦出了毛病，会很耽误事，也很费钱。应该让孩子们学习车辆的原理和维护，将来他们有了自己的车，就会省去很多麻烦，而且还有可能应急。前几年在我们这里的高速公路上，警察目瞪口呆地发现一个8岁的孩子开着一辆卡车。把车拦下来才发现孩子的父亲突然心脏病发作了，孩子就用平时父亲教的常识接过方向盘继续开。

• **清洁**。很多很多的人长大后不知道怎么用洗衣机，不知道怎么清理屋子，不知道怎么保持清洁，他们的住处非常脏乱，居住在这种环境中，健康状况非常差，心理感受也不可能很舒适。在干家庭清洁的活的时候，不要简单地告诉孩子干这干那，也不要简单地让他们帮忙，要让他们知道为什么、怎么干。比如清理卫生间，要教会他们如何定期清理，然后交给他们去负责。

• **有条不紊**。无论是学习用具，还是生活用品，都要有条不紊地摆放整齐，孩子们往往缺乏这样的概念，东西到处乱放，父母跟着不停地收拾。要训练孩子自己收拾、摆放整齐、物归原位，有一个顺手收拾东西的好习惯。比如他们的衣服，要让他们自己挂好叠好。他们的房间，也要教会他们自己整理，这样将来他们独立生活的时候，才能有个干净整洁的生活环境。

小贴士

不要过度地相信孩子的知识和能力，印象中孩子会干的事情他们也许不会干，也许不知道怎样才能干好。在开始之前帮助孩子预先温习和安排一下，会收到很好的效果的。

不仅要放手让孩子做事，还要让孩子有选择的权利。不仅在做事上，在生活中也是一样的。穿什么衣服，中午带什么饭，都应该征求孩子的意见。孩子们感到家庭中有自己的声音，他们才会更加主动。

在日常生活中，要抓住一切机会鼓励孩子主动。比如孩子问家长要一件东西，家长不要直接拿过来给他们，而是告诉他们东西在哪里，让他们自己去拿。

当孩子乐意帮忙时，家长们不要拒绝，也许在他们的帮助下，花的时间会更长，但这样会让孩子感到自己有价值。

当孩子遇到生活中的难题后，如果是他们可以自己解决的，应该鼓励他们去找到解决的办法，去思考，或者上网去寻找解决的办法，这样孩子将来自己解决问题的能力会非常强。凭着这一点，他就能够成为一群人中的领袖人物。

树立金钱概念

在美国，教人怎么发财的书和教人怎么省钱的书一样多，而且后者比前者更为畅销。那些信用一塌糊涂，必须要由专家来帮助理财的人中，大多数非但不是穷人，而且是收入不错的人。穷人没有几个钱，也不会有人让他们借贷的。美国每年破产的人有上百万，其中有些人是因为盲目追求奢侈的生活，而大部分人是因为不会理财，钱都不知道怎么花了。有一位省钱专家说过这样一句话：省下来一块钱就等于你多挣了一块钱。其实不对，省下来一块钱对于美国的中产阶级来说，起码等于多挣了一块二三，因为挣的钱还要缴税以及其他乱七八糟的预扣。

在人们的印象中，美国人不如中国人节俭会过日子，这已经是老观念了。自从房屋私有化开始后，中国人也开始负债了，而且中国的房奴比美国的房奴要沉重得多。新一代的中国人不再一分钱掰成两半花，早就学美国人寅吃卯粮了，个人掌握的财产多了，家庭财务问题就多了起来。中国社会处于快速转变时期，资本的作用越来越大，孩子们在进入社会之前，应该树立有关金钱的概念，才能应付这种挑战。

美国的家庭大多定期给孩子零花钱，这就是让孩子树立金钱概念的好办法。学校里也自办学生银行，同样是为了让孩子对金钱有所感受。现在的孩子们不像我们小时候的生活那么拘谨，对钱有一种强烈的渴望，也知道珍惜。现在的少年儿童对金钱的概念相对要淡薄得多，因为得之太容易。要让孩子有自己能自由支配的钱，但不能太多，也不能来得太容易。国内逢年过节小孩子收到很多的钱，这对于他们金钱概念的树立是非常不利的。美国的很多人家，包括一些巨富之家，孩子的零花钱每个星期是用元来计算的，而且是要根据表现的，必须有所付出，才能得到报酬，这是金钱概念中最基本的。如果太容易了，或者数量比较大，孩子们就不知道珍惜，将来也不会很好地管理自己的财务。进一步，如果有这样的家规，孩子们需要钱的话，不会向父母要，而是自己去想办法挣，盖茨、戴尔都是在少年时期就成为富翁的，这就是他们的家长为他们树立了金钱概念的功劳。

小贴士

教孩子如何正确对待金钱，不要把金钱看得太重，也不要看得过于随便。金钱是生活的一部分，但不是生活的全部。特别要教孩子在遭受金钱方面的损失后如何泰然处之，如何调节心理状态。

除了让孩子对钱有概念之外，还应该让孩子了解下面一些财务上的知识。

- **储蓄和收支平衡**。花销要少于收入，这是家庭和个人财务管理的最基本的原则。但是相当多的成年人没有这个概念，尤其是年轻人。所谓超前消费是一种被商家炒作出来的很不好的消费习惯，不仅不代表先进国家的消费方式，反而是美国等国家的弊病。美国近几十年来的经济危机在很大程度上和民众消费习惯有关，无论是金融界还是商界，都拼命鼓动民众超前消费，造成周期性的经济泡沫。最近由于房贷危机而引发的信用危机和经济衰退就是一个例子，民众在泡沫之前失去了理智，盲目消费，不仅整体经济受到打击，而且个人和家庭的财务状况严重恶化，等于前功尽弃。和人们印象中相反的是，超前消费并不是美国官方提倡的消费方式。有关方面近年来已经吸取了前几次经济危机的教训，呼吁群众量入为出。如果看比较负责任的财务专家的文章的话，他们都在呼吁公众多储蓄、尽快还清贷款、消费要有节制，也的确有很多人按这个办法生活，他们就没有受到经济危机的影响。但是大多数人还认定超前消费的概念，这主要是受商家的影响。比如贷款代理人，他们是拿手续费的，贷款的人多、金额大，他们才能多赚钱，至于能不能还上、会不会破产和他们没有关系。在美国的学校教育中，已经包括了教育孩子量入为出和储蓄的内容，说明这还是最好的理财方式。孩子们拿到零花钱后，要让他们学会储蓄，家长可以给他们开个银行账户，等他们看到账目上因为利息收入而增加的话，就能够体会到储蓄的好处。如果他们想买的东西超出支付能力的话，家长可以借钱给他们，当他们额外支付利息的时候，也会尝到超前消费的恶果。

• **投资**。有了储蓄的习惯，还要让储蓄的钱获得更大的收益，这就要拿去投资。投资的方法有很多种，每一种都有一定的风险，即便是放在银行中生利息，也存在银行倒闭的风险。尽管这种风险极低，但并不是不可能的。前一段时间的房贷风波，美国的几大银行都不同程度地出现了倒闭的传言。至于其他投资方式，比如股票、基金，风险更大。在投资上切忌有赌徒心理，但恰恰多数投资者怀有这种心理，所以要从小教育孩子有长期投资的概念，有脚踏实地的概念，在投资上不要存侥幸心理，起码不要把所有的财产都拿去做风险投资。要让孩子们知道可能的后果。股市就是一个很好的教育工具，可以让孩子进行模拟投资，然后计算一下输赢，这是美国的中学里经常进行的财务方面的教育方法。通过模拟投资，孩子们在输赢之间对风险有了深刻的体会，将来在投资的时候会有所准备。人都有冒险的本性，如果有准备，有预见性，起码不会输得那么惨。中国股市的狂热十几二十年肯定会出现一回的，要让孩子们有所了解有所准备，起码让他们知道盛极必衰的道理，让他们能收得住手，让他们在投资上有自己的主见。

• **省钱**。能挣还要会花，会花比能挣还要重要。在商品经济的社会中，不同的花钱方式可以造成穷富的差异，起码在生活质量上有显著的差别。同样的东西，可以用不同的价钱买下来。要教会孩子怎么选择商品，怎样买到合适又便宜的商品。在孩子们的印象中往往没有价钱的概念，只要拿到手就好了。要让他们有价钱的概念，懂得同样的东西可以用便宜的价钱买到，也懂得同一类的东西有贵贱之分，然后让他们在实用和价钱之中作出选择。在美国这样的机会比较多，比如商店经常有节后或者换季时减价的时候，这种时候就是教育孩子如何聪明地花钱的好时候。孩子们用很便宜的价钱买到同样的东西，他们就有了省钱的概念。中国现在也开始在追求生活品位的幌子下宣传不切实的超前消费和盲目追求高消费，很多人的消费习惯和自己的收入不相符，尤其是年轻人，啃老族的出现一来是没有自立能力和意愿，二来是理财的能力太差，只能吃父母。因此从父母的角度，如果不能让孩子具有自立能力，不让孩子学会如何理财如何省钱的话，就只能等着孩子吃自己。很多人谴责啃老族，但这其中起码很大一部分的责任在他们的父母身上，是他们的父母在教育上没有尽职，才不得不尝到后果。为了将来孩子们在经济上能够独立，就要让他们知道节省，能够从经济实用的角度去买东西，而不是从攀比和所谓的品位上买东西。家长要灌输给孩子的不是追求形式，而是要灌输物为己用的概念。让孩子能够从生活的、实用的角度出发，让孩子树立简单生活的概念，让孩子懂得金钱的来之不易。美国人包括很多富有的家庭都鼓励孩子利用课余和假期去打工，不是因为家里缺钱，而是要让孩子知道金钱的来之不易。当孩子们按每小时几美元拿到工资时，他们花钱就再也不会大手大脚了。不管孩子们将来能够挣多少钱，不会省钱的话，他们的生活很可能会感到艰难的，这样也会严重地影响他们的健康。家庭财务的状况和家庭成员的健康状态确实有很强的关联性，因为它影响着人们的情绪和心理，财务上的困境会给人以严重的精神压力，这种长久的压力会产生很多的健康问题。做到不为钱发愁，心理上就会轻松多了。

• 信用。信用对于中国人来说是比较新鲜的东西，但信用已经开始深入中国社会。当孩子成长起来以后，他们将和美国的孩子一样，面临着信用的问题。个人的信用实际上就是财务能力，即具备不具备还债的能力。在美国，货币的流通很少以现金的形式，而主要是通过支票和信用卡的形式存在着。我见过不少的年轻人，由于对信用的问题没有一个很正确的概念，结果很快就丧失了信用，经过几年才能重新建立自己的信用。没有信用，不仅贷不到款，而且找工作也受到限制——不能干和财务有关的工作，而且一些大公司在雇人时要查信用的，因为财务上的信用关系到员工的人品。信用的问题不能小看，它不单单是会不会理财，而且在旁人眼中，信用不好的人是得不到充分信赖的。美国发放信用卡的银行和金融机构对向学生发信用卡非常热心，越是名校的学生越受欢迎，结果很多大学生一卡在手，养成了过度消费的习惯，毕业以后要干很多年才能还清信用卡的债务。我见到过收入颇丰的医生夫妇，上学期间的信用卡债务还没有还清，因为不仅要还欠债，还要加上比银行贷款利率要高许多的利息。这是信用卡赚钱的主要方式，利用年轻人初入社会，引诱他们大手大脚地花钱。这些年轻人从大学毕业后，有了谋生本领，不愁他们不还钱。中国的孩子们将来也会面临同样的问题，在他们使用信用卡之前，要教会他们如何聪明地花钱。不要让他们为这种塑料货币所诱惑，看清其背后的原理，懂得借贷和还债之间利息的关系，要让他们在珍惜自己信用的同时坚持量入为出的原则，在消费上避免大手大脚。

- **退休储蓄**。中国社会近几年正处于快速发展和转变之中，原来由政府和单位包办的退休养老已经社会化了，和美国一样，靠自己多年的储蓄和政府强迫性的储蓄来实现。这是一个必然的趋势，国家不能包办一切，自己的晚年只能由自己负责。人进入职场后，除了追求现阶段优厚的生活外，还要为将来养老做储蓄，否则的话或者晚境凄凉，或者不得不晚退休，或者成为儿女的负担。未来的家庭越来越小，儿女们也无法负担父母的养老。美国采取的是从工资中硬性按比例扣社会安全保险金的办法，但是社安费已经不能养老了，因此政府大力鼓励人们自己存退休金，特别是公司资助的那种。根据统计，退休金越早存越好，将来的收益会越高。更重要的是，对于没有储蓄习惯的人，存退休金是一种强迫的储蓄方式，如果不存的话，他们会大手大脚地把钱花干净。关于养老储蓄的问题也要让孩子了解，因为这是人生的必然过程，也是人生的统筹规划。

小贴士

保险的概念也是孩子要掌握的一门知识，包括医疗保险、房屋保险、汽车保险和人寿保险。要让他们理解为什么要保险，保险公司是怎样一种经营模式，和怎样投险，与此同时树立防患于未然的概念。

培养社交能力

2007年因故回到母校，正好赶上研究生复试，因为同学负责研究生招生工作，所以在她那里接触了来自全国各地的应届毕业生，也听到了老师们的反映，最大的体会就是这些学生处世和社交能力太差了。这是一个普遍的现象，也是人们常说的高分低能的一个表现，但这种现象并不是高考这种应试教育造成的，因为即便是取消高考了，学校里也不可能教这些东西，学校主

要教的是文化知识。美国的学校里确实有这样的内容，但美国的孩子也有很多是比较害羞、不善交际和表达的，说明单靠在课程中加入这些内容，并不能解决问题。而且现代教育的有关内容和一些社交能力是背道而驰的，比如学校中都在不同程度上鼓励学生竞争，因此，孩子的社交能力要靠父母去培养。

社交能力是一个人自立能力的重要组成部分，是谋生的主要手段。一个人的学历和掌握的技能对谋生很有帮助，但对于招工的来说，首先考虑的是招来的人能不能和别人友好相处，如果招来一个怪人就不能发挥团队效益，招来一个搅屎棍的话，就可能得不偿失。社交能力强的人在职场上会比学历高而又精明能干的人顺利，在裁员的时候也能坚持到最后。在生活中，社交能力强的人的生活丰富多彩，朋友很多。社交能力固然和人的经历有关，但主要是在少年儿童期间养成的。

社交能力并不是指爱说话，那种逮谁和谁侃大多是长舌妇的类型，在社交中并不受欢迎。社交能力是表现在下面几个方面的。

• **反对竞争**。孩子在上学期间，老师和家长所教的是如何竞争。不管在学习上，还是在文艺体育上，孩子们都要有竞争精神，这样才能变得出色。但是在成人的社会中，在多数情况下并不是竞争。如果把竞争精神带到生活中，就会出现攀比心理，会缺少朋友的，也会出现心理上的不平衡。即便是在工作中，如果一味竞争，很可能被孤立。一个人融入工作环境，能力还在其次，关键是你能不能让别人感到没有威胁，本来是一群羊，突然进来一只狼的话，羊群就变成狼群了，团队精神会荡然无存，结果损人不利己。要教孩子们明白这样一个道理，社会就像一间大厦而不是金字塔，里面有的是空间，每个人都有成功的机会，而不是像学校的考试和比赛一样，一定要评出一二三来。结交同盟军比树敌更有利，团队合作比单打独斗更有效果，在此基础上再进行良性的竞争。如果孩子参加团队性的文体项目，会培养出这一点来，但是学校的教育很难培养出这样的精神，也不应该培养这样的精神，因为学习上就要有竞争精神。如此一来就成为家长的责任了，要在日常生活中利用各种机会让孩子明白这样的道理。

• **有同情心和爱心**。人具备同情心和爱心非常重要，在特殊时期和特殊环境中成长的人同情心和爱心往往缺失，甚至造成相互之间的

伤害。现在的独生子女家庭，家长的过度纵容和宠爱，使得孩子们缺少同情心和爱心。进入社会后，没有同情心和爱心的人就不容易和别人交往，也不容易得到别人的同情和信任。同情心是一种宽容的心态，是设身处地地从对方的角度考虑问题的思路，也就是为别人着想。这是一种思考问题的方式，可以解决生活和人生中的很多问题。有了这种思考问题的方式，就能够主动地同情别人、帮助别人、让别人接受，成为最受欢迎的人。孩子们其实很容易接受这种思考方式，因为孩子们的心都是善良的。要在还没有被社会污染之前，在他们心中种上同情和爱的种子，让它们生根发芽。爱心是人性善良的表现，是人类的率真性情，心存一点爱，世界就会美好很多，人也会阳光很多，也就能自立起来。

- **会听**。如果不是聋子的话，都能听见，但多数人不会听，对别人的表达的理解还不如聋子。尽管别人说的我们都听得懂，但未必听得明白。世界上大多数人没有用心去听别人的阐述和表达，而是心不在焉地听，一只耳朵听进来，另外一只耳朵放出去。社交能力强的人往往不是在各种场合夸夸其谈的人，而是在各种场合认真听别人讲述的人。社交不是上课讲演，而是人与人的交流。人际间的交流是双向的，对别人表达是交流，听别人表达也是交流，而且后者往往是交流中最受欢迎的。我们在社交之中并不是要达到什么目的，也许就是海阔天空地聊一聊，听别人说，其实比自己说更有收获。三人之行必有我师，会听的人不仅受欢迎，而且有学问。在工作中也一样，好领导的一个特点是能够听取意见，是否照办另说，成为一个好的聆听者是成功不可缺少的。孩子们性子急，常常漫不经心、抢着说话，要耐心地教会他们听别人说，理解别人要表达什么，这是一个很关键的生活技能。

- **会交谈**。谈话要讲究艺术，学校里往往不教怎样谈话，至多教怎样讲演，因此孩子们的谈话技能都不强，需要家长们纠正和训练，告诉他们话应该怎么样说、怎么样表达。在家庭中这样的机会很多，孩子有了不同的意见，犯错误了，都要利用这种机会以理服人，通过交谈让孩子们体会到交谈的艺术。如果孩子们有什么要求，也让他们表达一下，表达不清楚的地方帮他们纠正，也就是会讲道理。讲道理是生活中的关键技能，哪怕是狡辩，只要从说理的角度出发，也不要制止和指责孩子，而是要让他们从正当的角度交谈。用不了多久，你就会发现很难说服孩子了，孩子的社交能力也会有意想不到的突破。

小贴士

生活的技能大多不是靠从书本上看出来的，要靠举例和实践。在教孩子自理技能的时候，最好让他们观摩和实践，让他们从自己的成功和失败中总结，而不是纸上谈兵。

我们做家长的不可能照顾孩子一辈子，孩子总会有长大成人的那一天。当他们身体成熟的时候，我们也希望他们在心理上成熟，在生活上成熟，能够放心地让他们融入社会并如鱼得水。那么，就尽早教会他们生活中必要的技能吧。

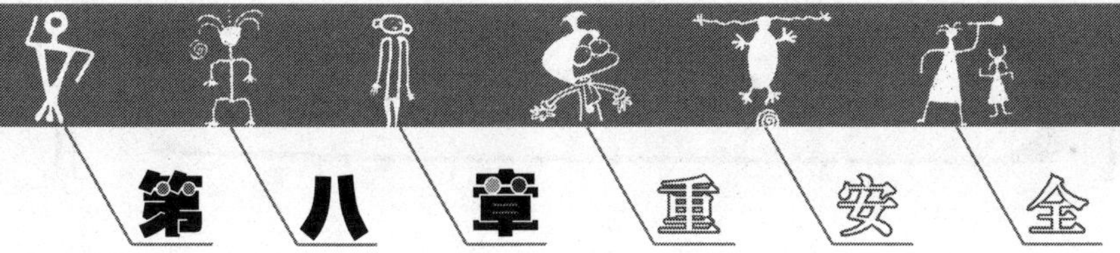

第八章 重安全

生命不能承受之轻

世界上最脆弱的是生命，特别是少年儿童的生命。人类平均寿命在上百万年中一直处于很低的阶段，一个主要的原因是少年儿童的死亡率高。医学的进步首先大大降低了少年儿童死亡率，引起人类平均寿命快速增长。1960年全球五岁以下儿童死亡总数为2000万，2006年降低到970万，虽然这个数字很低，但每天依然有很多少年儿童死亡或者受到伤害。不管这个数字多么低，谁也不愿意降临到自己孩子的身上。少年儿童是社会中的弱者，需要成人的保护，也需要尽早学会自我保护的知识。

美国的地方电视新闻里经常有少年儿童受到伤害甚至死亡的消息，这并不表明美国的少年儿童死亡率高，而是表明在美国，少年儿童的安全受到高度重视。少年儿童是社会的未来，因此保护他们的安全是全社会的义务，不要让他们因为成人的疏忽或者他们自己的无知而受到伤害或者丧失生命。无论在中国还是在美国，大多数少年儿童的意外都是由于成人的疏忽、马虎和漫不经心造成的。成年人在意识中缺少保护儿童的概念，缺少预防为主的概念，造成很多不必要的伤亡。

对于中国来说，在社会转型的过程中，造成少年儿童受到伤害和死亡的原因也在变化中。中国很久以来和其他发展中国家一样，造成儿童死亡尤其是五岁以下儿童死亡的原因主要是新生儿死亡，以及肺炎和腹泻等疾病，也就是因为生病而死。随着医疗保健水平的提高和社会整体的进步和发展，儿童的疾病得到预防和早期发现，卫生条件的改进也减少了生病的几率，上述原因已经不是少年儿童死亡的主要原因。中国少年儿童的死因已经和发达国家相似，主要是因为交通事故、意外伤害、意外事故如着火和中毒。

例如在中国，道路和交通意外是造成14岁及以下儿童意外伤害死亡的第二大原因，违章穿越车行道是这些儿童步行者发生道路交通伤害的第一大原因。这样高的比例是因为道路多了，车辆更多，交通也更拥挤了，人们一出家门就融进车水马龙之中，一不小心就有可能出事。少年儿童动作灵活，可是安全意识薄弱，因此容易成为交通事故的受害者。

针对这种现状，我们不仅要注意孩子的健康状况，也要培养孩子的安全意识，更要尽最大的努力让孩子免受伤害。在这件事情上，没有亡羊补牢的可能，事情一旦发生了就无法挽回，家长必须负起责任。在美国因为疏忽造成自己孩子死亡的家长有可能吃官司，政府和社会有关方面就是要借此提醒公众，一定要把儿童安全放在最重要的地位。无论干什么事，都要充分为孩子考虑，安全第一，不让孩子们面临任何风险。

孩子要多接触社会，但并不是去接触阴暗面，也不是去增长各方面的见识。孩子和社会的接触应当限制在阳光的范围内，让孩子们主要接触比较正常的社会形态，尽可能不要让孩子们接触不正常的社会形态，次数也不要过于频繁，这样孩子受到伤害的机会就少多了，等他们年龄大一点，能够保护自己了，再多接触社会也不迟。在今天这种纷乱的社会环境中，要注意让孩子们远离危险。

小贴士

儿童最常发生死亡的时间为一岁之内，所以孩子在一岁之内时，家长要格外小心，千万不能掉以轻心，任何微小的疏忽和事故都有可能造成严重的后果。

在各个年龄段，男孩子的死亡率都高于女孩子，家里有男孩的家长更要多操一份心。

户外要小心

孩子们经常在户外玩耍，户外活动对他们的健康成长有很大的好处，但是户外活动又增加了孩子们出事的几率。为了安全不让孩子在户外活动，对孩子的健康成长不利，而且孩子要上学、游玩，总会到户外的，加上学校也会组织活动，户外活动是不可避免的。家长们要注意对孩子的安全教育，让孩子具备安全意识。

美国的社区相对来说是很安全的，但依旧会出现各种各样的情况，比如车祸、孩子出现意外以及坏人拐走孩子等，因此学校的教育中包括了户外安全的知识，家长们也经常提醒孩子，特别是小学生，增强安全意识。

不要让十岁以下的孩子单独在户外玩耍，家长一定要在身边陪同。出门在外的时候，不要让孩子单独走动或者和自己有一段距离，让他们紧紧跟着自己。家长无论是走路还是逛店，都不要忽略孩子，要把心思放在孩子身上。不要因为自己的事而放松对孩子的注意，同时也要提醒孩子们不能乱跑，出门在外要定下规矩，必须跟在大人身边，否则下次不能出来。

家里的地址、父母的姓名和电话号码等一定要让孩子记得清清楚楚，这是美国小学生的考试内容，为的是一旦出现意外比如走失，孩子们能够提供自己家里的信息，别人可以尽快联系家长。

要教育孩子不要和陌生人交谈，也不要听陌生人的诱惑，这一点也是美国学校安全教育的一个重要内容，其中包括感到危险的时候如何求助和防范。孩子们对成人会缺乏防范能力，要让他们知道可能的危险。这一点孩子们会不太明白的，他们会想不通为什么外面会有那么多的坏人。在这种时候家长不要一味地恐吓孩子，以免造成孩子的心理负担，而是让他们明白，陌生人中只有很少一部分有可能对他们造成伤害。为了安全，父母不在身边的时候就不要让陌生人接近，更不要听陌生人的指示。

注意交通安全

生活在现代社会中，交通是不可避免的。孩子们每天上学就要经历交通，即便是家长接送，也存在着在公共道路上行走的问题。交通事故是意外事故中最常见的一种，即便是很少见的比例，由于次数多，其总数就相当庞大。大人和孩子都要注意交通安全，但孩子则更要注意，因为一旦发生交通意外事故的话，孩子受伤致残和死亡的可能远比成年人高。

美国一到节假日，车祸的发生率都会上升，而且出事的多是十几岁的青少年。我对家里有这样孩子的家长建议是让他们越晚开车越好，因为他们的自制能力还很差，容易激动、忘乎所以，所以美国的警察对青少年驾车的管制也很严格，就是为了他们的安全。

美国对开车和坐车的人佩戴安全带的要求很严格，是靠法律的形式来强行执行的，还有小孩的车椅，也是有法可依的。这是因为根据车祸的统计数字，系安全带和坐在安全椅中的孩子车祸的伤亡比例要远远低于不系安全带、没有坐在安全椅中的孩子，特别是死亡率，这两条有保命的效果。中国现在坐车的机会多多了，也要按这个标准来要求自己和孩子，上车后不管坐在哪里，都要系上安全带，年幼的孩子要做在安全椅内，车上没有的要置备好，不要存侥幸心理。我周围见过好几起因为没有按规定做而在车祸中丧命的例子，也见到过因为按规定做了而在车祸中保住性命的例子，基本上没有例外。开车当然不一定会发生车祸，比如我天天开车，开了十几年了，没有出现过一次车祸，但我每次开车坐车都要系上安全带，对儿子也是这样要求的。因为不管你开车的技术多么好，还存在着别人撞你的可能，这样的事不怕一万就怕万一，俗话说上得山多难免遇见虎，是不能存丝毫的侥幸心理的。

坐车要注意安全，走路更要注意安全，尤其是过马路的时候。过马路要等绿灯亮的时候再过，要走人行横道等要求在今天已经不能保证安全了，因为车太多、道路拥挤加上驾驶的人的水平参差不齐，规规矩矩地等绿灯亮后再走上人行道一样有可能被撞。最保险的办法是走地下通道或者过街天桥，更不要贪图近道横穿马路。如果过马路的话，不要单独过去，要等人多的时候一起过去，这样目标大，驾车人不会看不见的。

天黑以后不要让孩子在外面，因为能见度低，容易发生车祸。不管孩子多大，都要求他们天黑后待在家里。美国有些城市天黑后警察发现街上有少年儿童的话，是会带回警局，让家长前来领人的，就是为了严格地执行少年儿童的安全规定。

要教育孩子哪怕在自己家门口玩，也要

注意车辆安全，小心被车碰到。大人们在家门口开车停车的时候更要格外小心。美国的统计数字表明，孩子发生车祸的一大地点正是在自己家的车道上，因为家长从车库里倒车时是最不加小心的时候，结果不是把别人家孩子撞了，就是把自己家孩子撞了。

小贴士

要教育孩子在停车场里眼观六路，注意车辆，而且千万不要奔跑，因为停车场发生的事故要比马路上多好几倍。人们在停车场中往往放松警惕，孩子的目标小，更有可能被忽视。在停车场里行走，孩子一定要和大人在一起。

居家注意事项

对于我们来说，家里是最安全的，房门一关，就是自己避风的港湾。但是对于孩子来说，家并不是安全的。美国各州都有相应的规定，多大年龄以上的孩子才能独自在家，如果没到法定年龄，家长就把孩子单独放在家中，被发现的话会有很大麻烦的。这样规定是因为孩子年龄太小的时候，在家会出事。孩子有可能伤着，更有可能动火引起火灾，还有其他各种意外事故，因此小孩子单独在家是非常不安全的。

一般来说，孩子上初中之前最好不要单独在家，家长要调整一下上班时间，做到孩子下学后家里有人。晚上更不要把孩子一个人丢在家里，如果一定要出去的话，要请亲友照顾孩子。这是一个很不方便的事，但也是父母的责任。举个例子，在美国很多做家长的，手机的最大用处是夫妻及时联系如何接孩子、陪孩子的安排。在孩子小的时候，美国的父母在这方面做出了很大的牺牲，很值得我们效仿。安全是主要原因，多花些时间和孩子们在一起，是时不再来的美好经历，也许牺牲了自己的娱乐和社交，但收获的要多得多。

居家的安全要先从父母自己做起，自己做好后再要求孩子。父母要定期检查，家里是不是存在安全方面的问题。现代家庭，家用电器越来越多，所以要使用安全插座，同时教育孩子不要动电。有小孩子的话，要教育他们少去触动家用电器。家里的电源电线和电器要定期检查，看看有没有漏电的可能，不常用的电器就不要插上，或者收起来，用的时候再拿出来。

火是另外一个严重的问题，小孩子爱玩火，家长一定要反复教育孩子不要动火，起码在14岁之前不要自己动火，这是有血的教训的。孩子动火是好奇，个别情况下是自己学着做饭。如果是后者的话，可以教孩子如何用微波炉做饭热饭菜，这样就不用接触火。和火有关的是鞭炮，前几年国内部分地区禁止放鞭炮，但近年来开禁了，因此引起的事故不少。过节放鞭炮不是个很健康的习惯，会伤人，鞭炮的噪音还影响听力。家长们不要让孩子自己放鞭炮，观赏一下就算了。

厨房对于孩子来说是个很危险的地方。首先是各种厨房用具，刀、剪还有各种电器，哪一样都能算做凶器。孩子好奇或者不小心，都会受到伤害。其次是厨房里的热的饭菜和热水、油锅对孩子都很危险，因此在做饭的时候，应该禁止孩子进厨房。小孩子平常也要少进厨房，做完饭后把用具收拾好，特别是刀剪，热的东西也要摆放安全，不要让毛手毛脚的孩子们碰到。现在开放式的厨房渐渐多了，同样要画地为牢，让孩子们自觉地止步。

家里还有一样东西，就是水。小孩子在家里四处跑动，如果地面有水的话，会很容易摔倒，有可能出现摔伤。因此要保持家中地面上没有水迹，有的话及时处理。

家里如果有幼儿的话，就要加倍小心了。因为幼儿到处翻东西，随便拿起什么就放在嘴里。走路不稳，东倒西歪的很容易受伤。因此有幼儿的家庭要限制幼儿的活动范围，把他们圈起来，或者把厨房等不安全的地方拦上，这样孩子就进不去，也就少了很多的危险。家里的柜子可以用专门对付幼儿的锁锁上，免得他们打开乱翻。

家里的各种化学品，包括洗漱用品、清洁用品和化妆用品也要收拾好，因为也存在幼儿误服的可能。家里有幼儿的期间，要尽量减少家里的化学品的数量，以减少孩子中毒的可能。

小贴士

家里储存的药一定要收好，因为儿童尤其是幼儿很可能吃进去，一旦发生的话会出现严重的后果。美国的药瓶都用防止幼儿打开的瓶盖，就是为了确保不被孩子误服。过期的药要及时扔掉。

家中的摆设和家居都要为孩子考虑，要注意安全。我周围就发生了一起家里的摆设掉下来，砸在孩子的脑袋上的事故。孩子们在家中跑动中很可能会把摆设碰下来，因此挂的东西要注意是不是安全，能不挂就不挂，尤其是比较沉重的东西。家里的家具也一样，棱角过多的家具要妥善安放，要考虑到孩子撞到会有什么样的后果，尤其是金属的家具。孩子自己的房间要做到绝对安全，无论是家电还是家具和摆设，要简单实用，留出充裕的空间。

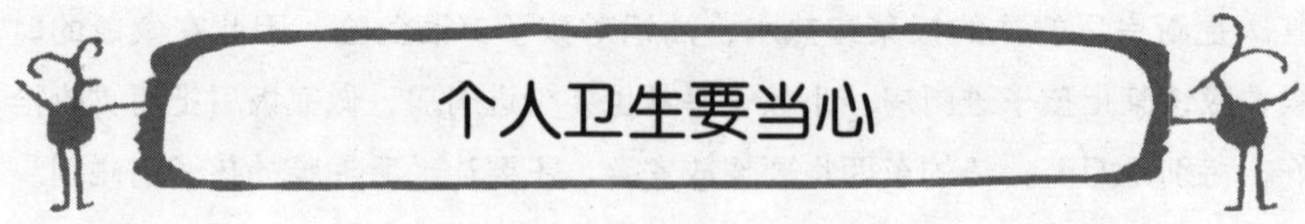

个人卫生要当心

在前面提到的讲卫生、常保健就是有关个人卫生安全方面的注意事项，不管保健得怎么好，个人的生活和饮食习惯怎样健康，如果不注意卫生方面的预防和控制的话，身体的健康就难以得到保障。例如在喝水上，我们提倡不管大人小孩都要尽可能多喝水，不要让身体处于脱水的状态。但是在怎样喝水和喝什么水上有很多讲究，特别是在孩子的教育上，要反复提醒他们在外面喝水要小心，尤其不要喝生水。儿童腹泻依旧是很严重的疾病，其中很多病例都是因为喝了不干净的水造成的。

还有清洗和消毒的概念，任何入口的东西，身上的伤口，都要清洗和消毒。这一点需要孩子尽早建立细菌和病毒的概念，美国从幼儿园开始就教会孩子这样的概念，让他们知道细菌和病毒无处不在，一旦进入身体里面就会生病。孩子有了这样的概念并不能坚持卫生习惯，成年人同样也不能坚持。孩子们只有生病之后才能体会到微生物的概念，但很可能病好了以后又忘掉了。因此要不厌其烦地让孩子们在各种情况下注意消毒和清洗，特别是在家务和准备饮食上，让孩子们参与进来，与此同时让他们在实践中掌握卫生的概念。

病从口入并不是新的卫生概念，之所以老生常谈是因为人们常常放松警惕。对于生活在今天社会的人们，除了清洗和消毒的概念外，还有另外一个严峻的考验，就是通过其他途径传播的传染病的预防问题，尤其是通过性途径传播的疾病日益增多的现状。

美国刚刚公布了一项卫生方面的调查结果，美国10岁以上的女孩每四个人中就有一名患有性病，总数在300万之多。面对这种严峻的形势，美国疾病控制中心和儿科学会建议对25岁以下妇女每年进行衣原体筛查、在11到12岁之间为女孩接种三针人类乳头瘤状病毒（HPV）疫苗，在13到26岁之间补种第四针。这个建议在公众中造成了一定的反响，因为有人担心接种这种疫苗可能会鼓励年轻人过早开始性行为。家长中的大部分不认为他们的孩子需要注射HPV疫苗，因为他们的孩子还没有性行为。

HPV疫苗正是应该在没有性行为前注射，因为一旦感染了HPV后，这种疫苗就无效了。95%的宫颈癌是因为HPV感染而引起的，在感染了HPV之后再接种HPV疫苗，就达不到预防宫颈癌的效果。

对于推广这种疫苗是否有可能鼓励年轻人过早开始性行为的问题，在其他传染病毒宣传教育中也被提出过。比如艾滋病毒的问题，艾滋病毒流行的控制的最大问题是青少年感染艾滋病的比例持高不下，这是因为青少年在性行为上不检点，不注意保护自己，他们也不具备这方面的知识。仅仅从预防和控制艾滋病的角度，应该教育青少年如何安全地进行性行为。和接种HPV疫苗一样，这种和艾滋病相关的性行为安全教育应该在青少年开始性行为之前，否则也会和HPV疫苗在HPV感染之后接种的效果一样，在感染了艾滋病毒后，再进行安全防护的教育还有什么用？很多性病是可以治好的，但也算性病之一的艾滋病是无药可治的。

在孩子的性意识还没有成熟之前就进行这种教育，即便是在健康教育专家和医学专家之中也存在着争议，很多专家依然坚持禁欲的办法，从号召孩子们不要过早进行性生活，甚至不要有婚前性行为入手。如果能做到这一点固然好，实际上在美国，很多女孩尤其是白人女孩，近年来减少甚至杜绝婚前性行为，因此她们的性病率远比黑人女孩低。但是，在今天的社会，各种媒体上色情内容防不胜防，好奇和没有分辨能力的少年很容易受到诱惑。事实上青少年的性行为已经很常见了，依旧把禁欲作为唯一的教育手段是很不现实的。

有关性和生理的知识应该让孩子们掌握，在教育孩子们禁欲的同时，也要教会她们有关的安全知识。这一点在中美都各有难处，美国由于教会反对婚外和婚前性行为，也不能公开进行性行为安全的教育，因为也存在鼓励非婚性行为的争议，所以美国青少年感染艾滋病毒的比例居高不下。如果不想自己的孩子成为其中一员的话，就要在他们情窦初开的时候，在奉劝他们在性行为上自律的前提下，让他们掌握安全性行为的有关知识。

小贴士

如果家中储存有毒物质的话，千万不要用装过食品的容器或者类似的东西装，孩子们会认为里面放的是食物而有可能出现误服的情况。

避免危险行为

少年儿童在行为上处于模仿的阶段，因此难免模仿一些不好的行为，特别是危险的行为，有可能对别人对自己造成伤害，还可能酿成大祸。去年美国加利福尼亚州的大火，就是因为一个小孩在室外玩火造成的。儿童之间动手动脚也经常出现受伤甚至意外死亡的事件，因此要不断地注意和纠正孩子的危险行为。

大一点的孩子可能骑自行车出门，也可能和同学们一起去游泳，这都是容易发生事故的机会，要教育孩子凡事不要太逞能，要小心。

男孩子有可能好斗、攻击性强，对这样的孩子，家长不能掉以轻心，要及时予以纠正，千万不要纵容。因为暴力倾向很可能发展成犯罪，也很可能出现意外。

孩子们有时候做危险行为的时候是有意引起大人的注意，这反映了家长对孩子关心不够，特别是对孩子在心理上的关心不够，只管好了孩子的生活，而没有考虑到孩子在心理上也需要和家长进行交流。如果能够从心理上经常关心孩子，和他们交流，孩子是会行为规范的。

大人是孩子的榜样，所谓近朱者赤近墨者黑，大人的举止良好，孩子的举止也有教养，大人行为粗鲁，孩子也会显出很没有教养和暴力的倾向。想要教育出一个举止优秀的孩子，首先在孩子面前要注意自己的行为举止。

对孩子的安全，家长要作为一件大事放在心上，当孩子面临潜在的危险时，家长要及时让他们避开，教育他们远离危险，学会自我保护，安全地发育成长。

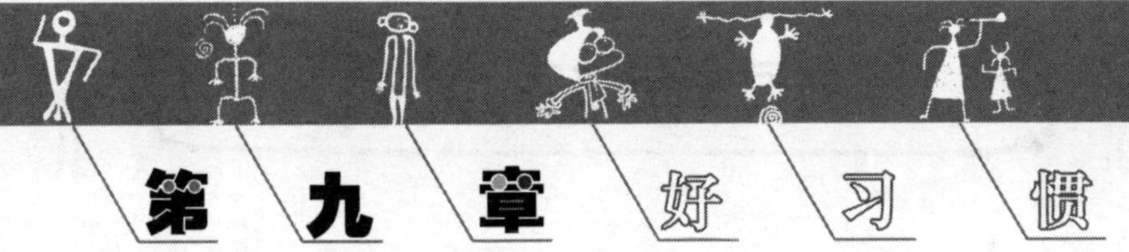

第九章 好习惯

如何看待孩子的习惯

孩子们给家长最大的惊奇就是不知道从什么时候开始他们养成了某种习惯，有的习惯很让家长高兴，比如我儿子两岁的时候拿着一本绘图《西游记》一动不动看了一下午，虽然知道他看不出什么来，可是这个习惯就让我很高兴。但是美国很多的父母就没有我这种运气了，他们往往在某一天发现自己的孩子不停地把十个手指上的指甲咬成狼牙状，而且根本纠正不过来。当年在学校的时候，每次实验室开课的时候，最让我感兴趣的就是老师在不停地啃手指甲，我一直不清楚的就是，这位也算美国比较著名的传染病医生看病的时候会不会把病人的细菌或病毒吃进去?

咬指甲、吃手指是孩子最常见的习惯，这些习惯会带到成年，看看美国人吃饭的样子就知道了，很多人都会不自觉地偶尔吸一吸手指。除了这些习惯之外，还有挖鼻孔、弄头发等，这些都属于不好的习惯。孩子有了这些习惯，家长应该如何对待?

孩子的很多习惯是习以为常，从行为开始变成习惯，有些习惯是短期性的，有些可能变成一生的习惯。孩子们因为什么原因养成这些习惯，目前还不十分清楚，专家认为和孩子的心理状态很有关系，有些还有生理上的原因。那些在大人眼中是很不好的习惯，对于孩子来说，也许他们看来是非常好非常酷的行为，也许是他们减压的方式，也许刺激大脑会产生良好的效果。因此从父母的角度，任由孩子保持这些习惯要比让他们改变习惯容易得多。

作为家长，我们都希望自己的孩子成长成为完美无缺的人，尽可能没有这些坏习惯，因此当发现孩子养成不好的习惯后都应该想方法去改正。但是，如果一味强迫改正的话，很可能适得其反，尤其是那些孩子们借以减少焦虑的习惯，有可能越纠正越糟。在纠正孩子的不良习惯的时候不仅要有耐心，而且要讲策略和方式。

对孩子这些比较常见的习惯不要太大惊小怪，尽管很不雅观，甚至很不卫生很不健康，但和其他事情比较起来，比如让孩子树立健康的饮食习惯、养成锻炼的习惯等相比，还不是当务之急，不要做出一副很严肃的样子。在这种事情上惩罚孩子也不是很好的方式，因为孩子并不是故意养成这些习惯的，甚至不清楚是什么原因造成孩子们养成习惯的。用惩罚来对待这种非有意行为，会引起孩子们的强烈反感，严重影响家长和孩子之间的关系。

改正孩子坏习惯的最好办法是对孩子进行诱导，让他们用好的行为替代不好的习惯，让他们了解坏习惯的后果。比如对于咬手指头的孩子，让他们知道后果，经常咬手指头会吃进很多很多的细菌和脏东西，会经常生病，孩子们明白这一点，就会开始注意，时间一长，他们的坏习惯就会消失了。

小贴士

虽然没有直接的联系，但孩子们的很多坏习惯是从父母那里学的。如果希望孩子们改正的话，父母首先要改正。

必须杜绝的习惯

不是所有的不良习惯都可以容忍或者有耐心地慢慢纠正的，有的习惯一旦发现，必须马上制止，绝对不能继续下去。

这类习惯中最严重的是吸烟，烟民之中很大比例是在青少年时期开始吸烟的。吸烟的危害已经介绍过了，这是人类最严重的自杀行为。而青少年吸烟的后果则更为严重，青少年正处在生长发育时期，身体内的系统和器官都尚未成熟，对有害物质的抵抗力较成人弱，容易吸收这些毒物，损害身体的正常生长。据美国25个州的调查，吸烟开始年龄与肺癌死亡率呈负相关，如果将不吸烟者肺癌死亡率定为1%，15到19岁开始吸烟者为19.68%，20到

24岁为10.08%，25岁以上为4.08%。说明吸烟开始年龄越早，肺癌发生率与死亡率就越高。如果吸烟者从青少年就开始吸烟并持续下去，就会有50%的机会死于与烟草相关的疾病，其中半数将死于中年或70岁之前，损失约22年的预期寿命。吸烟损害大脑，使智力受到影响，使学生的学习成绩下降。国外一心理研究机构的一项研究结果表明，吸烟者的智力比不吸烟者低。吸烟还使青少年容易感染致病细菌，吸烟者感染脑膜炎、毒血症、肺炎和耳病的几率比不吸烟者高4倍多。吸烟越多，感染这些病菌的可能性越大。美国每年有50万人因感染这些病菌而患病，每年有4万多人死亡，这些病菌也是造成儿童死亡的原因之一。吸烟还导致被称为“烟草中毒性弱视”的青少年弱视。主要表现为视力障碍、视野改变和色觉导常。

世界各国，青少年吸烟的问题都相当严重。美国对于青少年吸烟管得相当严厉，去年法院判决了一对在儿子15岁生日聚会上给儿子的朋友们提供香烟的父母入狱。但是，青少年吸烟还是越来越多，美国每天约增加3000名少年烟民。

青少年吸烟的主要原因是周围环境的诱惑，尤其是同学和朋友之间的引诱，还有自我表现、好奇模仿和对父母的逆反心理，同时也是一种解脱的方式。对于青少年吸烟一定要严肃对待，但要避免孩子出现逆反心理，当父母不在的时候抽得更凶。父母在孩子吸烟的问题上一定不要放松警惕，首先要在孩子们年幼的时候把吸烟的危害告诉他们，让他们在心理上有所防备，日后接触香烟时，能够有说不的能力。而不是让孩子自然而然地和香烟接触，不加防范地面临香烟的诱惑，那样的话，孩子很可能成为小烟民。做到这一点很不容易，其中最重要的是，如果父母吸烟的话，为了自己和孩子的健康，都要立即戒断，没有这个表率作用，孩子是很难远离香烟的。

吸烟和上面讲的那些不良习惯不同，它既对身体有剧毒，又有精神依赖性，很难戒断，因此要从小做起，不让孩子养成烟瘾。发现孩子吸烟后，要不惜一切努力让孩子戒断。

除了吸烟之外，饮酒也是青少年应当避免的一个习惯。在过去青少年饮酒只被视为社会与道德范畴的问题，而现在发现青少年酗酒可导致车祸和群殴等社会问题，因此国际上倾向于严厉管制。专家认为，过早饮酒付出的代价远远不止荒废学业、影响交友、缺乏社交经验，以及浪费了成长过程中完成必要经历的时间。越来越多的新的研究结果表明，饮酒对青少年大脑造成的伤害超过了原先的估计，对他们的伤害超过了成年人。青少年嗜酒容易发生交通事故，也容易产生某些心理疾病，如心理脆弱或者智力缺陷。据统计，经常饮酒者大约15%可发展为各种精神病。长期饮酒，可引起营养和代谢失调，造成蛋白质、维生素及矿物质供应不足，影响青少年的生长发育。青少年饮酒，容易引起肌肉无力，性发育早熟。青少年大量饮酒会损害他们的牙齿。研究人员在伯明翰对400名14岁少年进行关于饮食习惯的调查，他们发现，大量饮酒的青少年的牙齿更容易受腐蚀。这种化学腐蚀首先影响到牙齿表层牙釉，然后腐蚀牙齿内部。

美国对21岁以下青少年饮酒有严格的控制。我到美国以后由于售货员看不出年龄，经常被要求出示身份证件，因为和买烟有年龄限制一样，21岁以下不容许买酒，也不许进酒吧。如果因为疏忽而卖酒给未到法定岁数的人的话，店家要受惩罚的。因为法律规定严格，家长们不会让孩子们饮酒的，甚至在孩子出现的场合，也尽量少提供或不提供酒。但是，依然经常出现青少年私自饮酒，造成车祸的情况。

在青少年饮酒的问题上，应该和吸烟一样对待，不是要求不过量饮酒，而是要求不饮酒，要让孩子们在上学期间滴酒不沾。中国的饮食文化中饮酒的成分太厉害，灌酒的恶习十分严重。在饭桌上，被灌醉的都是会喝酒的人，不会喝酒的人是不会被灌醉的。要让孩子对酒精有清醒的认识，这一点上大人一样要做表率。我虽然很善饮，但是在家中，只饮少量的红酒，而且把少量喝红酒的益处告诉儿子，也把多喝酒的坏处告诉儿子。青少年饮酒的最大问题是孩子上大学后，由于父母不在身边，会开始大量的饮酒。美国成人的年龄在18岁，但饮酒的年龄在21岁，就是针对这个问题。家里有大学生的家长，不要放松对孩子的监督和教育，让他们在学校中尽可能不喝酒。

吸毒的问题也应该让孩子们早期了解，这个问题是回避不了的。孩子们将来甚至在青少年期间都有可能接触毒品。毒品是各种成瘾性恶习中最难戒断的，最有效的预防和控制的办法就是不沾，永远不碰毒品。美国的学校教育中包括了有关毒品的内容，孩子们在小学时就知道毒品的危害，这样的教育是必须的。如果学校不能提供这样的教育的话，家长就要为孩子们提供，让孩子们知道使用毒品的危害，让他们从小就能够远离毒品。

2008年3月著名医学杂志上刊登了一篇研究报告。心理学家认为，用手机发短信和吸烟吸毒一样也属于应该进行治疗的上瘾性不良行为。因此，如果孩子成天不停地发送短信的话，家长就应该帮助他们戒断，甚至寻求专家的帮助。

小贴士

赌博无疑是一种恶习，小赌怡情是站不住脚的。因此要教育孩子不要参与赌博，尤其是不要染上赌瘾，任何涉及赌博的行为都要及时纠止。赌博对少年儿童的心理发育十分不利，对他们的将来也很不利，值得家长严肃对待。

消化的情况

在少年儿童的生活习惯中，最值得家长们注意的有两个，一个是消化的习惯，另外一个是作息的习惯。

少年儿童的消化习惯主要有两个问题，一个是消化不良，另外一个是便秘。

少年儿童尤其是幼儿正处在生长发育时期，由于一些器官和组织发育还不完全成熟，加上抵抗力弱，饮食不当或生病后都容易导致脾胃功能失调，引起消化不良、食欲不振等肠胃病。孩子出现厌食等症状后，家长要考虑有没有消化不良的情况，调整饮食结构，少给儿童吃冷饮和冷食，要吃无刺激性食物，避免吃不易消化的食物及饮用各种易产气的饮料，以减轻胃肠道的负荷。此外，可以服用一些促进消化的酶片。

儿童便秘更为常见，有将近一半的少年儿童有不同程度的便秘现象。造成儿童便秘的原因是多方面的：一是饮食，食物过于精细，富含粗纤维的食物偏少，吃太多的肉类，肠道蠕动慢而造成便秘；二是生活习惯，长时间看动画片、玩游戏和上网，使精力过于集中而忽略排便，粪便在肠道中停留时间过长而便秘；三是个人习惯，很多上学和上幼儿园的孩子不习惯使用学校厕所，总是忍到回家才解大便，长期下来就会造成便秘。另外，心理压力、奶粉的因素、副食品的内容、喝水量不足、未养成定期解便习惯、学习压力和生活紧张等情绪因素等，都会造成功能性便秘。

便秘的定义并不是光看几天才排一次，有的孩子天天排便，也会便秘。

便秘是指大便质地变硬，导致排便困难。只要大便质地正常，一天排二至三次，或者是两三天排一次大便，都属正常现象。儿童便秘是很让家长头疼的一件事，因为如果粪便不能及时排出体外，在孩子的身体里停留的时间过长，会引起头晕、乏力、口臭、恶心等一系列身体中毒的症状。儿童便秘很可能发展成为成人便秘，消化道肿瘤中很大一部分和便秘有关，这是因为排泄废物不能及时排出体外，长期待在消化道中，一方面不断地刺激消化道，另一方面释放出有毒有害的物质。

如果能够掌握一定的规律，完全可以让便秘远离你的孩子。治疗和预防这种儿童功能性便秘，可以从以下几个方面入手：

• **调节饮食**。要做到三多，多喝水，多吃水果，多吃纤维。水是身体的润滑剂，也是消化功能的基础，在饮食之外保证充足的水分，不仅有利于消化，也有利于健康。要努力培养孩子多喝水，在孩子们渴的时候，要让他们一口气喝一杯水，而不是只喝几口。吃饭的时候也要放一杯水，边吃边喝。不要喝碳酸类饮料，前面讲了碳酸类饮料的种种害处，这里又多了一条：碳酸类饮料产生气体，会造成消化不良和便秘。纤维是健康食物中唯一可以多吃益善的食物，纤维可促进肠道蠕动，多吃含纤维量高的食物，消化就能够得到改善，便秘也能够得到解决。富含纤维的食物包括全麦、蔬菜和水果。水果也是要多吃的食物，因为不仅含有水分，而且还含有纤维，对消化的促进效果很好。纤维吃得多，就更要多喝水，因为可溶性纤维需要水分来溶解，喝水少反而会引起便秘。蜂蜜等软便润肠的食物也可以多吃。但市售的促消化的药物和食物则要小心谨慎，如果能靠饮食调节，就不要吃这些东西，因为这些东西的副作用不小，长期食用可能会造成结肠的黑色病变以及儿童对此类药物的依赖性。

• **少量多餐**。孩子的胃容量小，而且精力旺盛，几乎每3～4小时就需要补充能量。如果吃的次数少的话，就可能吃得过多，造成食物在消化系统内堆积的现象。在为孩子准备食物时，要注意的是虽然食物的内容不能太过精细，但食物的制作一定要精细，食物要磨得碎一点，粗糙、大块或过量的食物，都容易造成孩子消化不良。孩子吃饭的碗要小，大约为成人的1/3或1/4的量，这样孩子就不会吃得过量。

• **适当运动**。现在城市的孩子的活动量普遍较少，因此平时要让他们在家多练习加强腹肌的动作，这样有助于肠子蠕动。简单地蹲、身体往前、后弯曲或是转腰等动作，可以扭转腰部的肌肉，有助于加速肠蠕动。父母可以在睡前顺时针轻按孩子肚脐周围，以帮助加速肠蠕动。特别是幼儿，在吃完东西以后轻轻按摩他们的腹部，可以很快排便。

• **排便习惯**。孩子便秘的主要原因之一，是因为经常有意无意忘了上厕所。3到7岁的儿童腹部及骨盆腔肌肉正在发育，排便的自然反射机能不成熟，因此经常需要提醒他们。让他们养成每天固定排便的习惯很重要，最好餐后鼓励孩子去坐马桶。上学的孩子更要解除他们不愿意在学校上厕所大便的心理障碍，可以带他们去公共厕所尝试几次，消除心理上的不舒服。

小贴士

注意孩子的口腔卫生，因为孩子牙齿不好会变得挑食、食欲不振，也会影响到排便能力。

按时作息

无论是大人还是孩子，按时作息对于健康都是非常重要的。睡眠是人体的复原、整合和巩固记忆的过程，可以使人恢复体力和脑力、减少压力和焦虑、增强记忆，保持身体健康。睡眠不足的人死于心脏病的几率是睡眠充足者的两倍多，睡眠不足还可以引起肥胖。睡眠对于儿童来说，一是身体增长的需要，睡眠好的少年儿童成长得快，因为无论骨骼增长还是修复都需要充足的睡眠；二是智力的需要，孩子们白天要学习，消耗很多脑力，要靠睡眠来补充，睡眠好的少年儿童学习好，精力充沛；三是免疫力和抵抗能力的需要，睡眠好的孩子免疫力好，对疾病的抵抗能力强，很少生病，因此健康能够得到保证。

很多成年人的睡眠很不好，经常失眠，不能获得充足的、高质量的睡眠，身体也不能得到很好的保养，长期下来，很多人的精神状态显得很不好，比实际年龄衰老。造成睡眠不好的原因很多，其中最主要的是没有按时作息的生活习惯，这个习惯要在儿童时养成。有的人能睡，有的人不能睡，大多不是天生的，而是作息习惯的不同。

孩子按时起床和入睡，并不表明他们的作息习惯就好，因为多数时间是被父母强迫躺在床上的，不一定能够很快入睡。早上也很难自觉醒来，往往要靠父母左叫右叫才能起床。近年来随着信息技术的发展和进步，很多青少年沉迷电子视听娱乐设备，导致睡眠不足，或是睡眠质量欠佳。有三分之二的12岁至16岁青少年每晚的睡眠只有4～7小时，低于专家建议的8小时以上的理想睡眠。

英国睡眠协会对1000名青少年进行调查，发现几乎所有人的房间里至少有电视、音响系统或电话，有三分之二的青少年房间里三者都有，有58%的男孩房间里面有电话、音响、电视和游戏机。有四分之一的青少年承认，他们每周至少有一次在看电视、听音乐或使用其他电视视听娱乐设备的时候睡着了。这是一个相当令人担心的趋势，也就是说和垃圾食物一样，青少年的生活中已经出现了“垃圾睡眠”。家长要像对待垃圾食物一样有所警觉，让孩子们关掉视听设备，争取高质量睡眠，不仅保证少年儿童时期的睡眠时间和质量，也养成按时作息的良好习惯，将来就会较少出现睡眠不足的现象。

养成孩子按时作息的良好习惯，要从以下几个方面入手：

• 每天晚上定时上床，使身体产生自然的反应。到了这个时间，身体知道到了应该睡觉的时间了，各项功能就开始缓慢下来，处于临睡的状态，在精神上也能够安静下来。定时上床如果坚持下来，到了这个时候，孩子们不要督促就能够躺在床上，而且马上能够入睡。

• 有一些临睡觉前的步骤，比如刷牙，收拾床铺，换睡衣，洗澡，读书等，借此提醒身体，到了睡觉的时间了。让孩子们每天到时间就做这些动作和活动，他们会下意识地按时上床睡觉。

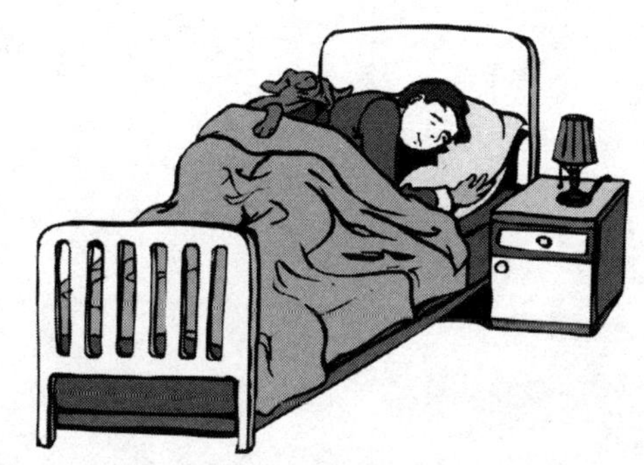

• 晚上少吃含咖啡因的食物和饮料，因为咖啡因严重影响睡眠。孩子不喝咖啡和茶，并不能保证不吸收咖啡因，可乐中就含有咖啡因，很多食物中也有一定的咖啡因。要了解哪些食物含有咖啡因，不让孩子吃。研究结果表明，吃了咖啡因之后，其影响睡眠的效果有可能持续12小时。

• 不要在孩子的房间内放电视。研究表明，房间里有电视的话睡眠量就少，电脑电话电子游戏机等也一样，都要请出孩子的卧室。

• 临睡前不要看一些惊险的、激动的、故事情节很吸引人的和恐怖的电视或电影，因为很可能影响入睡。孩子睡觉之前一个小时不要开电视，可以玩一会玩具，读读书，听些轻松的音乐，或者和家长在一起聊聊天。

• 睡觉以前不要锻炼身体，因为有可能不能很快入睡。要在睡觉前两个小时锻炼，这样对睡眠很有好处。

• 床只做睡觉用，不要在上面做功课、读书、玩游戏或者打电话。这样孩子们的身体被训练成上床就是为了睡觉，他们的睡眠质量也会得到很好的保证。

• 孩子的卧室要隔音，最好不要临街，窗帘也要厚一些，可以挡住外面的光亮和噪音。卧室里不要留灯，有关专家认为，孩子卧室中微弱的灯光对孩子的视力会产生严重的影响。而且孩子在阴暗的环境中深度睡眠好，早上更容易自然醒来。

• 大人可能起得很早，也许睡得较晚，这种时候一定要避免弄出声响，把孩子吵醒或者影响他们入睡。孩子还在睡眠之中，家里要保持绝对的安静。

任何习惯都有一个形成的过程，好的习惯要花时间去养成，坏的习惯要花时间去改正。孩子们的可塑性很高，在他们的习惯的培养上，家长们的耐心和恒心是最重要的。有志者事竟成，要相信自己，只要坚持不懈，就一定会成功的。

第十章 保护眼

心灵的窗户

每个人都有一双眼睛。眼睛可以说是人体的一个非常重要的器官，因为不仅是失明，视力不好对人生都会产生严重的后果。

近视了可以佩戴眼镜，爱美的还可以戴隐形眼镜，近年来激光手术日渐成熟，做完手术后就可以不用戴眼镜了，在这种情况下是不是就可以忽视眼镜的保护了？

戴眼镜严重影响外表，隐形眼镜对眼睛会造成伤害，激光手术可能出现副作用，而且将来老了还会出现问题，但这都不是主要的。最主要的是视力不好对少年儿童的智力和身体发育都有不良影响。人的80%到90%的学习是用眼来吸取的，视力不好会限制知识的掌握，可能造成发育迟缓。视力正常的孩子活动量大，身体发育得快。即便是不能保持不近视，能够推迟近视的到来，对孩子的生长发育都会起着良好的作用。

少年儿童近视已经成为相当普遍的问题，中国中小学生中近视患病率居世界第二。在中国少年儿童的各种健康问题中，近视也仅次于肥胖，居第二位。在城市中近视率居高不下，处于继续增长中，广大农村则大幅度上升，而且儿童近视发生的年龄提前。

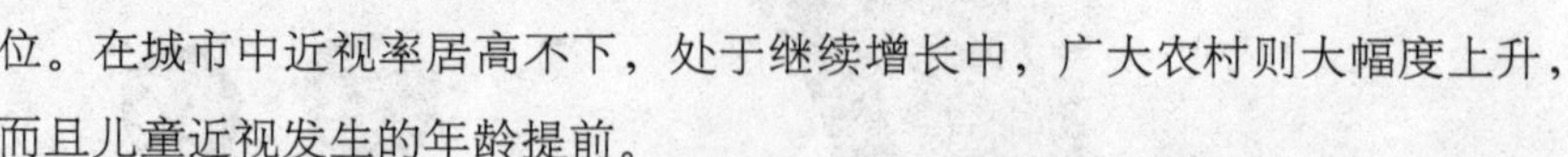

近视是因为眼球变形所致，由于眼球从圆形变成鸡蛋形，因此视像结成于视网膜之前，不能到达视网膜上面。近视严格说是一种生理现象，不是病态，除非患有高度近视。关于近视的原因，到目前为止仍未十分清楚，一般说来，有以下几个因素：

- **遗传因素**：根据大量的调查资料，比较一致的结论是高度近视和遗传有关，中度以下近视则存在较大的分歧。高度近视的遗传是常染色体隐性遗传，遗传又往往受生活条件的影响。至于中度以下的近视，一般来说父母一方或者双方近视的话，孩子的近视可能性比较高。

• **环境因素**：主要是近距离作业和不良的作业环境，这是最古老的学说，在理论上没有一致的认识。有人认为是调节的原因，由于青少年眼睛的调节力特别强，对近距离工作和学习有高度适应性，所以看近也不易疲劳。但是睫状肌长时间过度紧张，会发生疲劳甚至痉挛而出现调节性近视，不及时消除的话，就会持续发展成为不可逆转的真性近视；有人认为是辐辏的原因，近距离工作使用调节时，也需要加强两眼同时内转的辐辏功能，由此导致眼肌对眼球加压，而引起眼球轴的延长；还有人认为是环境的原因，幼儿时期眼球小，多数呈现远视，随着年龄增长眼球增大达到正视状态。在这一发育过程中近距离阅读过多的话，眼球为适应这种调节需要而成为近视。诸如照明光线、阅读姿势、对比度、字小模糊、距离太近和阅读时间长等外部因素都能影响以上因素的作用。

• **营养体质**：微量元素镉、锶和锌等的缺乏和体质的薄弱也可影响到近视的发生。

眼睛是心灵的窗户，是孩子们和外面世界的主要通道。今天的孩子在学习上比从前的孩子要负担重得多，而且各种媒体也需要用眼去看。正因为这样，近视的少年儿童越来越多。家长们会教孩子怎么样走路，怎样吃饭，但很少教孩子怎样看、怎样用和保护眼睛，总认为看东西是自然而然的事，这是一个被长期忽视的健康问题。面对用眼日益增多的现状，家长们要尽早做到孩子的用眼的训练和保护。

小贴士

注意孩子有没有容易摔倒等情况，这也许是视力的问题。

从小做起

防止近视，过去是从9岁以后开始的，那是因为9岁以前孩子们用眼用得少。现在不同了，孩子们在小的时候看大量的电视等音像，而且提倡早期教育，看书学习都比以前早多了，因此要尽早开始防范近视。

对孩子的眼睛的保护和训练要从出生后开始。孩子生下来后，视力看不太远，只能看清楚附近的东西，这段时间要让孩子居于比较明亮的房间，经常换一下躺着的姿势，让光线从不同的角度刺激眼睛。孩子5到6周后，可以在小床的上方挂一个玩具，最好是能够移动的，这样孩子可以学会跟随动的物体看。

到了六个月的时候，可以拿一个球放在毯子下面，让孩子把它找出来，或者让孩子坐着，把球在他们的两腿之间滚动。这段时间要给孩子一些玩具动物，让他们学习观察大物体的细节。

在两岁之内，要多给孩子提供带轮子的玩具，这样的运动中可以增强他们的视力。此外，提供一些简单的可以拆开和复原的玩具，这也是增进视力的方法。

两岁到三岁之间，要开始教他们保护视力的办法，看电视要有一定距离，看书写字要摆正姿势、注意光线等等。这不是一朝一夕可以实现的，因为孩子们无论在看电视的时候，还是看书写字的时候，都习惯上离得特别近，一定要反复提醒和纠正他们。好的用眼习惯是要靠长期的培养和纠正才能教导出来的。

孩子们再大一点，要注意在家中不要用眼过度。看电视、打游戏机、看光盘时间不能过长，同样，在外面的时间也不要过长。各项活动要达到均衡。要让孩子们学会休息眼睛，在学习和看电视中间要闭上眼休息一下，或者做一些放松眼部肌肉的动作。

下面几种方法是保护儿童视力的办法：

• 教育孩子讲究个人卫生，尽可能不要用手揉眼。不要使用别人的毛巾和脸盆，随身携带手帕或纸巾，一旦眼睛不舒服，用干净的手帕和纸巾轻轻擦拭。

• 防止尖锐、易爆、石灰粉等物质造成眼的外伤，不要燃放鞭炮。

• 防止强光刺激，在强烈的阳光下戴墨镜。

• 避免在强光下看书写字。

• 看书学习时身体要坐正，眼睛距离书本约30厘米，睡觉、走路、乘车时不看书报。

• 防止视力疲劳，每看半小时书和电视要左右远眺或闭目休息一会。

- 定期检查孩子的视力，发现减退或异常请医生及时矫正。
- 教会孩子做眼保健操。

小贴士

孩子出生后不要用闪光灯照相，因为有可能对孩子的视力造成损害。

有助视力的营养

有些营养成分对视力起着关键的作用。由于现在的食物中营养成分缺乏，这些成分不一定能够从食物中获取，因此要多吃富含这些营养成分的食物，如果做不到的话，可以用营养补充剂来补充。

首先是硒。支配眼球活动的肌肉收缩，瞳孔的扩大和缩小，眼辨色力的正常均需要硒的参与。硒也是机体内一种非特异抗氧化剂谷胱甘肽过氧化酶的重要成分之一，而这种物质能清除人体内包括眼睛的过氧化物和自由基，使眼睛免受损害。若长期缺乏硒的摄入，就会发生视力下降和许多眼疾如白内障、视网膜病、夜盲症等。因此，在饮食中要注意补充硒，多吃动物肝脏、瘦肉、玉米、洋葱、大蒜、牡蛎、海鱼、淡菜等。

其次是维生素A。维生素A被称为视觉维生素，直接参与视网膜内视紫红质的形成，还具有保障眼睛角膜润泽不干燥的作用。若缺乏维生素A，泪腺上皮细胞组织受损，分泌停止，可引起干眼病。多摄入各种动物肝脏以及牛奶、蛋黄及富含各类胡萝卜素的食品比如胡萝卜、南瓜、西红柿及绿色蔬菜等。

然后是维生素B族。维生素B族保证视网膜和角膜的正常代谢，缺乏维生素B易出现眼球颤、视觉迟钝，以及流泪、眼红、发痒、眼睛痉挛等症状。可以多吃小麦、玉米、鱼、肉、奶、蛋、内脏、扁豆等食品来补充。

最后是蛋白质。这是视力发育的基础，眼睛的正常功能和组织的更新离不开蛋白质。如果蛋白质长期处于缺乏状态，会引起眼睛功能衰退、视力下降，并发生各种眼疾甚至失明。

青少年时期要保护好眼睛，应注意每日饮食的营养，吃健康饮食，合理搭配，不仅有益于眼睛，而且有益于健康。

结语 幸福的童年

人的一生最美妙的时光是童年，很多人一回忆起童年就会感到无比的甜蜜。但也有许多非常成功的人，深受空虚和孤独的折磨，对他们来说，童年是不愿意回忆的。

童年的成长经历，对成年人后生活和心理起决定性的作用。父母是子女的榜样，儿童在心理上受父母控制的成分很大。父母的性格和教育方式，是子女一生快乐与否的关键。

很多少年儿童从小就不得不学会熟练地深藏起自己的感情和需求，以便达到父母的期望，以此来赢得他们的爱。由于父母的严格要求，使孩子们过早地失去了童真，变得和成年人一样世故。他们的童年谈不上真正的幸福，会在他们的心灵上留下阴影。

每个人的童年只有一次，父母应该怎么做，才能让子女的性格健康地发展?

父母往往在孩子身上寄托了太多的期望，望子成龙不仅是中国父母的专利。孩子确实在本性上贪玩，如果父母不推动和督促的话，很多孩子就不能成为出色的优秀人才。在健康的问题上也一样，父母必须让孩子们养成健康的生活习惯和饮食习惯，这是千万不能放松的。

但是，在子女教育中幸福的成分太少了。联合国大会通过的《儿童权利宣言》和《儿童权利公约》明确提出，游戏是儿童的一项基本权利，社会有责任为实现这项权利积极创造条件。然而，很多家长往往瞧不起游戏，用各种理由来限制孩子的游戏活动，把本该游戏的时候用在早期教育上，不少孩子年纪很小就掌握了很多知识，但就是不会玩。游戏是孩子童年幸福的源泉，如果剥夺了孩子游戏的权利，也就破坏了孩子本该拥有的童年的幸福。在平常的生活中，给孩子足够的游戏时间，如果有时间的话，和孩子一起游戏，孩子能从中得到幸福，父母也能从中得到幸福。

父母为孩子们打点吃穿，督促他们学习和锻炼，这些并不是最重要的，最重要的是要给孩子们一个幸福的家庭。英国圣安德鲁大学的心理学家发现，童年时代家庭是否和睦将影响到孩子成年后的相貌。连外表都能够受到影响，对内心的影响就更不言而喻了。最近的科研结果证明，婚姻关系好的夫妻患高血压的几率低。因此，为了自己，也为了孩子们，要有一个美满的婚姻，有一个美满的家庭。在婚姻和家庭生活中，只要努力和牺牲就能获得收获。孩子是父母的一面镜子，从他们的眼中和心灵中，能看出我们做得好不好，我们努力得够不够。

苏东坡有诗云：“人皆养子望聪明，我被聪明误一生；唯愿孩儿愚且鲁，无灾无难到公卿。”每次读到这首诗，我都会这样想：哪怕将来我的孩子一事无成，只要他回忆起来，有一个幸福的童年就足够了。